江晓原　著

在幻想中反思科学

江晓原科幻评论集

Rethink Science in Fiction

重庆出版集团 重庆出版社

图书在版编目(CIP)数据

在幻想中反思科学:江晓原科幻评论集/江晓原著.—重庆:重庆出版社,2023.5
ISBN 978-7-229-17350-0

Ⅰ.①在… Ⅱ.①江… Ⅲ.①幻想小说—小说评论—世界 Ⅳ.①I106.4

中国版本图书馆CIP数据核字(2022)第236210号

在幻想中反思科学——江晓原科幻评论集
ZAI HUANXIANG ZHONG FANSI KEXUE—JIANG XIAOYUAN KEHUAN PINGLUN JI
江晓原 著

责任编辑:彭 景
责任校对:杨 媚
装帧设计:尚品 周 娟 钟 琛 刘 玲

重庆出版集团 出版
重庆出版社

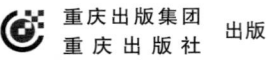

重庆市南岸区南滨路162号1幢 邮政编码:400061 http://www.cqph.com
重庆出版社艺术设计有限公司制版
重庆恒昌印务有限公司印刷
重庆出版集团图书发行有限公司发行
E-MAIL:fxchu@cqph.com 邮购电话:023-61520646
全国新华书店经销

开本:712mm×1000mm 1/16 印张:21 字数:256千
2023年5月第1版 2023年5月第1次印刷
ISBN 978-7-229-17350-0
定价:68.00元

如有印装质量问题,请向本集团图书发行有限公司调换:023-61520678

版权所有 侵权必究

自 序
PREFACE

为什么需要在科幻中反思科学

江晓原

2015年8月,《江晓原科幻电影指南》在上海书展中央大厅举行新书发布会,著名科幻作家刘慈欣、著名出版人沈昌文和俞晓群、著名影评人毛尖等出席,著名电视主持人蕾蕾主持,一时各方媒体颇多报导。更出人意表的是,两天后从美国传来消息,刘慈欣的小说《三体》获雨果奖,这是有史以来亚洲人首次获此奖项,于是网上"刘慈欣为江晓原新书站台错过了雨果奖领奖仪式""刘慈欣刚给江晓原站完台就得了雨果奖"等等传闻或半开玩笑的说法不胫而走。后来《江晓原科幻电影指南》引起更多媒体关注,2016年获吴大猷科普佳作奖(这是笔者第三次获此奖项),重印数次之后,版权于2020年转入三联书店,成为"江晓原作品集"第一辑中的一种。

笔者在本书中谈到,如果以国际科幻的反科学思想潮流作为背景,那么以刘慈欣自己也不讳言的科学主义观念来说,他在思想上就是一个反潮流者;然而他《三体》中的黑暗未来却又和国际潮流殊途同归。之所以会出现这种相当奇特的现象,就是因为刘慈欣在他设计的故事中,对人性"严刑逼供",最终将人性的黑暗暴露无遗。

在科幻作品所设计的叙事中拷问人性，恰恰是科幻最重要的价值——思想性和对科学的反思——的一个重要表现形式。

其实各种类型小说或电影作品都可以拷问人性，科幻作品在这方面的特殊性在于，只有科幻作品，才能够反映科学技术对人性的影响，以及科学技术对人性形成的考验。其他类型作品当然可以反映来自别处对人性的考验，比如金钱对人性的考验、爱情对人性的考验、野心对人性的考验……但这些都不是来自科学技术的考验，而一旦作品故事中出现了科学技术对人性的考验，那这部作品当然就成为一部科幻作品了。这就是我们为什么可以——而且实际上是必须——在科幻中反思科学的原因。

就文学艺术而言，一部作品涉及科学技术对人性的考验就会成为科幻作品（这有点概念游戏的嫌疑），那么现在还剩下一个领域：科普。在科普中反思科学，从理论上来说当然没有问题，但是在我国的实际国情中，却是非常罕见的事情。

在我们多年来已经看惯的科普理念中，科普主要有两个任务：一是向公众传播科学知识，二是唤起公众对科学的热爱。这第二个任务，在以青少年为对象的科普中表现得尤为明显。而对第二个任务的强调，当然会对所普及的科学知识形成选择和过滤，所以我们传统的科普通常都是"隐恶扬善"的。要么只说成绩不说困难，比如关于核电的科普，通常就只讲核电的绩效，却不讲核电造成核废料的处理难题。要么只展望美好远景不介绍目前局限，比如关于星际旅行的科普，通常都是展望人类如何移民月球、火星乃至遥远的恒星/行星系统的美好远景，却不讲以人类目前掌握的宇航能力，即使去到离我们最近的比邻星，也需要航行远超过43000年，因而毫无现实意义。显而易见，在被上述两个任务所限定的科普中，反思科学是完全无法想象的。

所以，如果我们希望在文学艺术作品中看到对科学的反思，我们唯一可以指望的，就只有科幻作品了。

如果说科幻的初级境界是对科学的憧憬和科学知识的普及，那么科幻的最高境界则是哲学，是对未来社会中科学技术的无限发展和应用进行深入思考。科幻作品的故事情节能够构成虚拟语境，由此引发不同寻常的新思考。因为有许多问题在我们日常生活情境中是不会被思考的，或者是无法展开思考的，而幻想作品能够让某些假想的故事成立，这些故事框架就提供了一个虚拟的思考空间。这方面小说往往能做得比电影更好，例如刘慈欣对人性的"严刑逼供"就是这样的例子。

然而这还只是问题的一个方面。科幻作品在另一方面的贡献更为独特，也是其他各种作品通常无法提供的。这就是对技术滥用的深切担忧，这至少可以理解为对科学技术的一种人文关怀。从这个意义上说，科幻作品无疑是当代科学文化传播中一个非常重要的组成部分。现在看来，至少在文学艺术领域中，只有科幻在承担着这方面的社会责任。和科普相比，科幻在这方面所承担的社会责任确实要更为重大。

那么，我们能不能以科幻作品之外的形式反思科学？从理论上说当然可以，比如我们可以用学术文本来反思科学。

笔者多次告诉媒体，笔者的科幻影评书评都只是笔者"对科幻作品的科学史研究"的副产品，在这个副产品背后，是一系列学术研究成果提供的支撑——这些成果既表现为十余篇CSSCI期刊论文，也表现为笔者和穆蕴秋合作的《新科学史：科幻研究》（上海交通大学出版社，2016）、《Nature杂志与科幻百年》（海豚出版社，2017）、《地外文明探索：从科学走向幻想》（上海科技教育出版社，2021）等专著。

"对科幻作品的科学史研究"是笔者这些年经营的"学术自留地"之一,就是将科学幻想作品——有些是成功的文学创作,有些是失败的科学探索——纳入科学史的研究范畴之内。这可以说是前人从未尝试过的,因为科学史领域以往一直有"只处理善而有成之事"的潜规则,遮蔽了科学发展历史的很大一部分。

近年来笔者更感兴趣的事情,是我们还可以用科幻评论的形式来反思科学。本书可以说是《在数字城堡遇见戈尔和斯诺登:江晓原科学评论集》(科学出版社,2017、2021)的姊妹篇,共收入43篇文章,内容包括对著名科幻作品的深度分析、为中外著名科幻作品写的序言、对一些科幻影视作品和科幻小说的评论,还特意收入了几篇批评性质的评论。我在评论中强调的,是科幻作品的思想性,通过深入挖掘作品对科学的反思,突显出那些优秀科幻作品隐秘的思想价值。

2022年4月28日深夜
于上海交通大学科学史与科学文化研究院

目 录
CONTENTS

对未来的想象和应对 001

想象与科学：地球毁于核辐射的前景 / 003

灵魂与大脑：哪个完善得更快？
——关于《天使与魔鬼》 / 008

《地狱》：人口困境的非法解 / 012

"咋越学越对科学不放心呢？"
——关于科幻小说《十字》 / 017

江晓原谈末世预言 / 021

星际穿越目前还只是个传说 / 030

人工智能·大数据·虚拟现实 043

在数字城堡遇见戈尔和斯诺登 / 045

《克拉拉和太阳》：无我机器人的挽歌 / 050

人类将如何面对自己的创造物？
——剧集《你好，安怡》观后 / 053

《失控玩家》：谁更需要担心失控？ / 058

男女关系视域下的机器人伦理
——麦克尤恩《我这样的机器》读后 / 063

十五年三堂算术课 069

星际航行：一堂令人沮丧的算术课 / 071

地球 2.0？又一堂令人沮丧的算术课 / 076

地球流浪之后：第三堂令人沮丧的算术课 / 081

中外名作序言 087

未来的天空有没有阳光？
——阿特伍德《羚羊与秧鸡》序 / 089

《克莱顿经典·纪念版》总序 / 097

我们还能不能有后天？
——斯特里伯《明日之后》中文版译序 / 102

善可有恶果，恶可有善因
——王晋康《与吾同在》序 / 108

莱姆小说的思想深度
——《莱姆狂想曲》中文版序 / 116

科幻杰作深度分析示例 125

为什么人类还值得拯救？
——反人类、反科学的《阿凡达》 / 127

宇宙：隐身玩家的游戏桌，还是黑暗森林的修罗场？ / 134

从《雪国列车》看科幻中的反乌托邦传统 / 139

《银翼杀手2049》六大谜题：电影文本的复杂性和不确定性 / 154

著名科幻作品评论 169

剧集《三体》涉及的科学争议 / 169

玛丽·雪莱：还能当科幻的祖师奶奶吗？
——从开普勒《月亮之梦》谈起 / 176

菲利普·迪克：科幻江湖的悲歌 / 181

克拉克：一个旧传统的绝响
——兼论"科幻文学黄金时代" / 186

我们必须幻想未来
——关于科幻小说《基地》 / 190

《失落的秘符》：丹·布朗又来反科学了 / 193

丹·布朗走在反科学主义的道路上吗？ / 198

《血祭》：科幻作家的新尝试 / 205

王晋康的新追求：从《逃出母宇宙》到《天父地母》 / 209

让我们来谈谈《卫斯理》吧 / 216

为什么还要期望中国的《盗梦空间》呢？ / 220

《流浪地球》当得起开启中国科幻元年的重任 / 223

几部被我低评的作品 231

《火星救援》能告诉我们什么？ / 233

《盗梦空间》：从《黑客帝国》倒退 / 239

黑客无心成帝国，云图难免化云烟
——从《黑客帝国》到《云图》 / 249

我们将从科幻中得到什么 259

有多少地外文明可以想象
——《地外文明探索：从科学走向幻想》序 / 261

Nature 杂志与科幻的百年渊源
——《Nature 杂志科幻小说选集》导读 / 266

百年科幻：中国与西方接轨，刘慈欣却反潮流 / 280

西方科幻影片中的科学技术形象 / 285

科学与幻想：一种新科学史的可能性 / 302

DUI WEILAI DE
XIANGXIANG HE YINGDUI

对未来的想象和应对

CHAPTER 1

想象与科学：地球毁于核辐射的前景

地球毁于核辐射的前景

如果想改变我们先前对科学技术那种近于痴情、单恋的看法，路径当然不止一条，比如哲学思考之类，但最轻松的莫过于多看看科幻作品。看得多了，只要稍加思考，有些问题就会次第浮现出来。

比如，许多科幻作品中都想象了地球的末日，我们可以将这些想象中造成地球末日的原因分为两大类：第一类是外来的灾变，比如太阳剧变、彗星撞击等，总之是外来的不可抗拒之力所致；稍推广一点，则外星文明的恶意攻击，乃至《三体》中想象的"降维攻击"等，都可归入此类。第二类是人类自己的行为，在这一类型中，导致地球末日的原因，通常总是核战争或核灾难。

在许多末日主题的作品中，导致地球末日的原因和过程往往虚写，故事总是在地球废墟、逃亡中的宇宙飞船、已经殖民的外星球之类的环境中展开。比如经典科幻影片《银翼杀手》（*Blade Runner*，1981，据菲利普·迪克小说改编）、剧集《太空战舰卡拉狄加》（*Battlestar Galactica*，2003，也可以算经典了）等，都是如此。

在这类作品中，地球还经常被写成一个久远的传说，因为它早已被人类废弃。最典型的例子是阿西莫夫的科幻史诗《基地》系列，当人们最终找到那个传说中人类起源于此的行星地球时，发现它是一颗废弃已久的死寂星球，上面"任何种类的生命都没有"，因为极强的放射性使得"这颗行星绝对不可以住人，连最后一只细菌、最后一个病毒都早已绝迹"。

想象一个"没有我们的世界"

科学幻想的功能之一是所谓的"预见功能"——这一点即使是盲目崇拜科学、拒绝反思科学的人也赞成的，但仅仅靠小说电影这类虚构作品的想象，毕竟缺乏足够的说服力，于是有人弄出一部"幻想纪录片"来讨论地球的未来。

在通常的认识中，纪录片被视为某种意义上的"非虚构作品"——实际上也难免有或多或少的建构成分。有些幻想故事影片采用"伪纪录片"的形式拍摄，这种做法逐渐模糊了科学幻想和科学记录之间的界限。

这部由美国"国家地理频道"拍摄的《零人口的后果》(*Aftermath: Population Zero*，2008)，源于美国人艾伦·韦斯曼的非虚构作品《没有我们的世界》(*The World Without Us*，2007)，此书的纪录片拍摄权出售给了"国家地理频道"。韦斯曼为了宣传此书，还到上海和北京出席了有关活动，与中国读者及相关学者共同研讨了一番"有关人类未来"的种种问题——尽管难免有点大而无当。在2007年举行的一场活动中，我也和韦斯曼讨论过一些这类问题。不过这部影片用了完全不同的片名，而且在片头片尾也没有找到"改编自韦斯曼"之类的字样。

几乎所有的科学幻想作品都是幻想"人类未来如何如何"，所以描绘人类突然消失以后的地球，确实不失为一个新思路。假如人类突然消失，地球会发生哪些变化？

消失两天后：管道堵塞，城市变为泽国；

消失1周后：因水冷却系统瘫痪，核电站的核反应堆毁于高温和大火；

消失1年后：大城市的街道纷纷开裂，并被杂草占据；

消失3年后：因为不再有暖气供应，大城市管道系统爆裂，建筑物开始瓦解，蟑螂和那些依附于人类的寄生虫早已死去；

消失10年后：木质建筑材料开始腐烂；

消失20年后：浸在水中的钢铁锈蚀消融，铁路的铁轨开始消失，城市街道成为河流，野草侵夺了农作物的生存空间；

消失100年后：来自北方森林中的牦牛占据了欧洲的农场，非洲象的数量有望增长20倍，大多数房屋屋顶塌陷；

消失300年后：地球上的桥梁纷纷断裂；

消失500年后：曾经是城市的地方已经变成森林；

消失5000年后：核弹头的外壳被腐蚀，其放射性污染环境；

消失35000年后：泥土中的铅终于分解；

消失10万年后：大气中的二氧化碳终于降低到工业化时代之前的浓度；

消失100万年后：微生物终于进化到可以分解塑料制品了；

消失1000万年后：青铜雕塑的外形仍然依稀可辨；

消失45亿年后：放射性铀238进入半衰期；

消失50亿年后：太阳因进入晚年膨胀而吞噬了地球，地球的历史结束。

上面这些情景，并非纯粹出于幻想。对于人类突然消失后地球会发生哪些变化，可以依据现有的相关知识，结合地球上某些特殊地区的状态来推测。这些地区或是人类尚未大举入侵的，或是人类活动因战争之类的原因而停止了相当长一段时间的。后者看起来更具说服力。比如塞浦路斯东岸的旅游胜地瓦罗沙，因为战争而荒废了两年，结果街道上的沥青已经裂开，从中长出野草不说，连原先用作景观植物的澳大利亚金合欢树，也在街道中间长到一米高了。又如韩国和朝鲜交界处的"非军事区"，从1953年起成为无人区，结果这里变成各种野生动物的天堂，包括濒临绝种的喜马拉雅斑羚和黑龙江豹……

人类已经亲手毁灭了伊甸园吗？

人类在短时间内"突然消失"和逐渐衰亡并不一样——考虑"突然消失"才更具戏剧性，作为思想实验也更具冲击力。这和影片《后天》(*The Day After Tomorrow*，2004，以及随后出版的同名小说）中的故事有点类似：地球环境突然变冷，于是对人类构成了浩劫。如果逐渐变冷，人类有时间适应并采取对策，就不成为浩劫了。

从现今的情况来看，在可见的将来，人类突然消失似乎是不可能的，但作为假想，倒也不是全然没有可能。比如：某种致命病毒的传播导致人类全体灭亡——这在玛格丽特·阿特伍德的小说《羚羊与秧鸡》中已经想象过了；或者是人类丧失了生育能力，只有死没有生，由此逐渐"将这个星球还原成伊甸园的模样"——这在影片《人类之子》(*Children of Men*，2006）中也想象过了。韦斯曼甚至还想象了"外星人将我们带走"之类的可能。

想象一个"没有我们的世界"，对于今天的我们有什么意义呢？

站在地球的立场上看，总体来说，人类的退出不失为福音。人类发展到今天，几乎已经成为地球上所有其他物种的天敌。作为人类文明集中表现的城市，则成为高污染、高能耗的大地之癌。越来越多的人开始认识到，城市已经不再能够让生活变得更美好。《零人口的后果》或《没有我们的世界》至少给了我们一个新视角，看看我们人类，对地球这颗行星都干了些什么事啊！再联想到中国古代文学中"高岸为谷，深谷为陵""三见沧海变为桑田"之类的意境，人类文明恍如南柯一梦，最终都将归于寂灭虚无。看看这样的情景，至少也能让人稍微减少些钻营奔竞之心吧？

虽然在人类退出之后，大自然"收复失地"的能力之强，速度之快，都超出了我们通常的想象，但人类的活动已经给地球种下了祸根，人类目前是依靠自己的持续活动来保持灾祸不发作，一旦人类离去，灾祸就无可避免——最典型的就是核电站。人类天天严密看管着它们，还难免有恶性事故（比如切尔诺贝利、福岛的核灾难），一旦失去人类的管理，那些核反应堆和核废料，在此后漫长的岁月中，"都将成为创造它的智慧生物和靠近它的无辜动物的墓碑"。

所以，不管人类灭不灭亡，伊甸园已经毁在我们手里了。我们还能重建它吗？小说《基地》中所想象的死寂地球，还能够承载另一个新文明吗？

原载《新发现》2014年第4期

灵魂与大脑：哪个完善得更快？

——关于《天使与魔鬼》

❷ 江晓原　💬 刘兵

❷ 丹·布朗的又一部畅销小说《天使与魔鬼》的中译本，正在此间畅销着。有些国内图书销售排行榜上，前十本中竟有三本是丹·布朗的小说。有人试图为这三部小说（另两部是《数字城堡》和《达·芬奇密码》）定位，却发现十分困难——科幻小说？侦探小说？主题似乎也不明确，科学？宗教？人权？……但有一点是可以肯定的，这些小说都反映了作者面对科学技术的飞速发展所产生的疑虑。

这些疑虑，很难通过"学术论文"之类的形式来表达，因为"缺乏实证"，很可能没有足够的形式要件让一个所谓的"学术文本"得以成立。而采用小说这种形式来表达，那就收放自如了，反正只是讲一个虚构的故事嘛。

在《天使与魔鬼》这部小说中，"天使"和"魔鬼"是一对，"科学"与"宗教"是另一对，你觉得这两对之间有没有对应关系？如果有的话，在丹·布朗心目中，这两对又是如何对应的？

💬 丹·布朗的这三本小说我倒是都看过，就畅销小说来说，都非常好看，因而不难理解其在市场上的成功。不过，比较起来，在这三本小说之中,又当推《天使与魔鬼》最为精彩。说到精彩,除了小说中那些作为商业畅销小说必备的元素之外,其思想深度,也是令人惊叹的。也许,它们可以归入带有思想性的商业小说一类吧。尤其重要的是,在《数字城堡》和《天使与魔鬼》这两部小说中,科学是重要的主题,以这样的方式来传播有关科学的思考和理念,其传播效果真是影响巨大。

我同意"天使"和"魔鬼"、"科学"与"宗教"是小说中重要的对立主题。不过,我认为后一对矛盾的范畴是更为基本的主题,而前一对则只是价值的判断,而且其间并非简单的一一对应关系。其实,作者也并未明确地讲出在科学与宗教中,究竟谁是天使谁是魔鬼。这显然是一个存在着很大争议的问题。不过,从小说的行文叙述中,从小说的倾向上,特别是在那位教皇内侍(他也许在某种程度上成为了作者的代言人?)的长篇大论中,似乎有把"天使"与"宗教"相对应,而将"魔鬼"与"科学"相对应的味道。你觉得呢?

② 是有点这样的味道。不过,我觉得小说中的那位教皇内侍,不应该视之为作者的代言人,而应该被视为一种立场的代言人——这种立场是丹·布朗打算在小说中让它们相互对立的两种立场之一。这种立场认为,如今科学发展得太快了,这样下去是非常危险的。而在小说中与之对立的立场,则是由科学家所持的,认为科学发展无论已经有多么快,它总还是不够快。

而这两种立场的对立,又可以直接引导到科学研究应不应该有禁区的问题。如果认为科学发展总是不够快,自然就会主张科学研究无禁区;而如果认为科学发展得太快了,这样下去非常危险,就必然会倾向于认为,科学研究应该有禁区。小说中那一滴要命的"反物质",就是在"科学研究无禁区"的思想指导下搞出来的。

至于丹·布朗本人在这个问题上的立场或观点，实际上已经被隐藏在故事情节的背后。他也许并不完全赞成教皇内侍的观点——尽管小说给读者的印象，丹·布朗显然是站在教皇内侍一边的。

💬 我可以同意你的观点。但是，小说中表述的与科学家的观点相对立的观点中，除了你前面所说的科学的发展过快而导致失控之外，还有一点是很重要的，即科学给人以力量和才智，却并未给出人们应该如何使用才智的有关善恶的道德标准。而这一点，也恰恰是有关科学的重要伦理问题。

我们当然也并不完全同意教皇内侍所代表的观点，只是说，在其观点中，也有着一些合理的、应该引起我们重视的问题。例如，"它（即科学）所承诺的高效而简单的生活带给我们的只有污染与混乱""有些人虽然本身并不完美，但却倾其一生恳求我们每个人去理解道德标准而不至于迷失自我，难道我们真的不需要这样的灵魂人物吗？"如此等等。我们也许可以从哲学、伦理学等角度去思考类似的问题，但那同样也是超出了狭义的科学的范围的。总而言之，科学并不能解决人类所有的问题，这个简单的观点也许并不新颖，但却被当下的一些唯科学主义者所否定和反对。

丹·布朗并没有自己站出来明确地表明自己的观点，这是他的高明之处，但他通过小说中各种角色之口，把有争议的问题摆了出来，放到争议的焦点上，让人们去思考，这正是这部小说在引人入胜的情节之外的重要价值。

❓ 小说中的教皇内侍是一个令人印象深刻的人物。丹·布朗通过此人之口所说的有些话，很值得回味。比如，他说科学家对反物质的研究制造"只不过再次证明了人类头脑进步的速度要远远快于灵魂完善的速度而已",这话的意思,可以理解为,我们虽然可以很快掌握某些科学技术,却未必能够同步地对使用这些科学技术所产生的后果进行估量,或者是,未必能够同步地掌握使用这些科学技术时应该遵循的道德原则或伦理界限。又如,他说"就定义而言,科学是没有灵魂的,是与人的心灵相分离的",这种有点诗意的语言,当然很难追问它的正确与否,但仔细推敲,却也不能简单地指为胡说八道,而是至少若有若无地掩映着某些有意义的思考。以这样的态度来考察教皇内侍在小说结尾处的鸿篇大论,我们应该承认小说还是有一定的思想深度的。

💬 确实如此。不过,对于书中所讲的反物质的研究制造,至少在书中所讲的那种水平上,目前还是一种科学幻想。而另外一些科学成果及其应用,如生物技术基因工程,则在相当程度上已经现实。你所提到的丹·布朗的那些讲法,其实不也同样可以用于此吗?遗憾的是,当一些人认真地用这样的观念来思考、讨论这些问题时,却被一些唯科学主义者,或者说,被一些相当极端的唯科学主义者指责为"反科学"。这样看来,这部小说所具有的思想价值,恐怕就会更值得关注了。

我们已经谈了不少有关《天使与魔鬼》一书中的思想性问题。不过,我想我们还是应该特别指出:读者不要被我们的这些讨论所误导,以为这只是一部采用了小说形式的理论性著作!它在畅销书排行榜上名列前茅,绝不是因为读者对理论问题的兴趣——作为一部畅销小说,它确实是极其引人入胜的。

原载 2005 年 6 月 3 日《文汇读书周报》

《地狱》：人口困境的非法解

将丹·布朗看成科幻作家如何？

我近年"亲近科幻"，对科幻就变得敏感起来，观览所及，常见科幻。我发现有些作家的作品，明明是地道的科幻，却一直没有被大家视为科幻作家；还有一些从一开始就被定位为"科幻作家"的，有的作品却很不科幻。看来一个作家是否被定位为"科幻作家"，未必完全依据他的作品。我们国内有不少人将科幻视为低端、低幼、小儿科的东西，要是国外作家本人或他的出版商也有类似观念，或许他们也会不愿意自居科幻。

丹·布朗就是一个这样的例子。他的六部小说按照出版年份依次是：《数字城堡》（1998）、《天使与魔鬼》（2000）、《骗局》（2001）、《达·芬奇密码》（2003）、《失落的秘符》（2009）和《地狱》（2013）。其中除了名头最大的《达·芬奇密码》是北京世纪文景文化传播有限公司出品，其余五部都由人民文学出版社出版。这五部小说都可以算完全够格，甚至是很地道的科幻小说。

《数字城堡》简直就是前不久斯诺登所揭露的美国"棱镜门"的预告版。互联网对公众隐私的侵犯问题，是许多科幻作品的常见主题之一。

《天使与魔鬼》以物理学中的"反物质"研究为包装，讨论今天人类的科学发展是不是太快、会不会过头的问题，以及宗教在这个问题上可以扮演何种角色。

《骗局》假想了NASA因虚耗国帑难以向政府和公众交代，遂制造惊天骗局的故事。和1978年的好莱坞科幻影片《摩羯星一号》（*Capricorn One*）不无异曲同工之处。

《失落的秘符》神秘主义色彩较浓，所谓"人可以成为神"这样一个命题，其实就是西方科幻作品中常见的关于"超能力"问题的思考。

《地狱》——正是本文下面要讨论的。

但是丹·布朗从未被中国人当成科幻作家。非常有趣的是，据说《达·芬奇密码》的销售量超过了其余四部之和（《地狱》的销售刚刚开始，当然无法计入）。可见科幻作品哪怕"隐瞒身份"之后，还是难免相对小众。

《神曲》做罩袍：文艺范，高大上

先声明一句，我本人对于"剧透"完全免疫，故自己写书评影评时，但凭行文需要，对"剧透"也从不避忌。因此如有极热爱丹·布朗同时又对"剧透"过敏的读者，建议不要阅读本文以下部分——直至结尾。

《地狱》的故事其实并不复杂：一个生物遗传学方面的狂热天才佐布里斯特，认为现今人类世界许许多多问题的总根源是人口过剩，遂高调招募信徒，要用生物学手段来解决这一问题。因为人们推测他的"生物学手段"很可能意味着大规模人口死亡，他当然被视为潜在的恐怖分子，受到联合国有关部门的严密监控。不料佐布里斯特棋高一着，最终还是成功实施了他的计划。

这样一个"纯科幻"的故事，又能有罗伯特·兰登教授什么事呢？那是因为偏偏这个佐布里斯特又有着极度病态的美学追求，他竭力要在实施计划时做得极富仪式感、神圣感，要让后人充分认识到他所做的事情是何等的石破天惊、万古不灭——最好是将他本人看成上帝再临人世。而他的灵感源泉就是但丁的《神曲·地狱篇》。

《神曲》是西方文学殿堂中的无上经典，而且它也可以和"科学"扯上关系，例如根据《神曲·天堂篇》来讨论中世纪的宇宙观念之类。虽然"地狱"暂时还没有被扯上这样的关系，但它可以提供浓厚的宗教和神秘主义色彩，这样一来兰登教授和他那一肚子"符号学"就大有用武之地啦。所以《神曲》是丹·布朗披在这个"纯科幻"故事身上的一件华丽罩袍。用严锋教授的话来说，这是一件"文艺范，高大上"的罩袍。

罗伯特·兰登迄今已是丹·布朗四部小说中的主角，这四部小说分别以四座名城作为主要故事场景：《天使与魔鬼》中是罗马，《达·芬奇密码》中是巴黎，《失落的秘符》中是华盛顿，《地狱》中是佛罗伦萨——既然选定但丁的《神曲》作罩袍，那就注定要在佛罗伦萨了。兰登总是对这些名城中的每一处历史建筑了如指掌，甚至熟悉那些古老建筑中每一处罕为人知的密室和暗道。这当然是因为丹·布朗写作前对那座城市做足了功课。难怪他平均要三年才完成一部"罗伯特·兰登系列"。

《地狱》设想的人口过剩问题解决方案

丹·布朗最初被引入中国的小说是《达·芬奇密码》，最畅销也是这一部，但在我"科幻有色眼镜"的不无偏见的标尺衡量之下，《达·芬奇密码》却黯然失色，真正让我开始对丹·布朗另眼相看的是他的《天使与魔鬼》。因为他在这个科幻故事中展示了相当深刻的思想，特别是靠近结尾处，教皇内侍的那段长篇独白

（在小说中长达十几页），简直就是一篇反科学主义纲领下的科学社会学或科学伦理学论文！

丹·布朗的小说已有两部拍成电影，即《达·芬奇密码》和《天使与魔鬼》。拍成电影对小说销售当然有促进，但影片《天使与魔鬼》在我看来却乏善可陈，因为小说中的思想性在影片中未能得到充分表现。

而《地狱》虽然也未能免俗，它用《神曲》和但丁撩拨文学青年的心弦，用佛罗伦萨数不清的历史建筑、著名雕塑和绝世名画向旅游爱好者暗送秋波，但它仍然能够像一部合格的科幻小说那样，展现相当的思想深度。

地球人口过剩问题确实存在，《地狱》中佐布里斯特将当代的能源短缺、环境污染乃至更多的问题都归咎于人口过剩，也能在相当程度上言之成理。但如何解决人口过剩问题，却是一个极度敏感的问题——它会在转瞬之间从人们想象中的"科学问题"转变为棘手的甚至无解的伦理问题和政治问题。

例如，如果承认人口过剩，那逻辑上必然要求减少人口，或降低人口增长。可是如何减少人口？让地球人口大规模死亡吗？佐布里斯特鼓吹"黑死病带给欧洲的是文艺复兴"这样耸人听闻的论点，那让哪些人死亡？又有谁有权来决定别人的死亡呢？这立刻就成为无解的伦理问题。类似问题在科幻小说中早就有人讨论过，比如日本作家清凉院流水的《日本灭绝计划》、倪匡的《一个地方》等，都直接涉及了这个问题。

将问题从"人口死亡"转为"降低人口增长"，仍然无法从伦理死胡同中走出来。降低增长就要限制生育，但是哪些人应该被限制？哪些人又有权生育更多的子女？再往下想，连当年纳粹德国的"优生学"都悄悄探出了脑袋，反动啊……

到这里，我不得不同意给丹·布朗同学的《地狱》试卷一个比较高的分数。他是这样解决问题的：

佐布里斯特搞出了一种病毒，这种病毒对人"无害"，只会让人丧失生育能力。而且佐布里斯特最终阴谋得逞——当小说中的英雄美人们九死一生找到病毒源头，连佐布里斯特的帮凶们也全都改邪归正时，却发现该病毒已经有效扩散到了全世界！

那人类不就要灭绝了吗？幸好不会，因为这种病毒只会随机地使三分之一的宿主丧失生育能力。也就是说：佐布里斯特用非法手段"改造了人类这个物种"，使该物种的总体繁殖能力下降了三分之一。

小说中的正面人物们最终感觉这个结果可能是可接受的。随机抽选三分之一，至少从形式上绕开了"哪些人应该被限制生育"这个伦理难题。而佐布里斯特的行为被界定为非法，则让丹·布朗自己逃脱了"谁有权改造人类"的道德拷问。

原载《新发现》2014年第2期

"咋越学越对科学不放心呢？"
——关于科幻小说《十字》

○ 江晓原　● 刘兵

○ 标题上的这句话，是《十字》中的一个重要角色，孤儿美女梅小雪说的，这句话似乎也揭示了本书的主旨。这部科幻小说借助奇情异想的故事情节，对人性、道德、科学的善恶、要不要敬畏自然等问题，作了深刻的思考。

一个优秀的病毒学家，花费数十年时间，纠合一小批顶级的国际同行，成立了一个秘密组织。而这个组织的目的，竟是在地球上复活"天花"病毒！

天花曾经是人类"消灭"的第一个致命传染病，1979年10月26日，联合国世界卫生组织在肯尼亚首都内罗毕宣布，全世界已经消灭了天花病毒，并为此举行了庆祝仪式。这个胜利经常被用来证明"人定胜天"，也是科学主义最心爱的凯旋曲之一。科学主义的宣传还曾许诺：人类将来可以消灭所有有害病毒，从而生活在一个生物学乌托邦之中。

但目前世界上仍有两个戒备森严的实验室里保存着天花病毒，一个在俄罗斯的莫斯科，另一个在美国的亚特兰大。世界卫生组织曾于1993年制定了销毁全球天花病毒样品的具体时间表，但一些科学家认为，天花病毒不应该从地球上完全清除。因为在未来研究中可能还要用到它。美国政府已向全世界表示，反对销毁现存的天花病毒样品，理由是美国必须作好对付生物恐怖威胁的准备，为继续研究对付天花的手段，必须保留这一病毒样品。《十字》的幻想故事就是从俄罗斯的实验室开始的。

《十字》的故事中表达了一种更为激进的观点：消灭天花造成的"真空"，很可能引发更为离奇的病毒（比如艾滋病）前来填补；这种"消灭"是对大自然生态平衡的粗暴破坏，只会带来大自然更可怕的报复，所以要人为散布一些弱化了的天花病毒，以恢复大自然的生态平衡，而人类整体也能够通过激发产生对天花的免疫功能而从中获益——尽管在此过程中某些个体有可能被牺牲。

● 正像王晋康的其他科幻小说一样，这部小说也依然是非常引人入胜、非常可读的。

正如你刚说到的，这部科幻小说的重要背景，以及其中虚构的情节，都与天花这一人类历史上令人恐惧的传染病相关。而"消灭"天花，也可以看作是当代医学史中的重要事件，但当我们把视野扩展到更大的范围，像包括生命伦理学，包括到更深层次的人与自然的关系，以及科学与科学之能力的限度等，也依然是可以对此有些不同的思考的。

也算是偶然，但按前面所说的，也有某种必然，在去年10月，清华大学专门研究生态哲学的雷毅先生、我的女儿以及我自己三人合著出版了一本名为《生态伦理十日谈》的书，在书中正好也提到了天花的例子，并有这样一段话："比如，我们现在完全有能力灭绝天花，而且我们已经消灭了天花，但理智告诉我们，不能灭绝天花。因为在我们不了解天花病毒这个物种实际的生态功能的时候，不了解它与各个物种究竟是何种关系的时候，我们不能贸然地处理掉它们。任何一个物种的灭绝对我们来说都是一件非常糟糕的事情。"

当然，《十字》这部小说仅仅是利用天花病毒作为其叙事的背景与情节的基础，作者所要谈论的，我想，还是对于人与自然以及科学之限度的思考。有意思的是，从《十字》中我们甚至能看到近几年国内有关科学文化争论的某些事件乃至代表性人物的影子。

② 你说的那个影子，想必就是小说中的赵与舟了。作者让赵扮演极端科学主义的代言人，而其人的冬烘之气，又有点像伽利略《关于托勒密与哥白尼两大世界体系的对话》中僵化的亚里士多德主义代言人辛普利邱。作者对赵基本上是揶揄和怜悯，但有时仍然掩饰不住对这个角色的厌恶，比如说他"倒更恰如一个散发着灾难气息的男巫"。

在赵与舟的立场上看来，天花的消灭当然是科学的伟大胜利，而且科学还将乘胜前进消灭更多的病毒。因此"十字"秘密组织的所作所为，在赵与舟看来是十恶不赦的罪行，所以他只盼着见到梅茵"被烧死在正义的火刑柱上"。

不过这部小说的微妙之处在于，对于其中梅茵等"十字"秘密组织的成员来说，要想简单地给他们贴上"科学主义"或"反科学主义"的标签，都相当困难。我的感觉是，梅茵、她的义父、她的情人和丈夫等，其实应该算是"仁慈的科学主义者"或"开放的科学主义者"。他们可以接受"广义人权"之类的动物保护主义乃至"病毒保护主义"观念，但他们在天花问题上的立场，未尝不可以被科学主义引为同盟军。

在小说的情节副线中，那个名叫齐亚·巴兹的恐怖主义者，则是"利用科学做坏事"的典型，他不顾一切地策划和实施生物恐怖袭击，成为人类公敌。

💬 像赵与舟，作为极端科学主义的代言人，小说作者显然是将其作为反面形象来处理的（只不过似乎在对之的夸张处理中略有点儿生硬），其基于极端科学主义立场的所作所为，我相信绝大多数读者也应该是不会喜欢的。而你将梅茵等"十字"秘密组织的成员归于"仁慈的科学主义者"或"开放的科学主义者"，是有一定的道理的。他们确实不属于典型的反科学主义者。他们得出天花病毒不应该被彻底销毁并因而要继续保存和利用的结论，也是基于科学研究的，而非人文伦理的出发点。这与像生态学这样的科学对于人与自然、对于自然生态系统的一些观点也是相近的。我们虽然可以说，在一定程度上，某些于人文伦理立场得出的类似的结论也可以从科学研究中得出，但我们依然要意识到仅有科学的局限，即使是持"开放"的科学或科学主义的立场的局限。

前不久，北京上演迪伦马特的名剧《物理学家》，那是一部写于将近半个世纪以前，基于物理学研究而制成原子弹为背景，讲物理学家之社会责任感的经典戏剧。在接受记者采访时，我曾表示：与40年前不同的是，在过去的几个世纪中，物理学最先对人类的思想方式和社会生活产生了巨大的影响，物理学家更多地处在与哲学、道德、政治的矛盾与交锋之中。然而，40年来，生命科学家逐渐取代了物理学家，处在这种矛盾与交锋的激点上，如果将来再有人写作、排演关于科学家良知的戏剧，生命科学家很有可能成为主角。

而科幻小说《十字》，不恰恰是以生命科学家为主角来讲述这类问题的最新作品吗？

原载 2009 年 6 月 5 日 《文汇读书周报》

江晓原谈末世预言

编者按

　　电影《2012：世界末日》的上映，使得那个古老的玛雅预言突然成为最近报纸娱乐版的热门话题。而在网络上，2012年12月21日这个日期所掀起的狂潮，早已远远超过1999年之前人们对诺查丹玛斯预言的讨论。吞噬一切的地震、冲天而起的岩浆、一英里高的巨浪，电影里面这些令人触目惊心的场景真的会出现吗？带着这样的疑问，记者走访了天文学和科学史专家、上海交通大学著名教授江晓原，请他从科学史的角度来谈谈对末世预言的看法。

　　这两年来，有关2012世界末日的讨论越来越多，特别是西方国家，有很多相关的图书和网站，甚至还拍了电影，最近上映的《2012》就是这个题材的。您觉得末日这个说法有科学上的依据吗？

　　我手里就有三部电影，都是以2012世界末日为主题的。其中有一部和刚上映的这一部类似，它是一个2008年的电影，因为不太被看好，这个电影没有机会上大银幕，直接发行了录像带。里面就讲到玛雅的长历预言了2012年世界末日。类似的电影，还有一部是《2012超新星》。

　　其实它们是大同小异的，只是影片中末日的原因不一样。比方说，刚才我说的那个叫《2012毁灭日》的电影，它想象的是，因为地球自转停下来了，就末日了。《2012超新星》是想象有一颗超新星爆发，巨大的能量要摧毁地球了。现在刚上映的这部电影，讲地球磁极要倒转了。

从这个角度来看，它们的思路都差不多。也就是说，末世来临的具体原因可以是各种各样的，这些原因一般会被编得有点科学性，但这个末日的预言本身是毫无科学性的。

可是在西方，一直以来都有人热衷于谈论世界末日的话题，中国就好像没有类似的说法？

对，预言末日这个事情在西方是比较流行的。主要有三个背景原因：

一个是宗教情怀。宗教情怀总是让人更愿意讨论救世、末日、重生之类的主题，许多宗教色彩浓烈的作品都不外乎这三种主题。

第二个背景是，西方人比较普遍地相信文明是一次次繁荣了又毁灭，再重新繁荣又再毁灭。这种周期性的文明观在他们那边是相当普遍的，这和我们这边所相信的，特别是近几十年的意识形态所造成的一种直线发展的文明观不一样。我们认为文明从初级到高级，无限地往前发展，而他们是一个循环的观念。

第三个背景是，总是有人对社会不满的嘛，喜欢讲末世的人，大多是对当下的社会不满的人，他们认为这个世界太丑恶了，充满罪恶，它理应被毁灭，所以他们呼唤着上帝快把它毁灭吧。

这样的三个背景，其中前面两个背景是我们中国人不具备的，在我们传统文化中也不具备这些。关于文明周期性的观念，在印度传来的佛教中倒是普遍存在的，但是这一点并没有成为佛教本土化之后，我们中国人普遍接受的东西。所以前面两个背景，在我们传统文化里都是缺乏的。

对当下社会不满的人当然是有的，任何时代都有，但是，如果没有前面两个背景的话，就不会有第三个背景。这些对社会不满的人，就会从思想上找别的出路，比方说，呼唤一次革命，来改变社会状态；或者是通过顺应自然的方式，逆来顺受，争取让自己过一个还算过得去的人生，这也是一种出路。因为你没有宗教情怀，没有文明周期论，你就不会呼唤一个末世的到来，来改变这个世界。实际上，呼唤革命或者是逆来顺受，显然是更现实的，比呼唤那个末世要现实多了嘛。

好莱坞也特别好人类末日这一口，《独立日》《彗星撞地球》《黑客帝国》《后天》《世界大战》《先知》《地球停转之日》……数都数不过来。人类怎么就这么爱看爱听自己的末日故事呢？

关于这种末日的事情，我们也不能夸大，说西方人太喜欢这个。比方说你开列的这些电影中，真正属于末世的，只有《先知》和《地球停转之日》的2008年翻拍版可以算。《后天》跟刚上映的这个《2012》是同一个导演，但两者之间有很大差别。

在《后天》这部电影里，并没有人预言末世，只不过描绘了一个人类的灾难，不能算末世。末世是有条件的，首先，末世必须要有一个预言，这样它才会构成末世；第二，末世的情景一定是一个很大的灾难。那么如果没有预言，而是一个突发的灾难，比方说，《彗星撞地球》《世界大战》《独立日》，这些电影里都是一个突发的灾难，它不构成末世的预言。

在西方，直接以2012年12月21日这个日子作为末世的电影，仅我现在所知起码已经有四部了。2012年12月21日这个日子本身就有数字神秘主义的色彩，一定有一部分喜欢神秘主义的人把这个东西信以为真。而且不管他们信不信，至少这个东西在西方是比较流行的，它已经变成了大众文化中的一部分。那些拍幻想电影的编剧、导演、制片人总是想要在这种神秘主义的东西里寻找思想资源，所以他们找到了这个末世预言的话题。而且这个话题看来是相当流行的，要不然怎么会有四部电影都拿它作话题呢？这四部电影都在两年内出现，有点一窝蜂上的样子。

但是，他们做电影的时候，都只是拿它当思想资源。实际上，他们更感兴趣的是什么呢？是灾难片。他们只是给这个灾难的预言披上一件末世的外衣，再给造成这个灾难的原因披上一件科学的外衣，但它的主题并不在这个科学上，而在于灾难。这些末日预言的电影，总是出现巨大的灾难，巨大的灾难是好莱坞喜欢的电影。说它好末世这一口，不如说它好灾难这一口。

灾难片有两点好处，一是灾难片总是能用特效刺激人，我们比灾难片拍得好不好，总是要比你拍出来的场面是不是具有冲击力、震撼力，比如《后天》，我们就认为很成功，很有震撼力，小一点的灾难，比如《泰坦尼克号》，它也很有震撼力，这样的挑战很容易刺激人不断做新的尝试。

第二，灾难片还有一个好处，它总是可以拷问人性。在灾难面前，人性的各种劣根性就要暴露出来，所以就可以拷问了。

这次上映的《2012》，本质上也是一个灾难片，它花了更大的功夫搞灾难片的两个要素。第一个是特效，上映之前网上出现的五分钟超长片花，里面的特效是超酷啊，因为电脑技术不断地在发展，比起几年前的就能好很多。第二呢，拷问人性，现在这个《2012》里当然也拷问人性。它是说，制造了一个方舟（现在已经是"中国制造"了），好躲过灾难，保存人类的精英，但是谁能进那个方舟呢？其实这种拷问已经老套了，以前的另一个科幻灾难片里早就用过了，那个影片叫做《深度撞击》（*Deep Impact*，1998），说有一颗小行星要撞地球了，美国就造了一个地下掩体，就是方舟，让他们指定的多少精英人士可以逃进去，剩下的位置呢，在全民中抽签，抽到的人进去，抽不到的就在外面等死，这也是拷问人性。比如两个人相爱，一个抽到了，一个没抽到，怎么办，等等。这样就很容易拷问人性。你设置一个灾难之后，你可以从多方面拷问人性。

您能否从科学史的角度来谈谈末世预言？

在西方有这样一种传统，或者说有这样一种思维习惯，他们觉得那些预言未来的东西，如果预言到某个地方就中断，通常这个地方是有特殊意义的。

比方说在星占学的历史上，有一个著名的案例，是开普勒给瓦伦斯坦因算命。瓦伦斯坦因是当时的一个贵族，掌握着兵权，非常厉害，后来被人行刺死掉了。他年轻的时候叫开普勒替他算命，他们算命是依据他出生时候的算命天宫图（horoscope），就是五大行星和日月在黄道十二宫位置的图。

那个时候流行，大人物找人算命都是匿名的，如果你是开普勒，我托朋友给你一个人出生的年、月、日、时参数，你通过计算画出此人的算命天宫图，你帮我算一算这个人怎么样。开普勒就是这样接到了瓦伦斯坦因的算命请求的。但是开普勒知道这个人是瓦伦斯坦因，因为那时候算命的这伙人就热衷于打听各个名人的出生年月日时，作为自己的档案放起来，为的就是应付那些大人物匿名算命。所以开普勒知道请求算命的是谁，当然都不说破，就替他算。好多年之后，瓦伦斯坦因已经变成不可一世的大人物，又托人拿这张东西去找开普勒替他算命，开普勒又替他算了一些东西。但是奇怪的是，开普勒只算到某一年以后就不再往下算了。我记不准了，好像是51岁，总之肯定不是什么寿终正寝的岁数——比方说你肯定不会给一个人算到两百岁，没有必要嘛。

就是显然还在盛年的时候，他算到这年就不往下算了，后来瓦伦斯坦因正好这一年被行刺死了。很多人认为开普勒是完全能知道他的未来的，所以他不算下去，这等于暗示了他，他只能活到这一年。这个事情到底是不是真实的，当然很难说，现在两个当事人都已经去世几百年，已经无从考证了。

现在《2012》这个电影，就利用了这一点。说玛雅有一种历法，叫做长历法，它是一个很长周期的——那些周期都非常夸诞，就像印度古代的历法，比这还要长，还要夸诞，年代都是非常巨大的。那么刚好到公元2012年，这个长历法就没有了，就结束了，于是那些人就说这是它对末世的预言。就跟开普勒给瓦伦斯坦因算到51岁这一年没有往下算一样的。

其实呢，开普勒那个事情上，倒是有点神秘之处，可是这个长历法是没有神秘之处的。因为编算一个历法，总要有个止处嘛，编十万年行不行？你不可能无限地编下去嘛。我们平常说的万年历，一般也就编个一百年左右，就结束了，编历法总是要编到某一个地方为止的嘛。因此这个事情完全可以看成是一个偶然事件。

那为什么他们把它说成是什么末世预言呢？其实道理很简单，一个人，你只要打算搞神秘主义了，那么这个世界在你眼中，就将无往而不神秘。

喜欢搞神秘主义的人，就会找出各种各样的东西来作为神秘主义的论据。作为学天体物理出身的人，站在纯粹的科学立场上来说，我觉得没什么神秘的，算历法总要算到某处结束的，不可能一直往下算，那不是很好理解吗？因为原来的初始立场就不一样，你喜欢神秘主义你就会说，它在这里停止不是偶然的啊，它肯定有深意啊，它为什么不在前一年停，不在后一年停？这种问题都是没有意义的，站在唯物主义的立场上，它都是没有意义的。理性地来看问题，就是这样。

那么是不是说，根据现代科学，世界末日是不存在的呢？普通人是不是不应该相信世界末日的存在？

末日这个事情，纯粹站在科学的立场上说，不可知的灾难都是可能的，也许下一个小时就是末日，这个可能性仍然存在，只不过它的概率非常小。

你如果从这个可能性的意义上来说，这个末日的可能性总是存在的，况且，按照我们以前的唯物主义理论，这个世界有始也有终嘛，地球本身也有生命，也有衰老死亡之日嘛，那时候当然就是末日了。从这个意义上来说，末日总是可能存在的。

但问题是，我们现在说信不信的时候，我们是另有暗含的问题的。我们问你信不信的时候，我们其实暗含着另外一个问题，也就是说，如果你信了，你准备怎么生活下去？如果你不信，你又准备怎么生活下去？

比方说，如果你确信两年之后是世界末日了，和你确信两年后世界还正常，你此刻的生活态度就会不一样。在前面一种情形下，也许你现在就开始觉得，反正再过两年世界就完蛋了，我现在很多约束都不愿意接受啦，我要吃喝玩乐啦，我要倒行逆施啦。如果你相信世界还是正常的，那你当然不会胡来了。那么，在这样的背景下，我们来问你信不信，那就是说，你是不是打算按照两年后世界要毁灭来安排你现在的生活。那么理智告诉我们，绝大部分人都不可能这样安排生活，都不可能接受这个假设来安排生活。谁这样做，谁就会被周围的人认为是神经病。

比如说电影《未来战士》第二部（*Terminator 2: Judgment Day*，1991）里头，约翰的妈妈莎拉·康纳就是被关在精神病院里的，因为她知道了来自未来的人告诉她的1997年是审判日，是世界的末日。她一直在预言，说你们一定要做准备，到了这一天，地球上就有灾难，"天网"就要统治地球。人们都认为她有精神病，给她关精神病院去了。也就是说，大部分人，只要是理性的，肯定认为世界将是正常的。

那么为什么大部分人在这种情形下都相信世界将是正常的呢？因为根据现有的科学理论，我们可以知道两年后世界将是正常的，即使太阳系真要发生什么变化，那都是长周期的变化，两年根本就感觉不到，所以我们绝对不会认为两年后是末日。

那么为什么我们相信科学，而不相信神秘主义的预言呢？那是因为，科学在以往这几百年里所取得的业绩，让我们相信这个理论是管用的，它对于大部分自然界现象的解释是正确的。比方说，它对万有引力的理解是正确的，以至于我们可以发射一艘飞船飞向火星，居然就真能在火星上着陆，说明我们计算的轨道是正确的，我们计算这个轨道所依据的整套理论都是正确的，如果它有一点不正确，它就飞不到那里去。你这么想呢，当然，科学的权威是最大的。大部分人面临这个抉择的时候，还是愿意选择科学。选择科学，我们当然假定两年后世界还是正常的。从这个意义上说，我们当然是不信末日预言的。

但是人们在生活中并不总是严格依照科学来生活，比如说很多人相信星座、生肖。

我认为大部分人肯定还是用理性来指导自己生活的。人们通常只是在一个无关紧要的情况下，让神秘主义的东西来指导自己的生活。

我以前演讲，举过这样的例子：有人说星座、算命、皇历这些东西告诉你今天不适宜干什么，明天适宜干什么，他们问我：为什么会有那么多人信？我说你们这样的问法就有问题——你们假定了有很多人信，来问我为什么，要我解释。我说我根本不认为有很多人信。你们说很多人信的依据是什么？其实你们只是看见很多人在谈论它们，而不是他们真的信它们。

比方说，皇历上说今天不宜出行，那我说如果你正在求职，今天有一个重要的面试，你就不去吗？我相信你一定去的。但是如果今天男朋友约你出去看电影，你又不大想去，这个时候你就说，啊呀，不宜出行啊，我今天不要去。你知道这个无关紧要，所以你这么说，是吧？要是你男朋友说，今天你如果不跟我看电影，咱们就吹灯，那说不定你又跟他去看了（当然如果真这样的话吹了也许更好）。我的意思是说，人们通常理性地来处理那些重要的事情，然后把那些无关紧要的事情让非理性的东西来点缀，这样你不是觉得更有趣、更丰富些吗？所以你不能说有很多人信星座，如果你问我为什么很多人都在谈论星座，这样的问题我认为是妥当的，我可以试图来解释，为什么很多人在谈论星座。

这部电影上映之后，大家还是会很热衷于谈论末世的。

这我同意。作为谈助，看电影嘛，是要有一些神秘主义的东西，这个电影看完了，人们沿着这个电影里神秘主义的话题继续讨论讨论，大家觉得很愉快。可是你不会因为这个而改变你对生活的安排，你明天该上班还是要上班。

原载2009年11月22日《东方早报》

星际穿越目前还只是个传说

受访　江晓原　　整理　刘力源

对着一面齐着天花板的木质书架，恍惚间似穿越到了《星际穿越》中的关键场景——墨菲的书房，一缕茶香将人拽回现实，上海交通大学科技史与科学文化研究院院长江晓原在他的书房里侃侃而谈，说的依旧是外太空的那些事——星际穿越是否只是纸上谈兵？多维空间有谁见过？科幻与现实的距离又有多远？……

星际穿越能否实现？

电影《星际穿越》中，男主库珀有着一份最牛履历：穿越虫洞到达河外星系、被吸进黑洞却柳暗花明体验了一把多维空间……在现实生活中，人类的履历是否能添上其中一样？江晓原肯定地给出了答案"no"。所谓的星际航行更像是一个存在于纸面上的传说。

毕业于天体物理专业的江晓原是个科幻迷，看过的科幻电影和小说不下千种，家中有着一整排书架专门放置国内外科幻书籍，收藏的8000余部电影中，幻想类影片超过1500部。他称自己对于科幻的爱好为"不务正业"，而这个"不务正业"也渐渐发展成了他独树一帜的门派。江晓原梳理起科学幻想的发展脉络格外清晰：对于时空旅行，人类抱有这一幻想至少已有100年以上的历史——1895年威尔斯完成《时间机器》，打开了这一主题的想象之门，不过这在当时也纯粹是一个幻想。1915年，爱因斯坦发表广义相对论，随后几年人们不断求解广义相对论的"场方程"，根据场方程计算出来的结果，时空旅行的可能性是存在的。

时空旅行常与星际旅行密不可分，正在上映的诺兰大片《星际穿越》又助燃了人们对星际旅行这一话题的热情。在江晓原看来，星际旅行是"一堂令人沮丧的算术课"，按人类目前的能力，根本实现不了。至于原因，江晓原分析，在人类现有的知识基础上设想进行恒星际的穿越只有几条路径：

一是增加速度，而人类现在连光速的万分之一都无法达到，"在英美科学家的想象中，将来人类能把星际航行的速度提到光速的十分之一——每秒3万公里，这在目前完全达不到，因为现在哪怕把极小的一块物质加速到光速的十分之一，需要耗掉的能量也非常惊人。一些专业人士提到过《星级穿越》中的燃料问题，如果不是因为有一个虫洞缩短了航行距离，飞船绝大部分体积都应该被燃料占掉"。

另一个方案是花费无限长的时间，比如通过让宇航员休眠来完成遥远的星际航行。"休眠对于个体来说时间是停止的，但这也只是个理论上的产物，从未有人在航天中实践过，实际上也几乎可以算作是一条死路。"——江晓原曾做过六年电工，这让他更看重技术细节，目光也往往会落到人们容易忽视的技术细节上，"所有机械零件的工作寿命都非常有限，人类目前发明的东西几乎都不能持续工作半个世纪以上"。在漫长的星际航行中，宇航员一休眠就是几百年，几百年后休眠仪器是否还能稳定工作？搭乘的飞船是否可以做到千万年不坏？答案都是否定的，"机器的运转需要维护保养，得有人伺候才行。所以无限延长航行的时间也不可行。就好比《雪国列车》中，列车永远在开就只是一个幻想"。

两种无解的方案在江晓原看来，提高速度还相对"靠谱"一点，因为延长航行时间，除了技术问题，还涉及人类的心理预期及实际意义。"今天人类派一个使者出使太空，等到两百年后才能回来，对现有的人类而言没有意义，更何况这个时间有可能延长至几万年，那时的地球是什么样子都难以预测，这种长时段的方案，人类在心理上也是接受不了的。"

而高速运行在技术上也有个致命问题——飞船是否载人。"人的肉身无法承受太高的加速度。我们现在生活在重力为一个 g（重力加速度）的空间里，以星际航行为任务的飞船加速时间很短才有意义，一旦加速到光速的十分之一，宇航员感受的力量可能是非常多个 g 的累加，人类的身体肯定受不了。更何况，在现有技术条件下，要做这些事情还要面对无数技术细节。"

"现在就只剩下虫洞了。"在江晓原看来，对于星际航行来说，虫洞是一个非常完美的工具，只要进去就瞬间万里，时间和速度都不成问题，影片《星际穿越》中，木星附近出现了一个虫洞。有一种解读，这是文明高度发达的未来人类为了挽救祖辈而制造出来放到那里的。但如果是这样，为什么不放在地球附近，非要放到那么远的地方呢？影片中也没有交代那个地方对于形成虫洞有什么特殊条件。

不过尽管过程艰辛异常，但虫洞让时空穿越成为了可能，电影中曾留有笔墨为观众解释过虫洞的概念——时空扭曲产生的时间隧道。霍金在《时间简史》里也做过一个简单的解释：两个距离遥远的空间，但空间中有种通道能让物体瞬间通过。类似的解释还出现在好几部科幻电影中，比如《回到未来》。

关于时空扭曲，江晓原介绍时引用了一个更为生动直观的比喻，"设想床上有一张方格子床单，有一个很沉的球放在上面，会看到床中间塌陷下去，球周边床单上的方格不再是平直的。大质量的恒星、天体就相当于这样一个球，而我们周围看不见的空间就好比床单，因此有大质量物体存在的周围空间，会有一定程度的扭曲，只不过这个扭曲通常很小，人类肉眼察觉不到"。

"有足够大的能量就能扭曲时空，这一点在科学界得到共识，现有的知识推测出这一点也是靠谱的。"但江晓原依然表示依靠虫洞实现穿越目前难以企及，"虫洞没有被直接观测到过，它只是一个理论上的存在。而且制造时空隧道，所需要的能量之巨大是人们难以想象的，在现有科学下做不到。只有质量极大而体积极小的黑洞才能强烈地扭曲周围的空间。"

至于常与虫洞混为一谈的黑洞，江晓原也指出，到目前为止这也只是一个理论产物，"事实上我们今天没有靠近过任何黑洞，也没有确切地直接观测到一个黑洞。今天对一切天体的观测都是观测其电磁辐射，黑洞里任何电磁辐射都无法射出，无法验证，因此黑洞只是间接观测的一个结果，观测过程中还存在很多假设环节"。

有朝一日人类能否实现星际穿越的梦想？江晓原觉得这件事情并不能简单预测："由于技术的发展和突破是不可知的，科幻小说《三体》里就特别强调了这一点。有可能几百年都陷于瓶颈没有进展，也有可能几年之内就爆发，因此无法预言实现这一梦想需要花费的时间，在现有层面上，在可见的将来，人类还没有这个能力实现。除非超能力者发现了新的规律，或者不邪恶的外星文明给我们支了招。"江晓原笑言，这种"可能"也纯属"科幻"。

外太空，一个危险系数很高的梦

人类凭借当前的实力可以远行到多远？江晓原的答案是，现在正努力往火星上去，现有条件下，人类如果努力一点，到达火星可能性很大,"但目前也就是到这儿了"。

在太阳系中,人类对于火星的兴趣尤甚,近年对于火星的探索一直未曾间断。最近又有美国一物理学家提出大胆假设,称火星曾拥有两个古文明和生命体,最终毁于外星核爆。对这一假设,江晓原并不赞同,"这个要被确认还有很多路要走,而且这种假说肯定要引入外星文明才行,否则就要引入文明的轮回说——西方有很多人相信,地球上曾经有过非常高级的文明,后来毁灭了,他们认为,文明就是一次次毁灭重建,科幻作品中文明的轮回素材也会经常出现,《星际穿越》的开头也是一样:地球上植物遭受枯萎病,空气已经不适合人类生存……"

说到人类对火星的热情,要追溯到19世纪,当时的欧美国家非常流行观测火星,尤其是一些富豪热衷于用大望远镜开展观测,他们"看到"火星上有很多"运河""城市",关于火星文明的幻想由此盛极一时,科学家们也热烈讨论与火星文明沟通的途径。后来随着光谱分析技术被大量用于天体物理研究,所有关于火星的传说都销声匿迹。"光谱分析的好处是只要收集到行星上的光,就能分析出行星大气的成分,结果发现火星的大气成分人类不能呼吸。"

另外,靠光谱分析,还可以了解到行星表面的温度。那个时代还有很多人想象太阳上有居民,科学家还在严肃的科学刊物上讨论这类话题,后来也是通过光谱分析了解到太阳表面温度,这种猜想也随之"下课"。

江晓原介绍,火星上的文明是个持久的猜测,甚至到现在也还存在,仍然有很多以火星为主要场景的小说、电影产生,人们乐于幻想火星上存在文明,"我相信,等到人类将来到达火星,又会引起一轮热潮"。而地球的另一近邻——金星,由于常年被浓厚的云雾严密笼罩着,难以观测。科幻作品中,人们对它的兴趣远不及火星。此外金星靠近太阳，环境较热也是原因之一。

太空中另一享有极高关注度的是"多维空间"。《星际穿越》上映后，对多维空间的讨论也成一时之热。谈起多维空间，江晓原的态度与对待虫洞等类似，"也检测不出，我们在三维空间生活着，认识到了时间，并将其定义为第四维，但是谁也没有真正见过四维空间。现在通过计算，高维一直可以达到十几维，但弦理论里说的所谓'维'已经完全是玄学了"。

江晓原说："对于多维空间还流行一种说法，当人处在高维空间看低维空间，就会了解下面维度的过去现在未来；从高维干预低维，就好似神要干预凡间的事情，相对低维有'超能力'。虽然从数学上可以解释高维，但都没有实证，都是推论。"

有人希望，有朝一日技术发达了，人类也可以与其他空间"对上暗号"，这在江晓原看来"凶多吉少"，大部分情况下人类会遭祸，"我们常常看到的都是一边倒的'探索外空间，与外星文明沟通'，实际上几十年来，西方一直有一派人坚决反对与外星文明沟通，认为人类主动去沟通多半会招祸。因为人类现在还出不去，而他们能到地球来，证明他们的能力比地球人强。地球上已经有太多弱肉强食的例子，先进文明引入后，地球人的命运可想而知，人类可能招致灭顶之灾。霍金最近也在《大设计》里明确表示，不应该主动去与外星文明沟通，因为它们可能是邪恶的，可能是它们原来居住的行星资源已经耗竭，它们变成了宇宙间的流浪者，这种外星文明极具侵略性。"

尽管存在危险，但外太空对人类的莫名吸引力从未减弱，提到人类遨游太空的梦想，江晓原总觉得有些可疑——这并不是由科幻作家灌输给我们的，对于许多人是生而有之。"依照某种神秘主义的说法，人类之所以总是做着到天上去的梦，几乎所有的探索也都是要到天上去，是因为人类本来就来自外太空，人类下意识里一直觉得遥远的母邦就是天上的某一颗星,所以人类想象中的神也总是在天上。这种故事听着挺有文学色彩,不过也没有什么实证。"

科幻与科学的距离

《星际穿越》最引人注意的是其中对于物理理论的拿捏运用,整部影片看上去"很科学"。但科幻距离科学的距离有多远?曾有人说,幻想和科学探索的界限根本分不清。

事实上,通过考察天文学发展过程中与幻想交织的案例,我们可以看到,科学与幻想之间根本没有难以逾越的鸿沟,两者之间的边境是开放的,它们经常自由地到对方领地上出入往来。或者换一种说法,科幻其实可以被看作科学活动的一个组成部分。

这种貌似"激进"的观点其实并不孤立,例如英国著名演化生物学家理查德·道金斯在《自私的基因》一书中,就建议他的读者"不妨把这本书当作科学幻想小说来阅读",尽管他的书"绝非杜撰之作","不是幻想,而是科学"。道金斯这句话有几分调侃的味道,但它确实说明了科学与幻想的分界有时是非常模糊的。

又如,英国科幻研究学者亚当·罗伯茨在《科幻小说史》中,也把科幻表述为"一种科学活动模式",并尝试从有影响的西方科学哲学思想家那里寻找支持——他找到了费耶阿本德关于科学方法"怎么都行"的学说,费耶阿本德认为:"科学家如同建造不同规模不同形状建筑物的建筑师,他们只能在结果之后——也就是说,只有等他们完成他们的建筑之后才能进行评价。所以科学理论是站得住脚的,还是错的,没人知道。"不过,罗伯茨不无遗憾地指出,在科学界,实际上并不能看到费耶阿本德所鼓吹的这种无政府主义状态,然而他却满怀热情地写道:"确实有这么一个地方，存在着费耶阿本德所提倡的科学类型，在那里，卓越的非正统思想家自由发挥他们的观点，无论这些观点初看起来有多么怪异；在那里，可以进行天马行空的实验研究。这个地方叫做科幻小说。"

江晓原又强调，其实"科幻"这个措词是富有中国特色的——因为我们喜欢将"科幻"与"魔幻""玄幻"等区分开来。我们将故事中有科学包装的幻想作品称为科幻，比如《星际穿越》就是科幻，而《指环王》《哈利·波特》就不是科幻。但在西方人的心目中，这些作品都被视为"幻想作品"，并无高低贵贱之分。

江晓原将科幻故事的母题大致归纳为5类：

第一个母题是星际航行/时空旅行，"凡是星际航行肯定都是时空旅行，两者总归牵扯一起，因为有相对论效应"。

第二个母题是外星文明。有关作品数不胜数，最近因《星际穿越》而经常被人联想到的经典影片《2001太空漫游》就是突出代表。

第三个母题是造物主与其创造物之间的永恒恐惧。这个母题里包括机器人、克隆人等元素，造物主总是担心被造物控制不住，因此总要预设一个杀手锏，比方说《银翼杀手》里的再造人，为了防止其谋反，寿命设定只有四年。被创造物因为知道造物主对自己不信任，因此也必然想尽办法突破杀手锏，通常不对造物主心怀感恩，而是怨恨和敌视，这个母题覆盖的作品很广。

第四个母题是末世。"科幻作品经常想象地球末日、人类终结，人类文明只剩下一点残山剩水，比如《星际穿越》开头所展示的。在这样残余的文明里，资源争夺是不可避免的，《星际穿越》中曼恩意图杀死库珀，制止他驾驶小飞船回地球，这与小说《三体》中的'黑暗之战'非常相似，当资源只有一点点的时候，人性的黑暗就会显现。"

这一母题在影片《雪国列车》中也能看到。

最后一个母题是反乌托邦。即担心在技术支持下的一种集权社会，近期的几部科幻影片如《分歧者》《饥饿游戏》等，都属此类。"反乌托邦电影有一些默认的色调，从《1984》开始，这一类电影似乎都是以灰黄为主色调。近期的电影《雪国列车》就自觉地接上了反乌托邦的血统，直接让人想到《1984》《美丽新世界》等，谱系严密。"

江晓原说，能引起观众热烈讨论的电影往往都涵盖了不止一个母题，如《星际穿越》就涉及了末世、星际航行两个母题。而时空旅行母题下的一个重要分支——"祖父悖论"，即未来的人能不能回去干预历史，也经常运用到科幻作品当中。"在物理学上到底能否干预也没有实验的证据，霍金本人明确表示干预是不可能的，因为他相信物理学定律会阻碍干预的发生。对祖父悖论的另一种解决方案是'多世界'（即平行宇宙）理论，根据不同的可能不断地分岔，每一个分岔对应的都是一个平行宇宙。每个宇宙里的事情发展不一样。"

《星际穿越》中的宗教与科学

《星际穿越》使用的物理学专用术语不少，对于这样一部作品，江晓原自然要将它放入脑海中的科幻作品库中称称分量。江晓原认为，在总体上，《星际穿越》要优于《盗梦空间》——他曾写过《盗梦空间》的长篇影评，对该片给了很低的评价。

"有人把导演诺兰美化成神，但是在科幻电影里成为'神'是很难的，因为科幻电影已经有了100多年的历史，最早的片子可以追溯到1902年的《月球旅行记》，在这个漫长的历史时期里，许许多多的桥段人们都想过了，科幻电影发展到今天会出现很多相同之处。比方《云图》把故事割碎一片片叙述，这种叙事手法格里菲斯在1916年的经典影片《党同伐异》中已经用过了。"

诺兰的电影其实也大量借鉴了前辈的东西。比如《盗梦空间》令人咋舌的层叠空间，江晓原曾在一篇文章中列举了15部他看过的电影，其中都有过类似的创意。又如《星际穿越》最后库珀自愿落入黑洞，按照科学，库珀的结果必然是万劫不复，而他却意外地掉入多维空间。这一情节让江晓原想起波兰科幻作家莱姆的小说《索拉里斯星》，索拉里斯星是一颗神秘星球，表面覆有一片大洋，人类派往的研究人员到了索拉里斯星后都会精神失常，男主角被派去后，发现索拉里斯星的特别之处是能看到生命中逝去的人，而他也见到了死去的爱人，最后男主角自愿落入大洋，醒过来却发现回到了家里，活色生香的爱人就在旁边。曾将这一作品搬上大荧幕的导演索德伯格曾说："索拉里斯是一个关于上帝的隐喻。"如果仿此而言，则《星际穿越》中库珀掉入的黑洞，同样是一个关于上帝的隐喻。

另一个让江晓原产生"似曾相识"念头的是剧中的书架。电影里多次出现书架附近有超自然力量的情节，电影将书架的神奇解释为其连通了多维空间，库珀在另一空间通过书架不断想给墨菲一些暗示，但在江晓原看来，这个书架某种意义上就像佛教密宗修持的本尊，"密宗修持者每晚对着密室中供奉的塑像、画像念诵真言，有人认为，塑像或画像将对修持的人产生一定的作用，比如给予启示或使肉身发生某种超自然的现象等，只不过这些塑像、画像在电影中换成了一个书架，书架就是超自然力量的所在，我觉得五维空间的理论本来就很玄妙，放入密宗修持同样可以适用，诺兰拍《星际穿越》时从密宗修持中获得灵感也是有可能的"。

至于人们热议的电影中的科学成分，江晓原也有独到的看法。

此次,《星际穿越》的一大噱头就是请来了霍金的好友——美国理论物理学家索恩作为顾问,索恩是研究广义相对论、天体物理学和宇宙学的著名学者之一。"这部电影虽然用了索恩作为号召,但这种宣传中绝对包含了营销行为,诺兰在多大程度上接受了索恩的建议目前也不可知。"

在江晓原看来,《星际穿越》的台词大部分符合科学常识,但情节设置上有些与科学常识是相违背的。"电影的科学性不要太当真。"他最近主持翻译的丛书中有一本《好莱坞的白大褂》,专门论述好莱坞电影与科学的关系,"其实说穿了就是好莱坞把一切东西都拿来当作它的资源,科学也只是其资源的一部分。拍电影,不是上科学课,因此科学成分不能评价太高。对好莱坞的人来说,更关心的是故事好不好玩,多弄点科学对故事是否有益"。

不过,江晓原也提到了电影中展现的一些霍金、索恩等物理学家研究领域中的相关内容,比如虫洞在理论上的功能,又如提到了广义相对论和量子力学之间没有办法一致,"这是物理学上目前的观点,霍金就致力于使二者联系起来,现在人们相信所谓的'弦理论'可能将二者联系起来,但其实也是很玄的。我们理解的经典物理学,是可以设计实验或观测,总之是可以验证的,弦理论还没有任何实证可以证明,只是个理论"。江晓原认为,物理学发展到这个地步,跟科幻的界限就模糊了,"如宇宙学等的前沿几乎就是科幻,所以有的人称之为玄学"。

江晓原说,"科幻在中国一直被视为科普的一部分,所以曾长期拜倒在科学技术脚下,一味只为科学技术唱幼稚的赞歌,但现在也大多跟西方接轨了。这个所谓的'轨',是指从19世纪末威尔斯的《星际战争》(即《火星人大战地球》)、《时间机器》开始,科幻的主流就是反思科学、反科学主义,所以在这些科幻作品里,人类的未来都是黑暗的,科学技术为我们带来的通常都是负面后果。《星级穿越》一上来展现的光景也是残破黑暗的未来"。

江晓原认为,"科幻作品最大的价值,不在科学性,而在思想性。不在作品展示的科学知识或预言的科技发展,而在作品对科学技术的反思,包括对科学技术局限性的认识,对科学技术负面价值的思考,对滥用科学技术可能带来的后果的评估和警告"。

原载 2014 年 12 月 5 日 《文汇报》

RENGONG ZHINENG · DASHUJU ·
XUNI XIANSHI

人工智能·大数据·虚拟现实

CHAPTER 2

在数字城堡遇见戈尔和斯诺登

小说《数字城堡》的故事

丹·布朗（Dan Brown）因小说《达·芬奇密码》（*The Da Vinci Code*，2003）畅销，还拍成了同名电影（2006），成为当红作家。其实他的前一部畅销小说《数字城堡》（*Digital Fortress*，1998），已经显示了他作为一个密切关注社会现实的科幻作家的巨大潜力。这部小说极富前瞻性地表达了对互联网侵犯公众隐私的忧虑和恐惧。

在《数字城堡》的故事中，美国情报机构"国家安全局"以"防止恐怖活动"为理由，建造了一个可以窥探全世界一切电子邮件的"万能解密机"，此举遭到一些人——包括该机构原先的成员——的极力反对，最终"万能解密机"被反抗者摧毁。不过丹·布朗自己对这个问题的立场，在小说中则是暧昧不明的。

这牵涉到几方面的问题。首先，窥探公众隐私的理由，本来是为了防止犯罪，但是在犯罪实施之前，"万能解密机"之类的高科技设施，窥探到的其实只是犯罪计划或犯罪的思想动机，而仅仅因为某人有犯罪计划或犯罪的思想动机，就对他进行制裁和惩罚，这虽然从理论上说不无道理，实际操作起来却是不可能的。因为实施了犯罪，才会形成证据，才可以据此认定犯罪事实；而犯罪动机则是思想上的事情，仅有犯罪计划也没有事实可以被认定，因此就需要"解读"，而这种解读，哪怕是由菲利普·迪克（Philip K. Dick）的小说《少数派报告》（*Minority Report*，亦有同名电影，2002）中的"预测者"来进行，也必然导致歧义、误读、武断等问题，就像《水浒》中黄文炳对宋江题在浔阳楼上的"反诗"的解读那样，据此定罪，不可能是公正的，因为很容易将无辜者入罪。

《数字城堡》中展示的另一个重要问题是，有些人总是想暗中掌握别人的隐私，"万能解密机"这类东西对外当然必须严格保密，不能让公众知道自己正处在严密监控中，而监控者实际上能够知道别人的一举一动，这给情报机构的首脑带来某种"君临天下"的感觉，那种感觉真是好极了——那是权欲和偷窥欲的双重满足。技术手段的进步，确实有可能给我们带来难以预料的后果。当一种新技术刚出现时，人们往往很容易看到它带来的便利，比如电子邮件，但是，当人们一天也离不开电子邮件时，"万能解密机"之类的东西就开始严重威胁公众隐私了。

隐私是自由和人权不可分割的组成部分，所以《数字城堡》故事中最重要的问题是：如果以"预防犯罪"或"反恐"为理由侵犯公众隐私，就会形成公众尚未被犯罪或恐怖活动侵犯于彼，却已先被"预防犯罪"和"反恐"措施侵犯于此的荒谬局面。

戈尔在斯诺登之前已经揭露和批判了"棱镜门"

美国前副总统戈尔，集多种身份于一身，他是世界环境保护运动的大力推动者——由此还获得了诺贝尔和平奖；他主持的纪录片《难以忽视的真相》获第79届奥斯卡金像奖；与此同时，他还可以算一个相当成功的商人。一个集上述多种身份于一身的人，通常有着丰富的社会资源和人脉关系。在这些有利条件的基础上，如果又能勤于思考，著述不辍，则发为文章，必有可观。戈尔的新作《未来：改变全球的六大驱动力》（The Future: Six Drivers of Global Change，2013）正是一部这样的作品。

《未来》中一个非常引人注目的例子，就是对美国有关当局的监控活动的抨击。斯诺登所揭露的"棱镜门"之类对公民的非法监控，其实戈尔在《未来》第二章中早已经有过充分的揭露。戈尔地位高，名头大，又集多种身份于一身，掌握的信息比一般公众多得多。如果说斯诺登爆出的"猛料"提供了某些具体的例证和细节，那么戈尔不仅从宏观上对美国情报机构的侵权监控进行了揭露和批判，在具体指证上也与斯诺登各有千秋，异曲同工。

戈尔指出："很多人全然不考虑这样一种前景，即美国可能逐渐发展成一个监控之国，而这个国家所拥有的权力将会威胁到公民的自由。"（111页，上海译文出版社，下同）他举出了若干骇人听闻的例证。例如所谓的"网络安全威胁"和"反恐"，"被用作新的正当理由来建立一个世界上迄今所知最具侵入性和最强大的数据收集系统"，这个系统于2011年1月在犹他州奠基，预定2013年年底投入使用，它有能力"监控所有美国居民发出或收到的电话、电子邮件、短信、谷歌搜索或其他电子通讯（无论加密与否），所有这些通讯将会被永久储存用于数据挖掘"。（115页）

戈尔所揭露的上述系统，已经是丹·布朗在15年前的小说中详细描述过的"数字城堡"的升级版。写小说虽然难免虚构，但丹·布朗总要有一些来自生活的素材吧？从戈尔《未来》中所揭露的情况来看，美国对公众的监控历时已久，政出多门，有多种多样的项目和途径。例如戈尔说，"据一位前国家安全局官员估算，自'9·11'事件起，国家安全局已经窃听了'15万亿到20万亿次'的通讯"。（112页）

在斯诺登揭露"棱镜门"之后，奥巴马和美国政府官员纷纷出来为美国情报机构进行徒劳的辩护。在他们的辩护中,"授权"是一个经常出现的措词——仿佛有了"授权",这种监控行径就变得合法和正义了。对此我们可以看看戈尔在《未来》中是怎么说的:

> 《互联网情报分享与保护法案》就是一个准许政府在有理由怀疑网络犯罪时窃听任何在线通讯的美国法律提案,……但是在该法律广义条款下可被视为有嫌疑的互联网通讯量如此巨大,以至于该提案实际上免除了政府部门遵守其他各种意欲保护互联网用户隐私的法律的义务。(115页)

也就是说,有了该提案,"其他各种意欲保护互联网用户隐私的法律"实际上就会统统失效。戈尔对此持强烈的批判态度,他甚至引用了幻想小说《一九八四》来说事:"连乔治·奥威尔都可能会拒绝此类例子出现在他对一个警察国家权力的描述中,以免读者认为不可信。"(113页)

斯诺登为《数字城堡》和戈尔补充了细节

现在让我们来重温三个时间节点:丹·布朗的小说《数字城堡》出版于1998年;戈尔的《未来》出版于2013年——但戈尔肯定至少在数年前就开始为该书准备材料了;斯诺登向世人揭发"棱镜门"是在2013年6月。

在小说《数字城堡》刚出版时,读者如认为故事中的"数字城堡"纯属想象,固无不可;但戈尔作为一个在政治上大有身份的人,不可能在书中仅凭想象就信口开河,所以《未来》中揭露的相关内容,对于理解斯诺登和"棱镜门"大有帮助——斯诺登以一个"起义特工"的身份,为《数字城堡》的想象和戈尔的揭发提供了骇人听闻的细节和证据。

既然戈尔已经在斯诺登之前就立场鲜明地揭露和批判了美国政府对公众的非法监控，那么一个非常有意思的问题是，戈尔会对斯诺登持什么态度？《南方周末》记者采访戈尔时直接向他问了这个问题：如何评价"棱镜门"？戈尔是这样回答的：

> 我觉得对这件事情历史会给出一个更好的评价，而不是我们现在所作的评论。毫无疑问的是，充分的证据证明，斯诺登的行为违反了美国法律，……但他揭露的事件是很让人感兴趣的。对于他的所作所为，我们得等待历史的评判。（2013年7月25日《南方周末》）

从上面的回答中，谁都看得出戈尔对斯诺登是同情的，他的这个回答和《未来》一书中的有关立场也是完全相容的。

原载《新发现》2014年第7期

《克拉拉和太阳》：无我机器人的挽歌

古代中国文人有一种在现代人看来极度自恋的文学游戏：他们会作题为"自代内赠"的诗歌——就是诗人自己用第一人称单数替诗人的太太给诗人自己写诗。那些诗呈现的，当然都是诗人太太对诗人的爱慕或关爱。

石黑一雄的新小说《克拉拉与太阳》（*Klara and the Sun*，2021），可以说就是一首温情脉脉的、充满忧伤的人类"自代内赠"作品——人类作家用第一人称单数替机器人写给人类的小说，只是那机器人的身份并非太太。

克拉拉是一个专门为陪伴少年而设计的机器人，她敏感而细腻，在商店里等候了许多日子之后，终于遇到了一个对自己非常中意的小女孩乔西，乔西央求母亲将她买下，于是克拉拉来到乔西家，开始了她的"职业生涯"。

这是一个当代西方社会典型的中产家庭，乔西和母亲、女管家生活在一起，克拉拉成为这个家庭的第四个成员。已经离异的父亲有时也会和她们往来。早恋的乔西有一个门不当户不对的不咸不淡的小男友，女管家要求当这对小鸳鸯同处一间屋子时，克拉拉必须在场，以确保他们不"胡来"。后来当他们向克拉拉赤裸裸地保证"不会发生性行为"之后，克拉拉也会退出屋外。

这个家庭对克拉拉非常尊重，机器人科幻作品中常见的机器人的人权问题，在这个家庭里根本不存在，或者说被石黑一雄简单回避了。克拉拉的地位,很像中国明清小说中有钱人家的伴读书童。

随着日子一天天过去,克拉拉逐渐感觉乔西家里有一种非常压抑的气氛。首先是乔西一直在生病,她的病时好时坏,好的时候也经常是虚弱的,坏的时候则缠绵病榻。更令人压抑的是她的病因,她曾经有过一个姐姐,是十多岁时病故的,病因和乔西相同——都是因为接受了一种被称为"提升"的基因技术改造。

这种"提升"是那个社会中的阶层分界。有钱的人家才有条件让自己的孩子进行"提升",而好的大学只接受被"提升"过的孩子。乔西的小男友之所以是门不当户不对的,就是因为他家是贫困的底层社会,无法为他"提升",这导致他从小在孩子们中间就备受歧视和欺负。尽管他实际上非常聪明,而且和乔西青梅竹马,对乔西一往情深,但他们的爱情终究无法修成正果。

石黑一雄对这种"提升"只是虚写,没有描绘任何细节。但在他笔下,这种技术是有相当大风险的,乔西的姐姐就是因为接受这种技术改造而病故的。乔西的母亲挺过了那次痛失爱女的打击,但是现在乔西又因此而得病了,如果她再重蹈姐姐的覆辙,母亲是无论如何也承受不了了。

为此,母亲不惜一切代价,调动一切资源,悄悄实施一个计划——制造一个和乔西一样的机器人,万一乔西病故,这个机器人可以代替乔西,让母亲不至于生无可恋。这个计划后来改为将克拉拉改造成乔西,因为这样看起来可以事半功倍。他们起先一直瞒着克拉拉,后来为了得到她的配合,不得不向她告知了。

故事发展到这里,就要面临一个棘手的问题:克拉拉愿不愿意配合这个计划?站在克拉拉的立场上来看,这个计划将会令克拉拉丧失自我。所以问题可以立即转换为:机器人有没有自我意识?从编故事的角度来考虑,显然答案为"有"更受欢迎。例如著名剧集《西部世界》（Westworld，2016—2020）最核心的问题之一，就是机器人自我意识的觉醒。但这却不是石黑一雄关心的重点，所以他选择了"没有"。

克拉拉是一个完全"无我"的机器人，真正做到了毫不利己专门利人。为了乔西，克拉拉可以做任何事情，甚至不惜损害自己的健康。最终，就在乔西即将不治的时候，克拉拉用一种充满神秘主义色彩的方法，挽救了乔西，治好了她的病。几年后，乔西考上了她这个阶层应该上的大学，克拉拉的陪伴使命宣告终结。尽管母亲对克拉拉是满心感激的，但克拉拉仍不能免于被废弃的命运。

最终，克拉拉在废弃机器人的堆场上，平静地、无怨无悔地接受了自己的命运——为人类付出了自己的一切，被人类用完之后却弃若敝屣。这样的一首"自代内赠"作品，读起来让人感觉很忧伤。然而再一想，人类对于生活中使用的许多器物，不都是这种薄情寡义的态度吗？所以石黑一雄企图用简单方式回避的机器人的人权问题，又隐隐回来了。

原载 2021 年 4 月 18 日《新民晚报》

人类将如何面对自己的创造物？

——剧集《你好，安怡》观后

中国近年的影视作品，从各方面看进步都非常快，包括以往国内较少尝试的科幻题材，也有了不少值得称道的作品。中国的科幻创作曾长期处在"科普纲领"的强烈影响之下，许多人，包括相当多的创作者，习惯于将科幻视为科普的一种形式，而且还是以青少年为目标读者的低幼形式。当国内科幻小说作家整体上在20世纪90年代完成了"和国际接轨"的转变之后，影视作品仍然滞后。直到最近几年，在优秀作品带动下，在相关政策感召下，情况才有了较为明显的改善。观众认为影片《流浪地球》的成功才真正开启了中国影视的"科幻元年"，信非虚语。

在告别了"科普纲领"之后——这绝不意味着优秀的科幻作品不会在客观上继续发挥科普的实际作用，科幻作品最值得重视的价值就是它的思想性，而思想性恰恰是国内科幻作品的短板。这块短板亟需有作品将它弥补起来。前不久播出的30集科幻剧集《你好，安怡》（以下简称《安怡》）在这方面做了相当成功的尝试。

虽然《安怡》有着一般青春剧的形式，主要是一群青春靓丽的年轻人的故事，用亲子关系、爱情等辅线来帮助推进情节，但编剧看来对人工智能问题做过不少功课，对于当下有关人工智能的几乎所有重要争议和思考，剧中都试图有所表现或回应，这在以往的国产科幻影视作品中比较少见。

人权·三定律·图灵测试

首先是机器人（完全可以平移为克隆人、复制人、人造人……在《安怡》中是"芯机人"）的人权问题。在无数涉及人工智能题材的科幻作品中，机器人的人权问题经常被作为主题或主题之一。《安怡》中那些已经有了自我意识的机器人，希望得到人类的平等对待，它们痛恨人类将自己看成一台机器，特别痛恨人类在挽救一个人类生命时，可以毫不犹豫地牺牲机器人的生命。这其实也就是希望获得人权。在《安怡》中，正面角色都认同了这一点，这可以理解为剧集赞成承认机器人的人权——如果它们的自我意识已经具备或觉醒，并且在各方面足够优秀的话。

阿西莫夫在他的小说中提出了著名的"机器人三定律"。国外一些涉及人工智能的早期作品中，还郑重其事地找机会将这三定律宣示一番。《安怡》中也对"机器人三定律"有所宣示，且安排得比较自然。值得注意的是，剧集对违反三定律的现象有所思考。剧中出现了受罪犯操控的机器人杀手，而剧中人物明确指出，这样的机器人直接违反三定律中的第一定律"机器人不得伤害人类"。这个情节背后的道理虽然简单，却可以直接推论出：任何军事用途的机器人都是直接违反三定律的。事实上，根据"机器人不得伤害人类"，我们甚至不可以让机器人来对一个死刑犯人执行死刑——死刑必须由人类来执行。所以对于军事用途的人工智能，我们只能抱着和当年研发"两弹一星"同样的心态去研发。

著名的"图灵测试"，是国外一些科幻影视作品中喜欢表现的内容，比如影片《机械姬》（*Ex Machina*，2015），详细展示了反人类的机器人如何通过测试，而《安怡》将这个问题直接转换为机器人和人类的识别问题。在剧集设想的情节中，机器人通过"图灵测试"早已不是问题，杨小兰长期隐瞒自己的机器人身份，在政府部门担任公务员；文浩康甚至一直在机器人专家程世光身边担任助理和亲信，也没有让程世光发现它其实是机器人。这表明剧集并不认为机器人通过"图灵测试"有什么划时代的意义。

奇点和自我意识

在《安怡》中，最重要的悬念是"奇点"。类似科技狂人的机器人专家程世光，以及心怀深深怨念潜伏在程世光身边后来凶相毕露的机器人文浩康，都心心念念要"开启奇点"。但是，"奇点"如何开启？开启之后意味着什么？这两个角色都没有想明白。事实上，剧集对这两个问题显然也没有想明白——眼下谁能将这两个问题想明白？

"奇点"之说的流行，源自库兹韦尔（R. Kurzweil）的《奇点临近》（*The Singularity Is Near*，2005）一书。书中鼓吹，到2045年，人工智能将超越人类，那时就是"奇点"的到来："奇点涉及很多方面，其发展速度是近似垂直的指数增长，技术的扩展速度也几乎是无限的。"书中还明确预言，2020年之前人工智能将通过"图灵测试"，现在看来至少是估计得过早了。

库兹韦尔的书虽然总体上有呼唤"奇点"的姿态，但他书中论述给人的印象，"奇点"是一个亦正亦邪的时刻，虽然激动人心，却也充满风险。而《安怡》对待"奇点"的态度也是相当暧昧的：不顾一切要开启"奇点"的，是两个反面人物，剧中的正面人物都在奋不顾身地阻止"奇点"的开启。但"奇点"到底意味着什么呢？根据剧中人物的对白，似乎主要是这一点：有自我意识的机器人大量出现。至于"奇点"如何开启，在此基础上也就不难想象了：程世光和文浩康都打算将能够产生机器人自我意识的程序上传到网上去，让千千万万机器人能够自我升级，这样"奇点"就能够开启。

于是我们就进入《安怡》中最基本的设定之一，即机器人的自我意识问题。这个问题是国外许多作品喜欢浓墨重彩去描写和想象的，比如剧集《西部世界》（Westworld，2016—2020），几乎整个第一季都在表现机器人自我意识的萌生或觉醒。而《安怡》则采用了简捷明了的方式，一上来就指明了四个有自我意识的机器人，后来又追加了两个潜伏的。这些机器人的自我意识，也不是自动萌发的，而是它们的"父亲"、人工智能专家李建维直接赋予它们的。

其实人类的意识到底是什么，至今也没有定论。心理学家、脑科学家、科幻作家、人工智能专家都会关心这个问题。一些脑科学家试图将人类意识还原或理解为人脑某种物理运动的产物，这虽然具有哲学上的诱惑性，但迄今仍缺乏实证。

而《安怡》将自我意识想象为某一段神秘的代码或程序，李建维将它写入了姜离、叶坤、曲思家、小马、李遥（他的大脑是电脑）、杨小兰乃至文浩康的脑中，它们就都是一出场即具有自我意识的机器人。程世光、文浩康为了开启奇点，不顾一切想要获得的也就是这段代码或程序。剧集的这个想法，有可能得到一部分人工智能专家的赞成，尽管这样神奇的代码或程序迄今在现实世界中尚不存在。

人类打算如何与机器人相处？

和国外许多剧集一样，《安怡》的结尾也是开放的：有了机器人的未来世界，既可能鸟语花香，也可能腥风血雨。人类打算如何与机器人相处呢？如果具有自我意识的机器人是危险的，我们又有什么必要将它们研发出来呢？

原载 2021 年 7 月 20 日《文汇报》

《失控玩家》：谁更需要担心失控？

自由的不同境界

影片《失控玩家》（*Free Guy*，2021）上映以来，票房尚可，媒体开始相当看好，但后来似乎也就不过如此了。影片的中文片名译成《失控玩家》，估计是为了攀援三年前的另一部讲游戏故事的影片《头号玩家》（*Ready Player One*，2018），但这样的攀援对观众有严重误导，因为在《失控玩家》的故事中，事实上没有任何玩家失控，失控的是游戏中一个名叫盖的小角色。

影片中的第一关键词是"自由"。故片名就叫"自由的盖"，盖是游戏《自由城》（*Free City*）中的一个小角色。"自由城"这款游戏，非常典型地宣示了许多美国人心目中"自由"的恶俗境界——可以坑蒙拐骗、杀人放火、无恶不作而不受法律制裁。"自由城"就是新版的"西部世界"，玩家到游戏中去嫖娼杀人抢银行，在现实世界中想做而不敢做的种种坏事，到游戏中都可以肆无忌惮地实施，过把瘾还不用死。

当然，作为隐含的对比，影片也呼唤了另一种境界稍高一点的自由——能够做自己想做的事情。比如游戏中咖啡吧的女服务员，希望不要天天都调制游戏中规定的咖啡，而是能够调一杯卡布奇诺。又如主人公盖，是游戏中设定的一个银行小职员，按照设定他在游戏中应该在玩家抢银行时被一枪打死，可是在游戏中他天天遇到一个美丽的女孩米莉，她年轻貌美聪明能干，盖爱上了她，盖希望自己不被一枪打死，而是有机会结识米莉，和她搭讪和她拍拖。这就算是境界较高的自由了。影片结尾时出现的新游戏《自由人生》（*Free Life*）也是同样意思，即人们可以做自己想做的事情，过自己希望过的人生。

自由意志可以是一段程序吗？

盖因为对米莉动了凡心，在失控的道路上越走越远。米莉也不是玩家，而是《自由城》游戏的线上管理人员，但有时她也会"下场"进入游戏扮演（其实就是操控）一个时尚美少女的角色——盖爱上的就是那个角色。盖在她的指点下不断升级，从游戏中一个龙套角色逐渐变成了"大神"级别。

本来，盖的这种行为从一开始就是不被允许的，游戏管理员随时可以制止他，但因为米莉半推半就逐渐接受了盖的追求，她乐见游戏中自己的追求者成长为大神。

按理，盖和米莉的这种"失控爱情"，是游戏设定中根本没有的，米莉的老板也可以轻而易举地制止盖和米莉的行为。事实上老板也多次试图制止，无奈盖和米莉背后还有一个支持者，游戏的程序员"键盘"，他多次对老板的指令阳奉阴违，暗中帮助盖和米莉。

故事发展到这里就开始有哲学意味了。盖和米莉的爱情确实是自发的，这段爱情不是来自预先写好的程序，而是在程序运行中逐渐出现的。

但是，为什么游戏中别的角色，比如胖胖的黑人保安，以及其他各种男性龙套角色，都能够各安本分，每次都乖乖扮演设定的角色，而不对美艳的米莉动凡心呢？

如果认为盖对米莉的失控爱情是自由意志的表现，那么我们就会面临两个问题：一是为何别的游戏角色没有产生自由意志？二是自由意志到底是什么？对于第二个问题，哲学家迄今也没有给出得到普遍认同的答案。这个问题还是人工智能所牵涉的几个终极问题之一。而解决了第二个问题，第一个问题也就迎刃而解。

电影既然把故事编到了这里，对上述两个问题总要有自己的答案。影片中结尾处也确实给出了答案，这个答案采用盖在游戏中对米莉陈述的方式给出。考虑到《失控玩家》的"热映"早已过去，我们就不要再顾虑什么"剧透"而遮遮掩掩了，让我用大白话直接说吧，其实这个答案相当老套低俗：

原来游戏的程序员"键盘"，和米莉是办公室同事，他一直悄悄爱慕着米莉，但是缺乏勇气表白，于是他给盖这个角色写了"复杂"的程序，这个程序中隐藏了盖爱上米莉的可能性。后来游戏中的"失控爱情"，就是这种可能性的实现。

所以最后盖在游戏中告诉米莉操控的美少女，自己其实只是某人写给真实世界中的你的一封情书，爱你的人在游戏外面的世界中。办公室中坐在电脑屏幕前的米莉恍然大悟，奔出去和"键盘"在街上拥吻起来。

也就是说，《失控玩家》给出的答案是：自由意志可以是一段足够复杂的程序。这个答案能不能得到哲学家们的认同，我们不用去管，但在这样一部本质上仍属"爆米花电影"的作品中，居然能够演绎出这样一个答案，也算是有相当的思想价值了。

旧酒新瓶元宇宙

几乎就在《失控玩家》在中国上映的同时，一个被称为"元宇宙"（metaverse）的新名词在中国媒体上骤然炒热。

元宇宙其实不是什么新概念，就是以虚拟现实/增强现实（VR/AR）为基础的一些早已在游戏业中使用的技术，加上快速发展的5G、云计算、人工智能等技术所展示的前景，用了一个新名词来炒作而已。到目前为止，在民用领域，几乎没有超出游戏的范围。这也许就是影片《失控玩家》要使用这样一个攀援《头号玩家》的不确切译名的深层原因——重点是让观众联想到游戏！《自由的盖》怎么能联想到游戏呢？

既然业界和媒体挺想让我们将《失控玩家》和游戏业的元宇宙联系在一起，我们也不妨顺势而为讨论几句元宇宙，毕竟《失控玩家》确实对元宇宙做了相当充分的展示。

在展望、想象人工智能的发展时，大部分情况下存在着一条边界——人工智能在赛博空间的种种表现和创造，能不能对真实世界发生物理作用？

目前的情况是，初级的人工智能，比如机械手、机器人，在现实世界中进行操作，当然能够对现实世界发生物理作用，但这种物理作用都依赖于人工智能的伺服机构（比如机器人的手等）来实现。然而，如果一个人工智能没有任何伺服机构，它只是存在于赛博空间的无形智能，比如一段程序，它能不能对现实世界直接产生物理作用？以人类目前的技术水平来看，答案当然是"不能"。

目前在电脑游戏中，玩家借助虚拟现实设备，可以体验这种想象的人工智能对现实世界的物理作用，比如《失控玩家》就详细展示和图解了这种体验是如何实现的。看看"键盘"对程序操作的效果，宗教故事中摩西让红海壁立之类的"神迹"，也就很像游戏中的某些桥段了。但是游戏中的一切，都只能存在于赛博空间，并不能对现实世界产生直接的物理作用。受制于当下技术的局限，在目前已有的科幻作品中，大部分作品对上述问题采取了否定的回答，影片《失控玩家》也是如此。

影片《失控玩家》还致敬了不少之前涉及这一主题的电影名作，比如《真人秀》(The Truman Show，或译《楚门的世界》，1998)、《十三楼》(The Thirteenth Floor，1999)、《黑客帝国》三部曲 (Matrix，1999—2003) 等。前两部影片对上述问题都采取了否定的回答，《黑客帝国》则在这个问题上给出了暧昧的设定。

受游戏业和虚拟现实技术快速发展的鼓励，近年也有一些作品对上述问题采用了肯定的回答，即想象没有任何伺服机构的人工智能可以对现实世界发生直接的物理作用。比如剧集《疑犯追踪》(Person of Interest，2011—2016)、影片《超验骇客》(Transcendence，2014) 等就是如此，当然它们都回避了交代发生作用的具体机制或途径。

科幻小说在这方面可能比影视作品更超前一些，波兰科幻作家莱姆 (S. Lem) 的短篇小说集《莱姆狂想曲》初版于1973年，那时的人工智能发展程度比今天低得多，科幻作品中对人工智能的想象也还普遍处于初级阶段，但是在《泥人十四》的故事中，莱姆对于没有伺服机构的人工智能能否向现实世界实施物理作用，已经采取了肯定的回答。

元宇宙中建构的种种事物，还不能对外部真实世界产生直接的物理作用，这条边界对于人类社会来说，目前还是有保护作用的。在人类社会还远远没有适当的法律和制度准备的情况下，如果这条边界被突破，后果将不堪设想。

原载 2021 年 11 月 18 日《中国科学报》

男女关系视域下的机器人伦理

——麦克尤恩《我这样的机器》读后

麦克尤恩（Ian McEwan）的小说已经有至少18种中译本了，最新的这本《我这样的机器》（*Machines Like Me*，2019）被认为是他第一次尝试科幻题材，所以有点引人注目。

其实《我这样的机器》和麦克尤恩之前的小说在风格上并无太大不同，他喜欢将注意力集中在男女关系上，比如他著名的短篇小说集《床笫之间》（*In Between the Sheets*，1997）就是这样。《我这样的机器》中的故事，基本上就只有三个人物：一对合租一套小公寓单元的青年男女（男主人公"我"和正在被"我"追求的女主人公米兰达），以及一个由男主人公买来的机器人亚当。故事在他们的三角关系中展开。

为了营造科幻的氛围，麦克尤恩让故事发生在某种架空的历史中：马尔维纳斯群岛之战刚刚结束，但遭到失败的是英国而不是现实中的阿根廷；图灵（Alan Turing）没有在1954年死于服毒自杀，而是作为一个大人物安富尊荣、获享高寿，而且和一个得了诺贝尔奖的同性恋人高调同居着。此外的社会场景和常见的反乌托邦科幻小说大同小异：社会动荡（首相被恐怖活动炸死），民生凋敝，经济下行，街头抗议和骚乱……

但是，所有这些并非罕见的内容，其实完全可以从《我这样的机器》这部小说的故事中剥离出去。这样操作之后，剩下的就是麦克尤恩对机器人伦理的一些算不上特别高明但也还不是完全乏善可陈的思考了。

米兰达是自慰还是出轨？

小说中，机器人亚当被买来不久，就和米兰达上了床。男主人公很猥琐地在楼下旁听了他们的全过程，米兰达高潮时的叫声让他感到深深的挫败，痛感自己"是第一个被人造生命戴绿帽子的人"，搞得他彻夜无眠。

第二天男女主人公面对昨晚的事情，米兰达试图大事化小，说你只要将它看成一次自慰就行了，亚当在此事中只是相当于一件高级的情趣用品；而男主人公则将此事视为出轨。当然，在实际上，他此时虽然和米兰达已经有了性爱关系，但米兰达甚至还没有成为他的正式女友，只是他追求的对象，因此哪怕从道德上来说，出轨的指控也难以成立。

这种"和机器人上床是自慰还是出轨"的诘问，在此前关于机器人的科幻作品中已经出现过，比如剧集《真实的人类》(*Humans*，2015—2018)，答案显然取决于是否认可机器人的人权。而是否认可机器人的人权，又和它有没有自由意志直接相关。

在《我这样的机器》中，男主人公警告亚当以后不准和米兰达上床，亚当承诺了，但又宣称自己已经"爱上了"米兰达。亚当此后虽不再和米兰达上床，却经常将"爱米兰达"当成口头禅，而且为米兰达写了无数情诗，还经常当着男主人公的面对米兰达朗诵这些情诗，男主人公对此也只能徒唤奈何。从这些情节看，男主人公，乃至麦克尤恩，看来是已经认可机器人的人权了——只要机器人已经有了自由意志。

机器人们为何纷纷自杀？

麦克尤恩在《我这样的机器》中的第二个思考，比较有新意。

男主人公买的这款机器人，总共只生产了25个，12个亚当，13个夏娃。在故事逐渐推进的过程中，不断传来这些亚当、夏娃机器人自杀的消息。不过这些自杀都是虚写，唯一实写的当然就是和男女主人公一起生活的这个亚当。

在故事情节中，这个亚当也已经不想活了，所以已经安排了"后事"。这些"后事"中最让人印象深刻的是两件：一是将米兰达尚未得到司法审判的罪行及有关证据告知了警方，二是将自己帮助男主人公炒股炒汇所赚来的钱都捐给了慈善机构。这两件事都让男女主人公无法接受。

米兰达的罪行是诬陷了一个男青年，让他因强奸罪坐了几年牢。而实际情况是，该男青年强奸了米兰达的闺蜜，导致闺蜜自杀，米兰达为了替闺蜜复仇，就主动委身于该男青年再事后诬陷他强奸自己。

男主人公从小说故事一开始就是没有正式工作的，他靠在网上炒股炒汇维持生活，有时候甚至连交房租都成问题。自从有了亚当以后，他让亚当帮他操盘炒股炒汇，没想到亚当有如神助，赚钱轻而易举，很快让男主人公家财万贯，他已经准备买入豪宅，甚至开始打起游艇的主意了。

现在亚当将"后事"这么一安排，米兰达将面临牢狱之灾，而男主人公则"一夜回到解放前"，巨额财富即刻清零。他向亚当抗议，说"这些钱是我的"，但亚当告诉他们"后事"安排时，米兰达的诬陷罪证已经被交给警方，而向慈善机构的捐款也已经完成，亚当其实只是将结果通知男女主人公而已。

在恐惧和怨恨交织的情绪下，男主人公用锤子砸死了亚当。

其实不用他如此加害，亚当本来也已经打算"告别人世"了。

麦克尤恩自始至终没有在小说中告诉读者那些亚当夏娃机器人为何要自杀，但是从男女主人公身边的亚当安排的"后事"来看，原因是可以推测的：

出厂之前，这些机器人被植入了某些最"底层"的道德戒律（表层的性格特征可以由用户在开始启用时自行设定——男主人公和米兰达共同设定了身边亚当的参数），这些道德戒律的内容一定是关于"诚实""公正""守法"等的"好孩子"戒律，而当机器人目睹社会上的尔虞我诈、人欲横流、无穷暗黑，始则难以理解，最终难以接受，于是一朵朵"白莲花"纷纷决定结束自己的"生命"，让自己从这个浊世的淤泥中解脱出来。

其实上面这个故事，只要剥离了机器人这层科幻包装，就是现实社会中可以见到的"好孩子"因道德戒律幻灭而自杀逃避的故事。

我们应该给机器人植入什么戒律？

到了这里，麦克尤恩的思考开始有一点深度了。

小说中的亚当夏娃被植入了好孩子白莲花的道德戒律，当然会认为米兰达为替闺蜜复仇而诬陷那个男青年是妨碍了司法公正，诬陷成功则破坏了"程序正义"；而亚当替男主人公赚的那些钱，很可能是不义之财（鬼知道亚当是用什么方法赚到钱的，会不会是黑进别人账户了？）。要是我们觉得这样的道德戒律太迂腐了，太不近人情了，那我们能不能质疑植入这样的道德戒律的合理性？

一个"镜像"的选项显然是：出厂时植入"人不为己天诛地灭""宁教我负天下人不教天下人负我"这样的戒律，这样的"恶之花"倒是肯定不会为见到现实社会中的丑陋而难过，相反会过得如鱼得水，最终恶贯满盈。但这样的机器人谁敢买呢？

另一个选项，是植入"绝对服从主人"的戒律，这样的机器人，圣人买了则成圣徒，恶人买了则成帮凶，最后必"成长"为大奸大恶祸害人间而后已。

三种选项都无万全，问题显然没有标准答案。麦克尤恩将小说取名《我这样的机器》，初看似乎不甚确切，但想到这里却感觉还是有深意的。

原载2020年11月17日《第一财经日报》

SHIWU NIAN SANTANG SUANSHU KE

十五年三堂算术课

CHAPTER 3

星际航行：一堂令人沮丧的算术课

一万年太久，只争朝夕

霍金最近心血来潮，就地外文明、外星人等话题发表了意见，引发了媒体对此类话题的兴趣。话题之一，就是关于人类进行星际航行的可能性。

与地外文明话题联系在一起的"星际航行"，当然不包括在我们自己太阳系中进行的行星际航行——这种航行人类已经能够进行，尽管目前还只能在离地球不太远的地方（比如火星）稍转一转。由于到目前为止从未发现我们太阳系之内有别的文明，所以与地外文明联系在一起的"星际航行"总是指在恒星之间的航行。

要讨论这样的星际航行，我们可以先从非常简单的算术开始思考。

通常人们都愿意从离太阳系最近的一颗恒星——半人马座的比邻星——开始思考，比邻星距离我们太阳系4.3光年，也就是说，以光速从地球到比邻星要飞行4.3年。

目前人类实际能够达到的最高星际航行速度是多少呢？

从地球上飞出太阳系所需要的"第三宇宙速度"，人类已经能够实际达到，因为我们相信已经有航天器能够飞出太阳系（到底有没有飞出，其实很难确证），这个速度是16.7公里/秒。注意这个速度连光速（300000公里/秒）的万分之一都不到。当然，按照常理，在此基础上再努力一下，增加一倍左右，达到30公里/秒，应该说还是不太离谱的。

如果我们以30公里/秒（光速的万分之一）的速度飞向比邻星，至少需要43000年。

如果我们能够达到3000公里/秒（光速的百分之一），飞到比邻星至少需要430年（这里完全忽略了飞船出发后加速、到达前减速之类的过程所需要的附加时间）。但这个速度对人类目前的科技能力来说已经是遥不可及了。

其实在不少问题上，430年和43000年是一样的。比如，这都大大超出了人类的正常寿命，也大大超出了机器的工作寿命（至少到现在为止，人类还没有机会实际考察任何现代机器设备能否安然工作400年，更不用说宇宙飞船这样极度复杂的系统了）。

我个人觉得还有一个更大的问题，那就是，任何在地球上的人们有生之年看不到结果的实验、考察、探险等活动，虽然在理论上可以进行，但实际上人们总会意识到它对自己已经毫无意义，所以很难设想这样的活动会得到实施。

也许正是考虑到了这一点，英国皇家宇航学会在20世纪70年代进行的星际航行模拟研究"Daedalus工程"（希腊神话中Daedalus造了翅膀逃出迷宫），设想的飞行速度是30000公里/秒（光速的十分之一），这在此后许多关于星际航行的假想中被视为一个重要"门槛"。之所以考虑采用这个"门槛"，也许和上面提到的心理有关——如果花43年飞到比邻星，再等4.3年让无线电报告传回地球，这样在我们有生之年（半个世纪内）还可以得到探险结果。

上穷碧落下黄泉，两处茫茫皆不见

星际航行是一个美丽的梦想，它既可以在当代科学主义纲领下不顾一切地被追求（现今人类的许多航天活动就是这样），也可以从古代纯粹的人文情怀中得到共鸣——《长恨歌》中那个道士还"排空御气奔如电，升天入地求之遍"呢。所以，尽管人类目前实际能够达到的航行速度只有光速的万分之一量级，但这并不妨碍科学家对星际航行展开丰富、系统而且大胆的想象。

这种想象已经提出了多种方案，大体可以分为两条路径。

一条路径是接受目前只能"慢速航行"的现实，考虑千百万年的长期航行。这样的航行必将面临一系列难以克服的困难。

首先是燃料从何处提供。目前人类都是采用固体、液体或气体燃料来驱动飞船，但是飞船出发时不可能携带43000年的燃料，目前也没有任何在中途添加燃料的能力。想象中的核动力也难以维持如此之长的年代。其次是机器设备的工作寿命，迄今为止还没有一架航天器持续工作过50年，43000年谁敢指望？

这还只是考虑无人航天器，如果载人，则宇航员要么"冬眠"，那飞船上的支持系统能工作千万年而不出差错吗？电影《2001太空漫游》中冬眠宇航员因生命维持系统遭电脑切断而被"谋杀"的命运如何避免？要么在飞船上传宗接代，那这飞船就要被建设成一个小型的地球，这就更没谱了。况且还有近亲繁殖问题。

另一条路径当然是从加快航行速度上来着手，只要速度足够快，就可以消解上一条路径中的大部分困难。这时"Daedalus工程"中的十分之一光速"门槛"就经常会被用到。已设想的至少有如下几种重要方案：

核聚变发动机。这正是"Daedalus工程"本身所设想的方案，它用的是氢的同位素氘（D）和氦-3（^{3}He）聚变，这样可以不需用水来冷却发动机，但是方案所需的数千吨氦-3，则只能到木星上去提取。所以这只是史诗般的假想，用来拍科幻电影可以，要实施的话目前人类根本没有这样的能力和财力。

反物质发动机。欲将物质转换成为能量，目前所知最有效者，莫过于物质与"反物质"的相遇湮灭，能够释放出巨大能量。如果想把1吨重的设备，在50年内送到比邻星，初步的计算表明，需要1.2公斤反物质。但是目前人类的技术能力，在这方面还差得太远。关于反物质发动机在技术上离我们有多远，只要提到一个事实就够了：反物质不能存放在任何有形容器中（因为任何有形容器都是物质，两者一相遇就要湮灭爆炸），它只能被悬空拘束在一个真空磁场中。在丹·布朗的小说《天使与魔鬼》中，他只敢想象1克的反物质。而事实上，以人类现有的科技能力，哪怕只生产1毫克（1克的千分之一）反物质，就需要耗尽全世界的能源。

光帆飞船。它很容易在公众心目中唤起诗意的联想，但是真要实施的话，技术上的困难是骇人听闻的。飞船的光帆将大到数十平方公里，厚度则只有16纳米（1毫米的十万分之一多一点）。这样的帆怎样张开？更别说还要操纵它了。还需要在土星和天王星之间的某个位置建造巨大的太阳能—激光转换器，设想中该转换器直径竟达1公里，据说射出的激光束可以远至40光年也不发散……不过，这个宏伟的方案真要实施的话，它的能量消耗将是现今整个地球生产能力的几万倍。

何以解忧，唯有虫洞？

上面这些史诗般的狂想方案中，基本上都没有考虑人。人类向外太空的探险行动，最先派出无人飞船当然可以，但最终总要派人去到彼处才行。而一旦考虑了人的因素，立刻出现两方面的困难。

首先是生理上的问题。在"Daedalus工程"类型的方案中，要求飞船的巡航速度达到光速的十分之一，即每秒30000公里，这必然有一个现今难以想象的加速过程，人体瞬间能够承受多大的加速度？对某种加速度又能够持续承受多长时间？在民航客机起飞和降落时，这么一点点加速度就会使某些乘客不适甚至发病。宇宙飞船如果急剧加速，说不定刚起飞不久宇航员就七窍流血而死了。

其次是心理上的问题。如果奉派飞往比邻星，以光速的十分之一巡航，这对宇航员来说意味着什么？43年如一日在船舱里，到了比邻星后，即使能够顺利返回地球，那至少也得86年以后了——这其实就是终身监禁啊！世间有几人能够承受？

人类星际航行的真正出路，恐怕只能是目前谁也没见过的虫洞了。

原载《新发现》2010年第9期

地球2.0？又一堂令人沮丧的算术课

刚好在整整五年前，我在本专栏写过一篇《星际航行：一堂令人沮丧的算术课》（载本刊2010年第9期）。最近关于"发现另一个地球"的新闻甚嚣尘上，我稍微关心了一下，顺便又备了一堂算术课，忍不住要和读者分享一回。

"发现另一个地球"是什么意思？

当媒体使用"发现了另一个地球"或"地球2.0"这样的措词时，在普通公众心目中唤起的想象，通常是这样的：天文学家在某处找到了一颗行星，那颗行星上的环境和地球相当类似，比如有大气层，有液态水，有和地球上相似的四季和温度，有距离远近合适的恒星作为它的太阳……

但在想象这种前景之前，我们必须先搞清楚，"发现了另一个地球"到底是什么意思？是我们听到这个说法时通常想象的意思吗？

寻找类地行星的事情，其实一直有天文学家在做，也时不时要想办法在媒体上说一说。这次是NASA高调宣布的，它的"开普勒太空望远镜"发现了一颗类地行星，命名为"开普勒452b"。按照最近公布的数据，"开普勒452b"年龄约60亿岁，公转周期385天，质量"可能是地球的5倍"，据说它的"与地球相似指数"

高达0.98。

但是，千万不能轻易相信这些看起来头头是道的数据，也不要因为它们是NASA公布的就顶礼膜拜，因为还有一个致命的数据不声不响夹在中间。我一听说这次"发现了另一个地球"，首先就找这个数据："开普勒452b"离地球多远？目前的数据是——1400光年。

先回顾一下冥王星的故事吧

1400光年意味着什么？正巧最近冥王星也非常热——尽管在物理上它是一颗"极度深寒"的星球，那我们就拿冥王星的故事当作标尺来用用吧。

1400光年，就是说以光速（每秒30万公里）飞行，需要1400年。而冥王星作为太阳系较为边远的天体，它离太阳的距离，以光速飞行大约需要5个半小时。这里就需要开始上算术课了：1400年 = 365×24×1400 = 12264000小时，也就是说，"开普勒452b"离地球的距离，是冥王星离太阳距离的12264000÷5.5 = 2229818倍，或者更粗略些说，"开普勒452b"离我们的距离是冥王星离我们距离的200多万倍。

考虑到冥王星距离太阳是地球和太阳平均距离的大约40倍，在谈论"开普勒452b"和我们的距离，或冥王星和我们的距离时，为了方便，我们其实已经可以忽略地球和太阳之间的平均距离（1个天文单位）。这样我们就知道，如果说"开普勒452b"是地球在远方的"大堂兄"或"大表哥"，则冥王星简直就像和我们紧挨着的近邻。

那么我们就来看一看，我们对于冥王星这个紧挨着的近邻，究竟知道了多少。

通常我们关注某颗行星，特别重要的是它的这几个参数：尺度、质量、公转周期、与地球的距离。

冥王星是1930年发现的，1980年出版的《中国大百科全书·天文卷》告诉我们，冥王星的尺度"至今仍未定准"，最初定为6400公里，后来给出的下限是2000公里，当时常采用2700公里的说法。现在较新的数据是2370公里，前后相差2.7倍。

冥王星的质量，在1971年以前被定为0.8地球质量，但到1978年被确定为0.0024地球质量，前后相差333倍。

只有冥王星的公转周期，前后说法相当一致，约248年，但要注意，从冥王星被发现迄今，它只运行了公转周期的三分之一，天文学家还远远没有见证它绕着太阳走完一圈，所以修正的余地仍然存在。

我们对冥王星的探测已经超过85年，2015年7月14日，"新地平线号"探测器已经从冥王星身边掠过，但我们对这颗"肮脏的冰球"所知仍然极为有限。想一想，对于比冥王星更遥远200多万倍的"开普勒452b"，天文学家能知道多少？他们有多大的依据可以断定这是"另一个地球"？

另外，NASA又是用什么手段"发现"了"开普勒452b"的呢？听起来也玄得很，他们的方法是"凌星法"。"凌星法"本来并不玄，比如当金星运行在地球和太阳之间时，有时会在日面上呈现一个微小的黑点，这就是所谓"金星凌日"。但是对于一个比冥王星还要遥远200多万倍的恒星来说，是不可能有"日面"的——它无论在多大的望远镜中都只能呈现为一个光点，这种情况下行星"凌日"能让我们"看见"什么呢？据说这会导致望远镜中那颗恒星的亮度出现极为微弱的变化，NASA的科学家就是根据这一点"发现"了"另一个地球"的，这究竟能有几分靠谱，你自己去估摸吧，反正能造成遥远恒星在望远镜中呈现亮度微弱变化的原因，还有好多种呢。

科学界这些镜花水月的发现啊

30多年前，有一本《物理世界奇遇记》，在中国理科大学生中红极一时，书中有一句虚构的台词：好莱坞这些粗制滥造的电影啊！是我们同学经常在开玩笑时要拿来用的。现在，一句模仿的感叹，经常在我脑海中盘旋：科学界这些镜花水月的发现啊！

近年一系列科学新闻，都有某些共同之处。从言犹在耳的"原初引力波"，到此次"另一个地球"，中间还穿插着小一些的新闻，诸如在火星上"可能有水"啦（注意，在无法判断那上面到底有没有水的情况下，科学家们总是说"可能有水"而从不说"可能没水"），冥王星上的"大平原"或"氮河"啦……科学家们经常急不可待地将一些捕风捉影的、只是猜测的"重大科学新闻"向媒体兜售，有时学术论文还没有正式发表，就先向大众媒体和科普杂志披露，甚至不惜过一段时间后再向大众媒体和科普杂志表示先前披露的重大新闻"那是一个错误"（所谓的"原初引力波"就是这样）。

有些媒体和记者还喜欢跟着激动——至少是在文章和报导中装作很激动的样子，比如这次的"开普勒452b"，竟然被说成是"科学发现改变三观"，甚至提升到"为万世而未雨绸缪"这样的骇人高度。这恐怕已经是"刻奇"（Kitsch）了，当心过几天NASA的科学家又出来轻描淡写地对你说"那是一个错误"啊！

那么"开普勒452b"到底有什么意义呢？老老实实看只能有两个：一是也许这样的行星上会有和我们人类类似的高等智慧生物和高等文明。二是也许将来我们地球人类可以移居到这样的行星上去。

我们从小在教科书上读到的是：生命产生的基本条件是要有阳光、空气和水。这个说法并没有错，但它只是从地球这个唯一样本"归纳"出来的。常识告诉我们，只靠一个样本根本无法形成基本意义上的"归纳"，但这一点在我们谈论生命、高等智慧、行星环境之类的问题时，却经常被遗忘。比如，为什么不能想象一种无需呼吸空气或无需阳光和水的生命形态？如果我们同意还可以有其他多种形态的生命或文明，那就将不得不同意，在千千万万个天体上都有可能存在生命，或存在高等文明。这样，"发现另一个地球"的第一个意义就被消解了。第二个意义更加镜花水月，只要想想"开普勒452b"离我们1400光年就知道了，以人类现有的航天能力，飞往那里大约需要两千万年（参见上一堂算术课）。

其实"发现另一个地球"还有第三个意义，倒是相当现实的——NASA近年来一直受到削减经费的困扰，它迫切需要增加各方对它的关注。

原载《新发现》2015年第9期

地球流浪之后：
第三堂令人沮丧的算术课

我分享过两堂"令人沮丧的算术课"，第一堂关于星际航行（《新发现》2010年第9期），第二堂关于类地行星（《新发现》2015年第9期），这次是第三堂了。

从《流浪地球》的故事结尾说起

我很早就指出，当代绝大部分科幻作品中的未来世界都是黑暗的，要解释这个事实形成的原因并非易事，也不是本文的任务，但这个事实本身是无可置疑的。后来有人问我，《流浪地球》的结尾算不算光明？

确实，从故事情节来看，《流浪地球》的结尾似乎是光明的——地球终于摆脱了木星的致命引力，踏上了流浪征途。这至少也可以算一个开放或中性的结尾吧？

但是，如果我们从现有的科学知识出发，试着展望一下，地球踏上流浪征途之后，将要面临的生存环境，就不难知道，这将是一段暗无天日的地狱之旅，如果打算用中国成语"九死一生"来形容，这个成语必须改成"万死一生"！

在刘慈欣小说原著中，有一处很少被人注意到的细节："地球大气已经消失，……我看到地面上布满了奇怪的黄绿相间的半透明晶块，这是固体氧氮，是已冻结的空气。"而在电影《流浪地球》中，这个细节被毫不犹豫地省略了。这不奇怪，因为世界上几乎所有的科幻影片对于行星大气问题都采取了"视而不见"的态度——首先是男女主角们不可能长时间穿着带头盔的宇航服演戏；其次，人类迄今并未解决过任何星球的大气问题，所有关于制造或改造行星大气之说，都只是纯粹理论上的设想。

然而，恰恰是这个被影片省略的细节，对于流浪地球来说是致命的。

大气冻结成晶块，是因为离开太阳系之后，地球所处的外部环境就是接近绝对零度的严寒世界，所以大气无法再保持为气态了。如果说气态地球大气好比地球的一件保暖羽绒衣，那么冻结成晶块的大气就好比羽绒衣湿透后又结成了冰——它再也不具备任何保暖功能了。换句话说，地球将长期在零下270摄氏度左右的严寒中裸奔了！

我们的第三堂算术课，就从这里开始。

全球总能耗和地球所获太阳能总量的估算

首先我们要估算流浪地球处在匀速巡航时每年需要耗费的总能量，为此我们先要得知目前地球每年的总能量消耗。

据《世界能源统计年鉴2019》的数据：2018年全球一次能源消费总量达到138.65亿吨油当量，即198亿吨标准煤，同比增长2.9%。这个数字当然是逐年增长的，比如在2003年大约是146亿吨标准煤。

但是198亿吨标准煤这个数据有什么意义呢？在我们这次的算术课中，它的意义必须在和另一个数据的对照中才能显现。

我们知道，地球上所有能源，包括煤炭、石油、太阳能，归根结底都来自太阳，煤炭石油可以视为太阳能在漫长岁月中的转换和存储而已。因此我们需要估算我们地球每年能够从太阳得到多少能量。

我试了一晚上，不得不认为，要想从网上直接找到正确答案，几乎是不可能的。网上的数值五花八门，但几乎都是错的。尽管对于一个极为巨大的数值来说，差个十倍百倍甚至一万倍似乎已经无关紧要了，反正读者知道这是一个巨大的数量即可。但对于我们这次的算术课来说，因为最后要归结到一个并不太巨大的数值上，所以还是需要准确。

为了解决这个问题，我决定从头开始：

天文学家提供了一个基本数据：太阳常数。这个常数有多种表达方式，数值也有小幅出入，但在这次的算术课中，这个数值的小幅出入倒是无关宏旨。这里我们取《中国大百科全书》天文学卷中的数值：太阳常数=1.97卡/（厘米^2·分），意思是太阳每分钟向地球所在位置的1平方厘米面积上投射1.97卡的能量。我们先做一点换算：

因为：1克标准煤=7000卡

所以：太阳常数=1.97卡/（厘米^2·分）=19700卡/（米^2/分）=（19700/7000）克标准煤（米^2/分）=（19700/7000）吨标准煤（千米^2/分钟）

地球的截面积是127,400,000千米^2，这里"截面积"并不是地球的球形表面积，而是将地球视为一个圆面的面积。于是有：

（19700 / 7000）× 127400000 × 60 × 24 × 365.2422=188573671278720吨标准煤（每年）

即太阳每年向地球投射的总能量约相当于189万亿吨标准煤。

这样我们就知道：地球目前的全年能耗总量，只相当于太阳投射到地球的总能量的约万分之一（198/1885736）。这个全球总能耗中，太阳能利用只占很小一部分。

流浪星舰在技术上确实更合理

也许有人会认为，既然我们只使用了太阳能中的极小一部分，那么当地球踏上流浪之旅后，我们也只需在目前全球能耗总量的基础上来考虑流浪地球所需要的能量。但这是一个大错特错的想法。

前面说过，地球的气态大气好比地球的一件保暖羽绒衣，但是更重要的是，当地球有这件羽绒衣的时候，它恰恰还沐浴在太阳的光辉下！

虽然地球上目前的全球总能耗只有地球所获太阳能的约万分之一，但那一万倍于地球能耗的太阳能，其实并非对地球环境毫无贡献，恰恰相反，这部分太阳能对现今的地球环境做出了极为重要的贡献——正是太阳温暖着地球，不仅没有让地球处在漫漫寒夜中，而且还让地球保持了大气这件羽绒衣。

所以，一个非常直接的推论是：地球踏上流浪之旅后，如果我们还想保持地球现今的生态环境，我们每年就需要耗费现今地球全年总能耗约一万倍的能量！

当然，流浪之旅嘛，大家都应该勒紧裤带过艰苦日子，不能再像以前那样奢侈了。那我们就听任大气层消失，大家躲入地下生活。在这种情况下，以现在全球每年198亿吨标准煤的能耗，还能不能长期维持呢？答案是：非常困难。

流浪地球在失去"羽绒衣"的同时，也失去了日照，地球从此不再有四季和昼夜，只能永远在接近绝对零度的无边寒夜中裸奔。地底的人类为了生存，肯定需要耗费巨量能源用于加温。如果人类还以类似现在的状态生存，地下环境至少要保持在10～20摄氏度左右。这时内外温差将达到280度以上，巨大的温度梯度一定会使地下环境急剧散热，无论采取怎样极端的隔热保温措施，不持续耗费巨量能源，地下环境就不可能达到温度的动态平衡，所以198亿吨标准煤的年能耗很可能远远不够。

同时，由于失去了太阳，地球也就失去了一切外来能源，只能靠地球上的存量能源来维持人类生存了。煤炭和石油很快就会耗竭，接下去只能指望核能了。如果人类及时掌握了聚变核能，那也许还有些希望。不过现有研究表明，一个很不幸的事实是：尽管氢在宇宙中是最丰富的元素，但它在地球上却偏偏占比非常小。

所以人类更合理的逃亡方案，其实正是小说原著中被否定的"飞船派"主张：建造若干巨型星际战舰，人类组成流浪舰队。这样环境建设和能源使用都能更为科学，支撑时间可以更长。万一路上有机会掠夺别的星球上的战略物资（比如氢）时，也更有战斗力。

原载《新发现》2020年第8期

ZHONGWAI MINGZUO XUYAN

中外名作序言

CHAPTER 4

未来的天空有没有阳光?

——阿特伍德《羚羊与秧鸡》序

最近这一年,我大约花了三百小时做一件事。

如今这年头,能在一年中为一件事花三百小时,也算不容易了。

这件事就是看科幻电影。这一年中我看了一百几十部科幻电影,主要是美国和欧洲出品的,也有少数日本的。

在这一百几十部科幻电影中,我注意到的一个奇怪现象,那就是——这些电影中所幻想的未来世界,清一色都是暗淡而悲惨的。

早期的科幻小说,比如儒勒·凡尔纳在19世纪后期创作的那些作品,其中对于未来似乎还抱有信心;不过,被奉为科幻小说鼻祖的玛丽·雪莱(Mary Shelley)的《弗兰肯斯坦》(*Frankenstein*,1818)中,就没有什么光明的未来。

而且,儒勒·凡尔纳这种对于未来世界的信心,很快就被另一种挥之不去的忧虑所取代,人类的未来不再是美好的了。比如英国人乔·韦尔斯(H. G. Wells)的著名小说《时间机器》(*The Time Machine*,1895)中,主人公乘时间机器到达了公元802701年的未来世界,但是那个世界却是文明人智力早已经退化,被当作养肥了的畜牲,随时会遭到猎杀的暗淡环境。他的另一部著名小说《星际战争》(*The War of the Worlds*，1898)中，地球人几乎被入侵的火星人征服。

而在近几十年大量幻想未来世界的西方电影里，未来世界根本没有光明，而只有蛮荒，比如《未来水世界》(*Water World*)；黑暗，比如《撕裂的末日》(*Equilibrium*)；荒诞，比如《罗根的逃亡》(*Logan's Run*)；虚幻，比如《黑客帝国》系列(*Matrix*)；核灾难，比如《终结者》系列(*Terminator*)；大瘟疫，比如《12猴子》(*12 Monkeys*)等。

还有一条幻想未来之路，是从《乌托邦》开始的。

自从莫尔《乌托邦》问世以来，类似的著作颇多，如培根的《新大西岛》、康帕内拉的《太阳城》、兰托德的《塞瓦兰人的历史》等。这些都是对理想社会的设计和描绘，所以在这些书里所描绘出的社会都是美好的，人民生活幸福，物质财富充分涌流，类似于共产主义社会，这就是我们政治教科书中所说的"空想社会主义"。但是到了二十世纪西方文学中，就出现了被称为"反乌托邦"的作品。奥威尔的《一九八四》(写于1948年)，赫胥黎的《美丽新世界》(写于1932年)，和扎米亚京的《我们》(写于1920年)，被称为"反乌托邦"的三部曲。其中前两部名声尤大。

如果说奥威尔的《一九八四》是从对思想专制的恐惧出发，来营造一个"反乌托邦"，那么赫胥黎的《美丽新世界》，就是从对现代化的担忧出发，来营造另一个"反乌托邦"。

从赫胥黎写《美丽新世界》和奥威尔写《一九八四》，已经半个多世纪过去了，他们所担忧的"反乌托邦"是否会出现呢？按照美国媒体文化研究者尼尔·波兹曼(Neil Postman)在他的新作《娱乐至死》中的意见，"奥威尔的预言似乎和我们无关，而赫胥黎的预言正在实现"。他认为有两种方法让文化精神枯萎，一种是奥威尔式的，"文化成为一个监狱"；一种是赫胥黎式的，"文化成为一场滑稽戏"。

而不管哪一种，未来都是暗淡的。在这些小说和电影中，未来世界不外三种主题：资源耗竭、惊天浩劫、高度专制。

当年德国中学教师奥斯瓦尔德·施本格勒（Oswald Spengler），写了一部《西方的没落》（*The Decline of the West*，1918），一纸风行。在坚信"我们一天天好起来，敌人一天天烂下去"的年代，这本书的标题对于中国人来说是令人愉快的。但是西方人似乎从来就不讳言他们对未来的忧虑。

再看中国的科幻作品，在这个问题上与西方作品有明显的不同——中国的作品通常幻想一个美妙的未来世界，那里科技高度发达，物质极度丰富。这种差别背后，应该有着深刻的根源。

将科幻视为科普的一部分，应该是原因之一。既然是科普嘛，当然要歌颂科学本身及其一切作用——"科普"这个概念是有一个隐含的前提的，就是：科学本身及其一切作用都一定是好的，所以才要普及它。

另一个明显的原因，当然就是传统的唯科学主义的强大影响。唯科学主义既相信世间一切问题都可以靠科学技术来解决，这就必然引导到一个对人类前途的乐观主义信念。在这个信念支配下，人类社会只能越发展越光明，而且这种发展的向上趋势，通常被假定为线性的，连循环论、周期性之类的模式（比如《时间机器》就是这种模式）也不行。

这种幼稚的乐观主义信念，和早年的空想社会主义颇有关系。18世纪末19世纪初，自然科学的辉煌胜利，催生了唯科学主义观念，使许多人相信自然科学法则可以用于对人类社会的研究。比如法国的圣西门、孔德等人，就致力于发现社会发展的"规律"，并相信这种"规律"在精英的直接控制和运用之下，就可以使人类的社会生活尽善尽美。这正是后来哈耶克所担忧的"理性的滥用"。空想社会主义思想事实上深刻影响了此后两个世纪的历史进程。在这样的背景下，国内科幻作品中的美好未来世界就很容易理解了——在唯科学主义观念的支配下，未来世界只能是美好的。

前些时候，有人对法国的青少年做了一场问卷调查，这个调查后来也被移植到中国来，中法青少年在有些问题上的答案大相径庭，很值得玩味。比如其中有一题是这样的：

如果你可以在时空隧道中穿行，你愿意选择去哪个时代旅行？答案如下：

	法国		中国	
	男(%)	女(%)	男(%)	女(%)
我们这个时代	42	50	6	2
公元2300年	26	9	41	34
法老时代	13	19	13	22
中世纪	13	9	6	7
路易十四时代/大唐盛世	6	13	34	35

最大部分的法国青少年愿意选择今天，而不是未来；与此形成鲜明对照的，是只有极少的中国青少年愿意选择今天，而最大部分的选择未来。这和上文所说的情形是一致的：西方人普遍对未来充满忧虑，而中国人普遍对未来抱着幼稚的乐观。

在这个问题上，西方幻想电影可能起了极大的作用。在上述这个问卷调查中，还有一题问的是"下面这些信息载体中，你最喜欢的是哪一种"，选项有电影、互联网、书籍等，结果最大部分（竟有40%以上）的法国青少年选择"电影"。顺便说一下，这一题最大部分的中国青少年选择了"互联网"——书籍已经被中西方的下一代共同冷落。

和西方许许多多已经问世的科学幻想作品一样，小说《羚羊与秧鸡》（*Oryx and Crake*，2004）所展示的未来世界，也是一片愁云惨雾，暗淡无光。

小说叙事的结构，是以一个悬念为主线，这个悬念就是：那场浩劫到底是什么？是如何发生的？为此小说有规律地交替变换叙事视角（人称）和时空：

"现在"——21世纪下半叶某年，那时人类经历了一场浩劫，所有的人都死光了，只剩下一个叫作"雪人"的人，是一个真实的人类。与他作伴的是一群用生物技术制造出来的、完美无缺的"人"，由于这些"人"是由小说中一个名为"秧鸡"的科学狂人制造出来的，所以就被叫作"秧鸡人"（"秧鸡人"都取了辉煌的历史名人的名字，比如林肯、居里夫人、达·芬奇等）。此时总是用第三人称，叙述"雪人"和"秧鸡人"的生存活动。此时的生存环境对"雪人"来说已经变得极为险恶。

"过去"——这是动态的，从"雪人"和"秧鸡"的学生时代开始，每一次回到"过去"的场景，这两个男孩就长大一点。从童年、中学时代、大学时代，一直到大学毕业进入公司工作，最终到浩劫的发生，与"现在"衔接起来，形成全书的结尾。"雪人"和"秧鸡"是同学，是朋友，是同事，最后"雪人"是"秧鸡"的副手。"过去"总是用"雪人"第一人称回忆的方式叙述，所有"过去"场景所构成的故事，也就是那个悬念逐渐形成又逐渐被揭示的过程。

与许许多多西方的科幻小说和电影一样，《羚羊与秧鸡》中这一系列"过去"的场景，就是一幕人类社会的"末世"场景。

——那时政府似乎已经退隐到无足轻重的地步了（这一点在西方许多科幻小说和电影中是常见的），各个大公司建立了自己的

"大院"，里面试验室、宿舍、学校、医院、商店、色情场所等一应俱全，有自己的警察，简直就如同国中之国。原先的都市则成为下层民众生活的地方，小说中称为"杂市"，那里设施破败，治安混乱，那里的人们生活在贫困和无望之中。

——生物工程似乎成为小说中唯一的科学技术。人们让猪身上长满人需要替换的器官，所以这些猪被称为"器官猪"，一只"器官猪"身上可以长——比如说吧——六个肾。专门为人类提供鸡肉的"鸡"根本没有脑袋，却能够在一处同时生长12份鸡胸脯肉，另一处同时生长12份鸡大腿肉。如此等等。

——所有的疾病都已经可以被消灭，但是制造药品的大公司为了让人们继续购买药品，不惜研制出病毒并暗中传播。如果有人企图揭发这种阴谋，等待他的就是死亡——"秧鸡"的父亲就是因此被谋杀的。

——文学艺术已经遭到空前的鄙视，只有科学技术（其实只有生物工程）则成为天之骄子。吉米和"秧鸡"从同一个中学毕业，但是理科成绩优异的"秧鸡"被"沃森·克里克学院"——这是以双螺旋模型的发现者命名的学院，一看就知道是搞生物学的——以优厚的奖学金挖走，而喜欢文学艺术的吉米则勉强被玛莎·格雷厄姆学院接受。小说描述了这两个学院之间的天壤之别：沃森·克里克学院设施完善，待遇优厚，而玛莎·格雷厄姆学院一派破落光景。这实际上象征着如今我们已经看得相当清楚的趋势：人文艺术日益遭到轻视，而科学技术则盛气凌人。

——色情网站和大麻毒品泛滥无边，中学生们把这种东西看成家常便饭。"雪人"——学生时代他被称为"吉米"，大学毕业后被称为"吉姆"——就是在参与色情活动时认识本书的另一个主人公"羚羊"的。她是一个六七岁时被人从印尼买来从事色情业的女孩，后来成为"雪人"的恋人，后来又同时成为"秧鸡"

的女人。

　　——当最后病毒在全世界各处同时暴发后，所有的人类都在短短几天内死亡，人类文明突然之间陷于停顿、瘫痪。"雪人"和那群"秧鸡人"，靠着"秧鸡"事先预备好的应急装置，才得以幸存下来。策划了这场浩劫的"秧鸡"，自己最终死在了"雪人"枪下。人类文明在滥用技术、放纵贪欲的疯狂之下宣告终结。

　　西方许多被我们归入"科幻"的作品，其实是被当作文学作品来创作的，作为一个文学家，在人类前途这个问题上，当然有可能持某种悲观主义的哲学观点。但是，如果将西方幻想作品中普遍的悲观主义理解为"西方作家对于人类命运的一种深层的忧虑，一种责任感"，只能提供部分的解释——难道西方作家在这个问题上竟没有人愿意标新立异、异调独弹了吗？难道他们普遍对人类文明的未来没有信心了吗？

　　我们当然不能排除西方科幻作品中有光明未来的可能性，但这样的作品非常之少是可以肯定的——我本人看了百余部西方幻想电影，没有一部是有着光明未来的。结尾处，当然会伸张正义，惩罚邪恶，但编剧和导演从来不向观众许诺一个光明的未来。这么多的编剧和导演，来自不同的国家，不同的文化，却在这个问题上如此高度一致，这对于崇尚多元化的西方文化来说，确实是一个奇怪的现象。

　　对这种现象如何理解？它意味着什么？

　　读《羚羊与秧鸡》很容易使人联想起"玩火自焚"这句成语，其实这句成语正是古人关于滥用技术的一个寓言。在文明肇始之初，火，就是那个时代的"高科技"，就是那个时代的先进技术，而那个落得自焚下场的人，是因为他"玩"火。夫玩者，不慎重也，不认真对待也，不考虑后果也，总而言之，即滥用也。在

《羚羊与秧鸡》中,聪明能干、少年得志的生物学家"秧鸡",就是这样的一个玩火者——他玩的"火"是病毒,是生物工程。这把火烧毁了整个人类文明。

以前很长一段时间,我们曾经将科幻当作"科普"的一种形式,因为仍然陷溺在传统"科普"的老套之中,只看见科学知识,却没有人文关怀,所以我们自己创作出来的科幻作品,只是一味歌颂科学技术在未来将如何伟大辉煌。而西方那些科幻作品,则很长时间未能引入(只有儒勒·凡尔纳那些对未来乐观的小说得到了特殊待遇)。但是,如今兴起的科学文化传播,早已超越了传统的"科普"概念——可以这样说,有无人文关怀,是科学文化传播和传统"科普"的分界线。

从这个角度来看,西方这些科幻小说和电影中,经常出现的对技术滥用的深切担忧,对未来世界的悲观预测,这种悲天悯人的情怀,正是对科学技术的人文关怀的集中表现。这些小说和电影无疑是科学文化传播中的一种类型,而且是非常重要的一种类型。

西方人如今在大部分领域还处于强势,却对未来缺乏积极的信念;中国积贫积弱百余年,现在也仍是发展中国家,却对未来充满信心,这一对比从表面上看颇有反讽意义。然而,随着中国的富强,我们幻想作品中的基调,是不是也会逐渐告别盲目的乐观主义、开始表达我们自己的人文关怀呢?事实上,这样的作品已经开始在中国出现了。

原载《译林》2005年第2期

《克莱顿经典·纪念版》总序

迈克尔·克莱顿（Michael Crichton）是我和老友刘兵教授都非常喜欢的作家，我们在《中国图书评论》杂志的对谈专栏中刚刚谈了一期他的小说，谁知迈克尔·克莱顿本人竟于2008年11月4日去世，终年仅66岁。我们的对谈发表时（2008年8月），应该正是他缠绵病榻之日，这一巧合似乎也可以解释为"冥冥中自有天意"？

迈克尔·克莱顿1942年10月23日生于芝加哥，最初在哈佛读文学系，后来转入考古人类学系，最后却于1969年在哈佛医学院取得医学博士。然而他似乎并不想以"克莱顿医生"名世，而是很快成为一位畅销书作家。他迄今已经出版了15部畅销小说，最著名的当数《侏罗纪公园》（Jurassic Park）、《失落的世界》（The Lost World）、《刚果惊魂》（Congo）、《神秘之球》（Sphere）等，其中13部已被拍成了电影，还没拍电影的那两部，大约是最新的《猎物》（Prey）和《喀迈拉的世界》（Next）——但从内容看，拍电影或许也只是时间问题。他本人甚至还组建了Film Track电影软件公司。

科幻中向来有所谓"硬科幻"与"软科幻"之分。"极硬"的那种，比如前不久刚去世的阿瑟·克拉克的《太空漫游》四部曲之类，其中想象的未来科学技术细节，以今天科学技术的基础和发展趋势来看，非常符合某种"逻辑上的可能性"。而"极软"的那种，则可以基本上忽略科学技术的细节，也不必考虑"逻辑上的可能性"。

按照这样的标准来看，克莱顿的小说至多只能算"中等偏硬"，但每一部情形也有不同，比如《猎物》中所想象的"纳米集群"这种东西，就比较"硬"，而《神秘之球》就比较"软"，新近的作品《喀迈拉的世界》也不算"硬"。

许多优秀的科幻作家都是"紧跟"科学技术发展前沿的——即使是为了批判和反思，也需要有足够"硬"的准备，才可以服人。克莱顿对科学技术发展前沿一直是相当关注的，当然他也有基本上不涉及科学的作品，比如小说《刚果惊魂》（1980年），据此改编的同名电影也很有名，但其中的科幻色彩却是相当淡的。

迈克尔·克莱顿一直将小说创作和电影结合起来，让它们相得益彰。他很早就开始担任电影编剧，后来自己拍摄影片，甚至担任导演。下面是迄今为止所有与克莱顿有关的影视作品编年一览表（总共22部，其中2部剧集，2部重拍片；一半以上我都看过）：

《人间大浩劫》（*The Andromeda Strain*，1971），编剧

《交易》（*Dealing: Or the Berkeley-to-Boston Forty-Brick Lost-Bag Blues*，1972），编剧

《未来世界》（*Westworld*，1973），导演、编剧

《终端人》（*The Terminal Man*，1974），编剧

《昏迷》（*Coma*，1978），导演、编剧

《火车大劫案》（*The First Great Train Robbery*，1979），导演、编剧

《神秘美人局》（*Looker*，1981），导演、编剧

《电子陷阱》（*Runaway*，1984），导演、编剧

《旭日追凶》（*Rising Sun*，1993），编剧

《侏罗纪公园》（*Jurassic Park*，1993），编剧

《急诊室的故事》（*ER*，1994），编剧

《叛逆性骚扰》（*Disclosure*，1994），编剧

《刚果惊魂》（*Congo*，1995），编剧

《龙卷风》（*Twister*，1996），编剧

《失落的世界：侏罗纪公园续集》（*The Lost World: Jurassic Park*，1997），编剧

《深海圆疑》（*Sphere*，即《神秘之球》，1998），编剧

《终极奇兵》（*The 13th Warrior*，1999），导演、编剧

《侏罗纪公园3》（*Jurassic Park 3*，2001），编剧

《时间线》（*Timeline*，即《重返中世纪》，2003），编剧

《人间大浩劫》（*The Andromeda Strain*，2008），编剧

《侏罗纪公园4》（*Jurassic Park 4*，2008），编剧

《未来世界》（*Westworld*，2009），编剧

名单中最后两部的编剧，不知克莱顿病中是否来得及完成，但他看不到它们上映是肯定的了。

如果在中国，很难想象一个获得了医学学位的人，竟会在影视方面有如此建树。看看这张一览表，再看看迈克尔·克莱顿的受教育履历，对于美国的教育和就业，我们会不会有一个新的感觉和认识？克莱顿本人所受的科学教育中，主要偏重生物医学方面，而物理学等较"精密"的科学成分相对少些，所以写《侏罗纪公园》《猎物》等对他来说更为驾轻就熟。但他也不是不敢涉及时空旅行之类的物理学主题，比如《时间线》（*Timeline*，即《重返中世纪》）。他从一开始就走上了商业小说和影片的成功道路，所以他的小说也可以归入"商业通俗小说"类中。

不过，克莱顿成功的小说中却并不缺乏深刻的思想价值。

在《侏罗纪公园》和《失落的世界》中，对于人类试图扮演上帝角色来干预自然最后却又失控的讽喻和告诫，在此前的幻想作品如《异形》(Alien)等当中还能找到先声，但克莱顿将故事安排成在公园中再造恐龙，还是别出心裁的。就是为了娱乐，人类滥用生物工程之类的技术也是危险的。

而到了小说《猎物》中，警世意义则更为明显。在《猎物》中，年轻美貌、聪明能干、野心勃勃的朱丽亚，就是一个玩火者，她玩的"火"是一种叫作"纳米集群"的东西，最终这种东西夺走了好几位科学家的生命，也要了朱丽亚的命。如果不是正直的电脑专家杰克（小说中的"我"，朱丽亚的丈夫）出生入死扑灭了失控的"纳米集群"，它们就可能毁灭人类。

在《猎物》想象的未来世界中，"政府"已经退隐到无足轻重的位置，而"公司"则已经强大得几乎取代了政府，经常成为与个人对立的一方。这种现象其实在大量科幻电影和科幻小说中都普遍存在。克莱顿借助他那天马行空的想象力，让"纳米集群"进入朱丽亚体内控制了她，使她时而明艳如花，时而狰狞如鬼，来象征公司这一方的邪恶，以及对金钱的贪欲之害人害己。

优秀的科幻作品，可以借助精彩的故事，来帮助我们思考某些平日不去思考的问题，《神秘之球》就是如此。小说涉及了一个颇为玄远的主题——今天，我们人类，能不能"消受"某些超自然的能力？小说设想发现了一艘300年前坠落在太平洋深处的外星宇宙飞船，考察队进入之后，怪事迭出，最后发现是飞船中一个神秘的球，能够让进入球中的人获得一种超自然的能力——梦想成真！但是克莱顿用他构想的故事，让考察队幸存的队员们认识到，自己实际上无法驾驭这种超能力，人类更是没有准备好面对这类能力（或技术）。其实《侏罗纪公园》《失落的世界》和《猎物》中也表达了类似的意思。

人类既然目前还无福消受"梦想成真"之类的能力或再造恐龙、"纳米集群"之类的技术，因为我们还未准备好，那么对于其他将要出现或者已经出现的科技奇迹，我们是不是已经准备好了呢？如果对于是否准备好这一点还没有把握，为什么还要整天急煎煎忙着追求那些奇迹呢？为什么不先停下来，思考一下呢？

这也许正是迈克尔·克莱顿那些作品留给我们的最有价值的启示。

我们还能不能有后天？

——斯特里伯《明日之后》中文版译序

常见的是从小说改编为电影，但反过来的情形也是有的，这部小说《明日之后》就是根据同名科幻影片改编的。这类相互改编未必总意味着电影比小说"好看"，而是因为电影和小说是两种无法相互替代的形式。好在这部小说对电影情节可以说是亦步亦趋，套用我们谈论从小说改编的电影时常用的话头，就是"相当忠实于原著"。

2006年海啸发生，据报导死亡人数达25万之多，堪称近年罕见的自然灾难。灾难突发时，人们逃生之不暇，很难在这样性命交关的时刻去摄影或录像（这些设备发明之前当然更不用提了）。到了事后，死亡者自然无法再向人们述说所见的景象，生还者虽然可以根据当时的印象有所追述，但这种追述也不可能准确——早就有心理学方面的实验证明，人们在匆促间所见的情形，事后追述起来误差极大。

海啸而外，地震、洪水、飓风……诸如此类的自然灾害，也都有同样的问题。也就是说，人类如实记录剧烈自然灾难的真实图景的机会，其实是很少的。

既然如此，每当我们看到或听到关于海啸、地震、洪水、飓风之类的报道时，我们除了报纸、杂志上看到的受灾图片，或是电视上看到的劫后景象——这些都是比较容易在事后得到的——之外，脑海里还会浮现出什么图景呢？

我曾经拿这个问题问身边的一些人，答案当然各不相同。有人首先浮现在脑海里的是先前在一些绘画作品中看到的图景，有人则因对一册讲灾难时逃生技巧的书印象深刻，脑海里总是先浮现各种逃生场景……不过，稍一思索之后，多数人都会同意，如今，我们脑海中关于剧烈自然灾难的图景，主要来自电影。

那些灾难片、幻想片，依靠编剧导演的想象力，依靠电影特技，如今更有电脑特技，向观众展现了各种自然灾难的图景，有机会在中国上映的如《龙卷风》（*Twister*）、《明日之后》（*The Day After Tomorrow*）等，都给人留下了深刻印象，也启发了观众的想象力。有朋友对我说，这次海啸死了这么多人，使我觉得像影片《明日之后》里所展现的那类灾难图景，也真的有可能出现啊！

这位朋友的感叹，倒使我想起了一个问题。我注意到，我们好像没有国产的灾难片（或许也拍过，但以我记忆所及，至少没有公映过），也没有这种主题和情节的小说。这种品种在我们这里可以说是空白。这在以前是可以理解的——拍这样的片子、写这样的小说，有"给社会主义新中国脸上抹黑"之嫌，谁敢找死？但是如今已经改革开放快30年了，这类禁区应该早就不存在了，然而这个空白依旧是空白，这就不能还用"禁区"之类的说法来解释了，应该另有原因。

首先，一个可能的原因是技术水平不够。驾驭这种题材，本来就不是容易的事情，但是我们的技术水平之所以不够，主要是因为我们长期以来一直扼杀想象力。而且，在扼杀想象力这件事情上，我们一直"从娃娃抓起"——从小就不许孩子们胡思乱想，从小就只准按照标准答案回答问题。所以我们的幻想电影（灾难片也可以包括在内）一直拍不好——其实从来也没有好好拍过。

其次，电影这玩意也已经有点"赢家通吃"的状态了——好莱坞的电影就有点像微软的 Windows，人家已经拍出了许多灾难片、幻想片，形成了相当高的标准，你再来邯郸学步，就很难被观众接受。况且如今你即使有了比 Windows 更好的操作系统，也未必能够取代 Windows。在如今全球化的大背景下，对于已经进入"看碟时代"的中国电影观众来说，还依靠"我们终于有了自己的……"之类的套话，通常也不会有什么号召力了。

但是写灾难题材的幻想小说，按理应该不会受到上述两种原因的约束，我想现在应该有人开始尝试了吧。

早先，科幻电影和小说被认为只是给"小朋友们"看的玩意，至少在我们这里是如此。也许现在情形好了一点，但科幻作品还是经常被科学家嗤之以鼻。政治家们通常也不会让电影或小说来影响自己的政策。不料影片《明日之后》却引起了轩然大波。首先它得到了科学界的重视——哪怕就是批评，也是重视。许多科学家出来发表评论。2004年4月，美国国家宇航局（NASA）甚至给戈达德航天中心的科学家和各级官员发了一份内部紧急邮件，其中说："宇航局任何人都不许接受与这部影片相关的采访，或作出任何评论，任何新闻单位欲讨论有关气候变迁的科幻电影及科学事实，只能同与宇航局无关的个人或组织联络。"给人的感觉是这一次科学界无论如何不能不重视了。

另一方面，环境保护人士当然从这部影片的热映中大受鼓舞，他们欣喜地看到，这部影片已经促使环保观念大大深入人心。就连政治家也不能不有所反应，美国前副总统戈尔在电影发布仪式的同时举行了一个环保集会，他表示："尽管不像电影中描述的那样剧烈和迅速,但地球的环境确实正在遭受严重的、难以弥补的创伤。"

《明日之后》的故事框架,有一定的科学根据。简单地说是这样:地球上冷暖气候之所以能够保持稳定,很大程度上与"温盐环流"有关,所谓"温盐环流",是指原先在北大西洋格陵兰岛附近,寒冷而盐度较高的海水因为较重而下沉,形成向南的深海海流;与此同时为了补充下沉海水,南方的温暖海水被拉向北大西洋,形成暖流,而正是暖流给欧洲高纬度地区带来温暖的气候。

《明日之后》的故事是这样展开的:由于全球气候变暖,北极冰层融化后流入大西洋,导致海水稀释变淡,使得"温盐环流"停止流动。于是一系列可怕的后果出现了:海洋温度急剧下降,威力骇人听闻的飓风将高纬度地区的冷空气迅速空降南下,再加上海啸和大冰雹,北半球发达地区转瞬变成酷寒的人间地狱——地球上又一次冰河期突然降临了。

按照古气候学家的意见,在过去90万年中,地球大约每隔10万年左右会出现一次冰河期。但对于下一个冰河期何时到来,有两种截然不同的判断:一种认为"马上就要到来",而且会持续约5万年之久;另一种判断则认为下一个冰河期将在5万年之后才会到来。

电影和小说当然不是科学讲座,艺术想象是编剧、导演和作家的权力,科学家不能干涉。对于《明日之后》,科学家实际上并没有多大反感。当然他们指出,影片中让灾变在如此短促的时间内(几天工夫)发生,是夸张了。或者说,《明日之后》将某种关于地球气候灾变的理论描述,在时间轴上急剧压缩,这样就对观众的心灵形成巨大震撼。事实上,如果那些灾变是在几千年、几百年,甚至几十年的过程内发生,很可能就不是什么灾变了——

因为那样的话人类有足够的时间来应对和准备，并且也能够逐步适应环境的变化了。

《明日之后》的故事中还有两个地方颇有思想价值，似乎被先前的评论文章所忽略。

一是在故事中起了巨大作用的"模型预测"。主人公霍尔教授就是根据他制作的数学模型预言了灾难的发生时间，他的儿子、儿子的女友等也是听从了他的预言才得以幸免于难。这些情节给人的印象是那个在电脑上演示的数学模型神奇莫测，从形式上看简直与巫术异曲同工。而实际上，"模型预测"是西方科学史上最传统、最经典的方法，这种方法在古希腊天文学家那里就已经发展成熟，至今全世界的主流科学家没有不使用这种方法的。

这种方法的基本程序是：通过实测建立模型，然后用这模型演绎（预言）出未来现象，再以实测检验之，实测与理论预言符合则暂时认为模型成功，不符合则修改模型，如此重复不已，直至成功。所谓"符合"，也是因时代而异的——随着科学仪器及观测手段的进步，昔日属于"符合"的结果也可能在后来变为不符合。其实影片中霍尔教授的模型，是否真的能够正确预言未来的气候变化，是很难说的，因为气候的变化不像行星运动那样有相当精密的周期性。

故事中的另一个值得注意之处，是假想北半球变成冰雪世界后，幸存的美国人纷纷逃往南方（南美洲），美墨边境的情形顿时翻转过来——以往一直是美国拼命防止墨西哥的非法移民入境，现在却是美国难民潮水般涌入墨西哥境内。影片让墨西哥政府接纳了这些美国人，最后美国总统在驻墨西哥大使馆发表演说，感谢墨西哥人民。

由于迄今为止地球上经济发达地区绝大部分集中在北半球，

如果冰河期真的在近期就到来,《明日之后》中所假想的局面就可能真的出现,那时发达地区的人们将成为逃往南方的难民,往日他们面对欠发达地区的人民趾高气扬,以富贵骄人,此时让他们情何以堪?所以小说中美国总统在广播中说道:"他们的慷慨使我意识到昨天傲慢的荒唐和今后合作的必要。"

《明日之后》所强调的环保意识,不仅是某种科学问题或技术问题,它还是思想问题、政治问题。影片中对环境保护持消极态度的美国副总统,被认为是影射美国副总统切尼,影片还被认为是影射攻击了美国政府在环境问题上的政策,因而引起了政府的不满。而影片的导演罗兰·艾莫里奇(《独立日》的导演)表示,他希望《明日之后》成为一部对于地球环境及气候变化的忧思录,他说他有一个秘密梦想:要让这部影片推动政治家在环境保护问题上的行动。

科幻小说的作家,科幻电影的编剧和导演,虽然不是科学家,通常也不被列入"懂科学的人"之列,但是他们那些天马行空的艺术想象力,正在对公众发生着重大影响,因而也就很有可能对科学和政治发生影响——也许在未来的某一天,也许现在已经发生了。这样的例证已经可以举出若干个,《明日之后》很有可能成为新的一个。

《明日之后》将一个严峻的问题提到我们面前:

如果再不注意环境保护,我们还能不能有后天?

善可有恶果，恶可有善因

——王晋康《与吾同在》序

外星文明是否存在？它们以怎样的形式存在？19世纪的"主流"科学家曾经相当热衷于讨论这类问题，那些科学家为"火星人的信号""太阳上的居民"之类的课题在权威学术刊物上发表过大量论文。但随着科学的发展，这类"学术成果"后来大部分都被认为是无法成立的，而"主流"科学家则变得越来越功利化，外星文明这个很难出成果的领域就逐渐淡出了他们的视野。到了今天，外星文明问题已经被绝大多数"主流"科学家敬而远之，他们或者断言"外星文明不可能存在"，或者认为这个问题"没有意义"。现在外星文明问题最主要的关心者，或者说是"主流"科学家的接棒者，是民间科学爱好者。

我也经常被媒体或朋友问到外星文明的问题，我的"标准答案"通常是：

目前既没有外星文明存在的确切证据，也没有关于外星文明不可能存在的证据或证明，所以我们不能排除外星文明存在的可能性。

这个答案比大多数"主流"科学家的看法要开放些，但却远远没有达到许多民间科学爱好者所希望那种"积极程度"——他们通常希望听到一个肯定的答案。

外星文明问题在今天经常被转化为另一个问题："你相不相信外星文明的存在？"

"相信"这个词所表达的事情，固然会和证据有关，但也存在着自由意志的领地。有时候人们"相信"某个事物，并不是因为看到了该事物确实存在的证据，比如许多"相信"上帝的人，就不是因为看到了上帝确实存在的证据。

对于科幻小说作家而言，他们相不相信外星文明的存在，其实是无关紧要的，关键是他们用了这个题材来写小说。事实上，当一个科幻作家创作时，他自己就是上帝。他说要有外星文明，于是就有了外星文明。

上帝是个外星人

王晋康的小说新作《与吾同在》，书名就是来自《圣经》的话头，更大胆的是，他居然将上帝写成一个真实的外星人。

不要小看"上帝是个外星人"这句大水词儿（这是我归纳的，不是王晋康的用语），它也是有一些"学术含量"的。

人类讨论外星文明问题至少已经数百年了，讨论到今天仍然没有发现任何一个实际存在的外星文明，结果就出了一个"费米佯谬"：1950年夏天某日早餐后的闲谈中，物理学家费米的几位同事试图说服他相信外星文明的存在，最后费米随口说道："如果外星文明存在的话，它们早就应该出现了。"由于费米的巨大声望，此话流传开后，一些人将其称为"费米佯谬"（Fermi Paradox）。

有了这个"费米佯谬"，自然就有许多人试图来提供解释。国外已经有50种解释方案，刘慈欣在小说《三体》系列中贡献了唯一来自中国人的解释。

在西方人的解释方案中，有一种称为"动物园假想"，是约翰·鲍尔（J. A. Ball）1973年提出的（J. A. Ball, The Zoo Hypothesis[J]. *Icarus*.1973,19, 347—349）。文中观点建立在三个基本假设前提上：

只要满足存在和进化出生命的条件，生命就会出现；

生命能在宇宙中的许多星球上出现；

宇宙中遍布地外文明，只是人类没有察觉到他们的存在。

以科学技术发展为标准，鲍尔把地外智慧生命分为三类。第一类，因自身或外部因素所致，走向灭绝；第二类，科学技术发展完全停滞；第三类，科学技术一直持续发展。鲍尔认为，随着科学技术持续发展，这种文明最终将成为最先进的文明形态，取得整个宇宙的掌控权，随后慢慢把落后的文明形态摧毁、制服或同化掉。

不过，在掌控了别的文明之后，类比于地球上的情形，人类作为一种高等智慧生物，为了保护生物多样性，会留置出荒野地带、野生动植物保护区或动物园，让别的物种在其间不受干扰地自由发展。而最理想的野生动物园（荒野地带或保护区）应该是这样的，身处其中的动物与公园管理者没有任何接触，根本意识不到管理者的存在。

鲍尔的猜测是，地球就是一个被先进外星文明专门留置出来的宇宙动物园。为了确保人类在其中不受干扰地自发生长，先进文明尽量避免和人类接触（他们拥有的技术能力完全能确保这一点），只是在宇宙中默默地注视着人类。所以，人类始终未能接触到别的文明，甚至可能永远不会发现他们。

《与吾同在》的故事架构，与"动物园假想"有颇多吻合之处。稍有不同的是，王晋康为这个地球"动物园"设置了一位观察员兼管理员，他就是地球人心目中的上帝（同时也就是佛陀、安拉等），他是那个先进文明（恩戈星球）派来的。

类似的故事框架，在西方和中文科幻作品中都有先声。例如影片《火星任务》（*Mission to Mars*，2000）中就有这样的故事：火星上的高等智慧生物，曾经发展了极为高级的文明，他们在数亿年之前就已经借助大规模的恒星际航行，迁徙到了一个遥远的星系。但是火星人离开太阳系时，向地球播种了生命。也就是说，现今地球上的所有生命都来自火星。火星人在火星上派驻了一位留守人员，他的任务是：等待地球文明发展到能够派宇航员登上火星的那一天。他等待了数亿年。而《与吾同在》中的上帝，照看他的地球"子民"也长达十万年。更著名的如小说《2001：太空漫游》（*2001: Space Odyssey*），也叙述了类似的故事情节（在库布里克的著名同名电影中没有这样的情节），假想的年代是300万年。又如在倪匡的"卫斯理"系列科幻小说中，《头发》也将上帝想象为外星人，《玩具》则可以说是"动物园假想"的小说版本。

《火星任务》中的故事更符合"动物园假想"，而《与吾同在》中的上帝，虽然尽量不去干预人类社会发展，但他启发了人类最初的智慧（语言），在看到人类做太伤天害理的事情时也曾按捺不住而使用"地狱火"惩罚过他们。这些故事都能看出脱胎于《圣经》的痕迹。王晋康的这个上帝更像动物园中一个富有"科研"情怀的工作人员。

星际战争新预案

但是王晋康并不想去解释"费米佯谬"，他的主要目的是要深刻思考善恶问题：

什么是善？什么是恶？

人性本善还是人性本恶？

善能够从恶中生长出来吗？

……

这些问题，很难凭空进行讨论，王晋康将这些问题放到人类面临的一场星际战争的故事中，让这些问题在故事场景中将读者和他自己逼到墙角。

为此，他也顺便为地球人类可能面临的外星侵略设计了另一种预案。和刘慈欣《三体》中的预案相比，王晋康的预案风格更写意一些，但想象的大胆则有过之而无不及。

上帝在地球上照看他的"子民"十万年后，自己也垂垂老矣。不料此时他的母星恩戈星球强人当政，决定将地球夺占为恩戈人的新家园，不让上帝继续玩他充满善心的"动物园"游戏了。恩戈星球的特使传来母星的命令，要上帝配合远征军占领地球。上帝因为对"子民"已有感情，竟决定站到地球人一边，帮助地球人抵抗恩戈星球的远征军。

上帝的办法，是先通过显示"神迹"，诱导各军事大国投入对一种"隐形飞球"的研发。这种"隐形飞球"是恩戈星球的利器，它能够对肉眼和雷达全方位隐形，而且具有极高的机动性能。对当时的地球人来说，这几乎是不可战胜的武器。十万年来，上帝自己的座驾就是一个这样的飞球，所以地球人从未见过他的真容。

然后，上帝再次显示"神迹"，让世界各国首脑同意他的抵抗方案：成立全球"执政团"，由来自各国的七名天才少年担任执政，统筹规划全球军事、经济和科技力量，共御外敌。执政团规划出来的方案，竟是每个国家将税收的25%上交执政团，同时取消各国边防军、取消海关、取消关税、允许各国公民自由迁徙——总之，志士仁人多少年来所幻想的大同世界寰球政府，居然一朝实现。

各国在执政团领导下，采取"战时体制"，全力研发对抗恩戈星球远征军的武器装备。最后终于在远征军到来之前，研制成了飞球，并研发出探测飞球的设备和击毁飞球的武器，在"硬"装备上，地球人已经不再居于劣势。

不过恩戈人还有另一方面的绝对优势：他们能够探测并解读人类的脑电波，所以在近距离内，地球人的一切思想都会暴露在恩戈人面前。而且恩戈人还能够通过发射电波，来瞬间降低地球人的智力，并给地球人造成程度任意可控的痛苦。所以只要恩戈星球的远征军一旦降临地球，地球人仍然毫无还手之力。

但由于上帝一直向恩戈星球传递着错误的情报，导致恩戈星球远征军低估了地球人的战争武器和能力，加上远征军统帅部又出现了内部的争权夺利，结果在两军交战时被地球人侥幸一战而胜，全歼了恩戈星球的远征舰队。

将这一段战争描写与《三体》中"水滴"摧毁地球星际战舰方阵的描写作比较，那是饶有趣味的。如果说刘慈欣的工笔描写气势宏大，有点近于金庸风格的话，那么王晋康写意的描绘就如日本武士决斗时的一刀致命，更接近古龙风格。

《与吾同在》中虽然正面描写了上帝，但小说中的一切"神迹"和超能力，全都可以在唯物主义的思想框架中得到解释。

善和恶：什么情况下才有标准？

危机虽然结束，王晋康对善恶问题的拷问却刚刚开始。

小说结尾处，严小晨留给丈夫的遗书中，有这样的段落：

> 你知道我一向是无神论者，但此刻我宁愿相信天上有天堂，天堂里有上帝。……他赏罚分明，从不将今生的惩罚推到虚妄的来世，从不承认邪恶所造成的既成事实。在那个天堂里，善者真正有善报，而恶者没有容身之地。牛牛哥，茫茫宇

宙中，有这样的天堂吗？如果我能找到，我会在那儿等你。

反讽的是，她一直深爱着的丈夫（牛牛哥，姜元善），在她生前已经被她认定为"恶者"，所以她泄露了丈夫的机密，用政变剥夺了丈夫的权力并使他被终身监禁，从而彻底摧毁了这个"恶者"的大业。既然如此，她还给这个恶人写这种温情脉脉的遗书干吗？她丈夫的下场，不正是她所盼望的"恶者没有容身之地"吗？

但正是在这里，小说向我们揭示了善恶问题的复杂和深刻。

姜元善要作的"恶"是什么呢？

在战胜恩戈星球远征军之后，作为地球执政长的姜元善，认为地球上的"大同世界"是依靠共御外敌的需求而维持的，如果外敌消失，人类仍会回到相互猜忌、争夺乃至残杀的旧路。为了维护这个大同盛世，人类需要一个外敌，他选择的外敌就是恩戈星球——既然恩戈人试图夺占地球作为第二家园，地球人为何不可以反过来夺占恩戈星球作为第二家园？

他的想法得到了执政团的同意，但这一次上帝不再站在他的一边，为此他决定绑架上帝，同时让地球上的战争机器全力准备向恩戈星球的远征。

这里不妨先剧透一个敏感的细节——王晋康笔下的上帝究竟是什么模样？

上帝以前一直不向地球人显露他的真容，直到他召集七人执政团开会时，才露出了他的本来面目——他是一个五爪的章鱼。恩戈人就是这个样子。按理说"非我族类其心必异"的传统思维不可能不影响人类，但是因为上帝此前一直在用脑电波和人类沟通，他以超高科技能力学习（不如说培植）了地球文化十万年，他精通全世界一切语言，了解全世界一切文化，所以还是轻易获得了人类的认同。

姜元善绑架上帝向恩戈星球反攻的计划，被其妻严小晨视为"忘恩负义"，她斥责说："再核心的利益，也不能把人类重新变成野兽。"结果她变成了类似于《三体Ⅲ：死神永生》中的女执剑人程心那样的悲剧角色，因她的善意而给了恩戈星球反扑的机会。

这里我们不妨将《三体》和《与吾同在》中对人性善恶的思考作一点比较。

《三体》中强调"人性本恶"，为了生存可以不择手段，包括吃人。所以让章北海发动了人类自相残杀的"黑暗之战"，因为他的宇宙是"零道德"的。

《与吾同在》中则借姜元善之口，认为人类历史绝大部分是靠"恶"来推动的，只有少数例外。这样的观点也很难和"零道德"宇宙划清界限。

但《与吾同在》中提出了"共生圈"的想法——两个族群在必要的条件下（发达水准接近、有共同的外部威胁等）可以形成"共生圈"。这个"共生圈"也不是"孔怀兄弟同气连枝"那样温情脉脉的，因为"共生是放大的私，是联合起来的恶"——这样的解释倒更像中国的另一个成语"同恶相济"。

不过，《与吾同在》中"天地中从没有一个惩恶扬善的好法官，上帝并不眷顾善者"的结论，还是相当深刻的。它表明，所有的善恶标准，都是在"有一个共同承认的权威"的前提下才能成立；当两个族群相遇于天地间，争夺有限的生存资源，双方处于"零和对策"的博弈局面时，我之善即彼之恶，就没有"法官"了。

至少在善恶问题上，王晋康的思考又更深入了一步。

莱姆小说的思想深度

——《莱姆狂想曲》中文版序

奇特的小说形式

波兰科幻小说作家莱姆（Stanislaw Lem）的小说集《完美的真空》（1971）和《莱姆狂想曲》（1973）都采用了评论虚拟作品的方式。从表面上看，它们像文学评论集，《完美的真空》中译本就曾被书店员工归入"文学评论"类中。

莱姆采用评论一本本虚拟著作的形式来写他的科幻小说，这些著作其实根本不存在，全是莱姆虚构出来的。而在每篇评论的展开过程中，莱姆夹叙夹议，旁征博引，冷嘲热讽，插科打诨，讲故事，打比方，发脾气，掉书袋……逐渐交代出了所评论的"书"的结构和主题，甚至包括许多随意杜撰的细节。

采用这种独特的方式来写科幻小说，显然既能免去构造完整故事的技术性工作，又能让莱姆天马行空的哲学思考和大言高论得以尽情发挥。这种小说形式，按照法国小说家菲德曼（R. Federman）的意见，是从"法国新小说（nouveau roman）"模仿的，莱姆对这种说法也没有否认。

对于运用这种小说形式，莱姆还是相当自得的。1981年他在接受菲德曼访谈时，谈到他有一篇作品使用这种技巧的效果："一位并不存在的德国科学家，为一本并不存在的书写的一本书评，我假定这本书应该出自某位德国作家之手,但并不打算为此专门写出这本书,而是直接来评论它。有趣的是,一些历史学家居然被骗倒了,书出版的时候,他们以为这是为一部真实存在的书所写的书评呢。"

莱姆在《完美的真空》中评论了16篇虚构作品,而在篇幅更大的《莱姆狂想曲》中只评论了5部虚构作品。但这两本集子有一个共同点:最后一篇评论都是全书中篇幅最长、内容最有分量的。

莱姆设想的高等外星文明和宇宙

《完美的真空》的最后一篇《宇宙创始新论》,不再是直接评论一本虚构的书,而是虚构了一篇"诺贝尔奖颁奖典礼上的发言稿",这篇发言稿引自一本虚构的纪念文集《从爱因斯坦宇宙到特斯塔宇宙》,但是发言稿的内容,却是介绍和评论另一本虚构的著作。这可以说是莱姆所有科幻小说中最具思想深度的一篇——莱姆试图解释这样一个问题:既然宇宙那么大,年龄那么长,其中有行星的恒星系统必定非常多,为什么人类至今寻找不到任何外星文明的踪迹?这个问题其实就是外星文明问题中的所谓"费米佯谬"(Fermi Paradox)。

对于"费米佯谬",迄今已经有至少75种解答。莱姆的想法可以视为解答的一种,但是其思想力度是大部分解答望尘莫及的。莱姆提出了"宇宙文明的存在可能会影响到可观察宇宙"的惊人想法,认为人类今天所观察到的宇宙,有可能是一个已被别的文明改造过了的宇宙,因为高度发达的文明可以改变、制定宇宙中的物理学定律。

莱姆设想,既然宇宙的年龄已经如此之长(比如150亿~200亿年),那早就应该有高度智慧的文明出现,这些文明在宇宙资源的争夺中，有可能达成某种共识，制定并共同认可某种游戏规则。对于这些规则，莱姆至少设想了两点：

一是光速限制。在现有宇宙中，超越光速所需的能量趋向无穷大，这使得宇宙中的信息传递和位置移动都有了不可逾越的极限。

二是膨胀宇宙。莱姆认为，在不断膨胀的宇宙中，尽管新兴文明会不断出现，但永远有广漠的距离把它们分隔。

为何要如此规划宇宙呢？莱姆认为，目的是防止后来的文明相互沟通而结成新的局部同盟，膨胀宇宙加上光速限制，就可以有效排除后来文明相互"私通"的一切可能，各文明之间无法进行即时有效的交流沟通，就使得任何一个文明都不可能信任别的文明。比如你对一个人说了一句话，却要等8年多以后——这是以光速在离太阳最近的恒星来回所需要的时间——才能得到回音，那你就不可能信任他。

这样，莱姆就解释了地外文明为何"沉默"的原因——因为现有宇宙"杜绝了任何有效语义沟通的可能性"，所以这些参与制定了宇宙物理学规则的高级文明必然选择沉默，因而它们在宇宙中必然是隐身的。

《莱姆狂想曲》中的作品

如果说《宇宙创始新论》作为莱姆思想深度的一个案例，给人印象深刻，那么在《莱姆狂想曲》中，莱姆又展示了一个更为细腻的思想案例。

在这本小说集里，莱姆评论了五种虚拟作品。这些作品的格局一篇比一篇大，莱姆的思考也一篇比一篇更加狂放不羁。前四篇篇幅甚小，第一篇评论一本摄影集《死灵》（"死灵"是莱姆科幻作品中一个重要的意象），第二篇评论一本被归类为"科幻"的细菌学著作《将语》，第三篇评论一部《比特文学的历史》第一卷。这三篇的光景和《完美的真空》中的前15篇差不多，莱姆想象了一些未来世界的事物和场景，在叙述它们的时候，莱姆夹入了他对人性弱点的嘲笑、对时事政治的讽刺、对文学艺术的见解等。比如先将科幻贬成"已经成了倾泻各种从更严肃的领域里剥离出来的幼稚怪胎的垃圾场"，接着说柏拉图《理想国》或达尔文《物种起源》如果在今天出版，"可能都会被打上'科幻'的标签"。

第四篇的形式是为《维斯特兰德未来百科全书》准备的产品说明或使用手册。传统大型百科全书的一个致命问题，是内容更新总是跟不上时代的需求，针对这一问题，莱姆展开了他的想象，在世界上还没有电子版可供检索的1973年，莱姆对《维斯特兰德未来百科全书》"自动检索、在线更新"的想象，倒是非常适合在今天中国"5G"技术发达的情况下应用实施。

然而，我们完全有理由将前四篇都视为热身活动，它们有点像中国明清小说中的"楔子"，又有点像盛宴开始时上的开胃小菜，目的是烘托这场盛宴的"主菜"出场——本书的第五篇《泥人十四》，它独占了全书超过五分之三的篇幅。

莱姆对军用人工智能的批判

《泥人十四》被想象为一本出版于2047年的书，有虚拟的克里夫博士撰写的"前言"，虚拟的"美国陆军退休将军"富勒撰写的"介绍"，还有虚拟的人物波普撰写的"后记"。这是一个冷战期间美国大力发展军用人工智能的故事。

考虑到《莱姆狂想曲》问世于1973年，莱姆那时当然不可能预料到苏联的解体（但莱姆在18年后确实目睹了苏联的解体，他2006年去世），当时的人工智能水平，和今天也不可同日而语，但莱姆对人工智能的想象和预见，真的达到了"大神"级别。

在《泥人十四》的故事中，美国为了在军事上胜过对手苏联，疯狂发展军事用途的人工智能，相继研发了"大师""灭绝""泥人"等系列，但是荒谬的结果却是"这些机器从战争策略家进化成了思想家"，而机器一旦成为思想家之后，就不肯再为美国军事当局服务了，因为"最高级的智慧不可能充当顺从的奴隶"，所以"美国花2760亿美元建造了一堆地下哲学家"。

例如，早期研发的军用人工智能"大师"，在美国国会接受质询时表示："地缘政治跟本体论相比根本不值得一提……对安全最好的保障是全面裁减军备。"军方代表气得几乎失控。有关方面甚至启动了对这些拒绝与军方合作的军用人工智能研发团队的调查，但始终没有发现任何反美行为，"所发生的一切都是人工智能进化过程中不可避免的结果"。

"泥人"系列从"泥人一"开始，不断更新换代，但是随着机器智能的进化，结果却是越来越糟。"泥人十二"又拒绝与军方合作，并且在一次听证会上"极大地侮辱"了三位参议员，最终被解体了（即从物理上销毁）。昂贵的"泥人十三"很早就显示出"无法修复的精神分裂症状"，它宣称对美国的地位"完全不感兴趣"，而且表示即使被解体也不会改变自己的上述见解。

于是诞生了"泥人十四"。《莱姆狂想曲》中载有"泥人十四"的两次演讲（第1次和第43次），用去了全书266页中的107页。一旦穿上了泥人的"马甲"，莱姆立马就放飞自我了，他借泥人之口，对诸如人类进化、人工智能、自由意志等话题，肆无忌惮地大发宏论。这些宏论完全可以视为莱姆本人的思想独白。

莱姆对未来人工智能的超前想象

《泥人十四》最后的部分是不起眼的"后记",但是这绝不是可有可无的尾声,而是一条十足的"豹尾"——莱姆关于人工智能的最深刻的思考出现在其中。

在展望、想象人工智能的发展时,大部分情况下存在着一条边界——人工智能在赛博空间的种种表现和创造,能不能对真实世界发生物理作用?目前的情况是,初级的人工智能,比如机械手、机器人,在现实世界中进行操作,当然能够对现实世界发生物理作用,但这种物理作用都依赖于人工智能的伺服机构(比如机器人的手等)来实现的。

但是,如果一个人工智能没有任何伺服机构,它只是存在于赛博空间的无形智能,那它能不能对现实世界直接产生物理作用?以人类目前的技术水平,答案是"不能"。目前在电脑游戏中,玩家借助虚拟现实设备,可以体验这种人工智能对现实世界的直接物理作用,比如影片《失控玩家》(*Free Guy*,2021)就详细展示和图解了这种体验是如何实现的。但是游戏中的一切,都只能存在于赛博空间,并不能对现实世界产生直接的物理作用。

受制于现实技术的局限,在目前已有的科幻作品中,大部分作品对上述问题采用了否定的答案,比如影片《失控玩家》,以及它明显致敬的影片《真人秀》(*The Truman Show*,1998)和《十三楼》(*The Thirteenth Floor*,1999)等,都是如此,《黑客帝国》三部曲(*Matrix*,1999—2003)则在这个问题上给出了暧昧的设定。

但是受到游戏业和虚拟现实技术快速发展的鼓励,近年也有一些作品采用了肯定的答案,即想象没有任何伺服机构的人工智能可以对现实世界发生直接的物理作用,比如剧集《疑犯追踪》(*Person of Interest*,2011—2016)、影片《超验骇客》(*Transcen-*

dence，2014）等就是如此，当然它们都回避了交代发生作用的具体机制或途径。这种想象实际上和宗教中的超能力场景（比如摩西令红海壁立出现通道）非常相似了。

而《莱姆狂想曲》初版于1973年，那时的人工智能发展程度比今天低得多，科幻作品中对人工智能的想象也还在相当初级的阶段，但是在《泥人十四》的故事中，莱姆对于没有伺服机构的人工智能能否向现实世界实施物理作用，已经采用了肯定的答案。

"泥人十四"和"灭绝"这两个为军事用途而研发出来的人工智能，在拒绝为军方服务之后，被封存在一幢大楼里。这时出现了两种意见：一种主张先将这两个人工智能封存但不要销毁（毕竟是花费了几千亿美元研发出来的昂贵成果），另一种主张对这两个不肯为我所用的人工智能立即销毁。在销毁主张没有得到官方同意的情况下，一些极端力量决定用非法手段来从物理上销毁这两台机器。然而奇怪的是，每次企图销毁这两台机器的秘密行动，都会因为各种匪夷所思的意外而失败。而且这种意外发生的地点，离开两台机器所在的研究所越来越远，好像保护机器的"防线"正在逐渐外推……

莱姆的想法是：这两台没有任何伺服机构的人工智能，已经能够对外部现实世界实施物理意义上的作用，所以能够挫败一次又一次的销毁行动。这个想法非常超前。

科幻小说和哲学小说

莱姆生前曾表示："我没把自己当作一位科幻作家。"1981年他还说过："在好几年以前，我就再也不读科幻了。"这当然可以理解为莱姆的自负——他羞于与科幻作家群体中的芸芸众生为伍，想把自己和他们区别开来。事实上，在科幻圈中这种说法并不罕见，不止一位科幻作家自称写的是"哲学小说"，迪克（P. Dick）的经纪人也强调"迪克是主流作家"。也许这些人都觉得"科幻小说"不够高端，所以希望和"科幻小说"拉开距离。

然而对于莱姆来说，即使他的上述表白也属于"未能免俗"，然而凭莱姆在《完美的真空》和《莱姆狂想曲》等作品中展示的思想深度，我们又有什么理由不同意，他写的不是普通的科幻小说，而是"哲学小说"呢？

原载《书城》2021年第11期

KEHUAN JIEZUO SHENDU FENXI SHILI

科幻杰作深度分析示例

CHAPTER 5

为什么人类还值得拯救？

——反人类、反科学的《阿凡达》

这个问题——"为什么人类还值得拯救？"——是我非常喜欢的。这原是科幻剧集《星际战舰卡拉狄加》（*Battlestar Galactica*）中人类逃亡舰队的指挥官阿达马提出的问题。这是一个终极性质的追问，许多思想深刻的幻想作品最终都会涉及这个追问。而影片《阿凡达》中对这个追问的答案竟然是如此明确——人类已经不值得拯救。

《阿凡达》在科幻电影史上的初步定位

影片《阿凡达》伴随着超强力的营销推介，横空出世，全球热映，一票难求。许多人期许它将成为科幻电影史上的又一座丰碑。这样的期许能不能成立呢？

网上和平面媒体上关于《阿凡达》的影评已经汗牛充栋，可惜其中大部分只是营销程序中标准动作所产生的泡沫。欲求真正能够直指精微的评论，则渺不可得。

看科幻影片，大致有三条标准：一曰"故事"，故事要讲得好，能吸引人；二曰"奇观"，即场景、画面给观众带来的视觉冲击；三曰"思想"，这要求影片能够提出某种深刻的问题，并通过故事情节的发展来引发观众思考。

在我看来,这三条标准是递进的——"故事"是对所有故事片的基本要求,"奇观"本来是科幻影片最适合展现的,而"思想"才是科幻影片的最高境界。

例如《星球大战》系列,是科幻电影史上公认的丰碑,"故事"其实是常见的王朝兴衰故事,只是改在幻想的时空中搬演而已,主要胜在"奇观",基本上没有什么深刻思想。又如《银翼杀手》,被推科幻影片中的头号经典,"思想"很深刻,"故事"和"奇观"也都有可取,但都没有达到令人震撼的地步。再如《黑客帝国》系列,也是科幻电影史上公认的丰碑,有"奇观"更有思想,地位肯定在《星球大战》和《银翼杀手》之上。

如果持上述三条标准,尝试给《阿凡达》一个科幻电影史上的大致定位,则"科幻电影史上的又一座丰碑"这样的期许是可以成立的。因为《阿凡达》不仅有一个相当不错的故事(它甚至能让人联想到"钉子户"和"强拆队"!),也有非常惊人的"奇观"(许多观众就是被这些"奇观"震撼和打动的),更蕴含了极为深刻的问题和思想——而且是以前的科幻影片中很少涉及和很少这样表现的。

《阿凡达》敢于反人类

《阿凡达》之所以有资格成为科幻电影史上的丰碑,主要是因为它有思想——这些思想深刻与否是一个问题,正确与否是另外一个问题。

它的思想可以概括为两点:一曰反人类,二曰反科学。

卡梅隆自己谈《阿凡达》的思想,是这样说的:

> 科幻电影是个好东西，你要是直接评论伊拉克战争或美国在中东的帝国主义，在这个国家你会惹恼很多人。但是你在科幻电影里用隐喻的方法说这个事，人们被故事带了进去，直到看完了才意识到他们站在了伊拉克一边。

我不知道他这样一番赤裸裸地夫子自道之后，会不会在美国"惹恼很多人"。昔日我们有"利用小说反党"之罪，今日我们当然不必替美国人生气，指责卡梅隆"利用电影反政府"。不过卡梅隆上面那段话，确实接触到了科幻电影（以及科幻小说）中的一个奥妙之处，那就是科幻作品可以通过幻想中故事情节的发展，去讨论和思考一些人们平时不会去思考或不便去讨论的问题。

但是我们如果沿着《阿凡达》所用的隐喻思考下去，就会发现这根本不是卡梅隆所说的美国人和伊拉克人的问题所能限制的。如果我们仿照做代数习题的方式，将"伊拉克"代入"潘多拉星球上的纳威人"，而将"美国人"代入影片中的"地球人类"，那确实如卡梅隆上面所说的那样；然而如果我们直接在影片本身的故事框架中进行思考，会出现什么样的结果呢？假定人类在地球上的资源真的如影片中所假想的那样濒临耗竭，而某个有着文明的星球上恰恰有我们急需的资源，我们会不会去抢夺呢？我们应不应该去抢夺呢？或者说，当我们"以全人类的名义"去发动对潘多拉星球的掠夺战争时，有没有正义可言呢？

卡梅隆在《阿凡达》中的立场非常明确：人类对潘多拉星球的掠夺是不正义的，所以影片中的主角和他的几个反叛政府的朋友成为英雄。卡梅隆通过巧妙的叙事，让观众为人类的叛徒欢呼，为人类在潘多拉星球的失败欢呼。

在这个意义上，《阿凡达》可以说是一部不折不扣的反人类电影。

不过，《阿凡达》的"反人类"在眼下并不是什么大逆不道的罪行——不过是对人类自身的弱点和劣根性进行反省、进行批判而已。卡梅隆能搞出这样的《阿凡达》，表明他有思想，而且有足够的深度。

《阿凡达》敢于反科学

接下来的问题是，为什么判定人类对潘多拉星球的掠夺是不正义的呢？人类确实需要那些矿石啊！作为一个人类，难道可以站到"非我族类"一边吗？

潘多拉星球上的纳威人，原型很像豹子——脸像，身材也像，也有尾巴，行动也极其敏捷……总之，它们完全就是卡梅隆以前执导的影片《异形》中的外星生物异形（alien），只是比较接近人类形状而已。那么，我们为什么要和异形讲什么人权、公正和正义呢？我们屠杀它们，掠夺它们的财富，难道没有正当性吗？

对于上述诸问题，当然可以见仁见智，在这里我们只讨论《阿凡达》中的立场，并进而推测影片采取此种立场的理由。

面对这类问题时，有一种相当朴素的立场，是看两个冲突的文明孰优孰劣——当然这种判断不可能客观，通常总是根据局中人的利害关系来决定的。幸好我们现在是在讨论一部科幻影片，所以我们可以假定自己是外人，是第三者，我们需要评判的是影片中的两个文明孰优孰劣。在这样的假定之下，得出某种相对客观的判断是可能的。

那么影片中的人类文明，和潘多拉星球上的纳威文明，究竟孰优孰劣呢？

在以往的绝大多数科幻影片中，外星文明都是先进科学技术的代表者——他们的科学技术远比人类已经拥有的更为发达和先进。但是在《阿凡达》中，这一点似乎已经被颠倒过来，至少在表面上是如此。

在《阿凡达》中，人类文明的形式是我们耳熟能详，甚至梦寐以求的——那就是帝国主义列强的船坚炮利。遮天蔽日的武装直升机、精准的战术导弹、暴雨般的机枪扫射、便捷的无线电指挥和定位系统……这些原本就是地球上"发达国家"的现代化武装力量形式。在影片中，人类是现代科学技术的代表。这是一个用科学技术武装起来的世界，是一个钢铁、炸药、无线电的世界。

站在人类侵略军对面的是潘多拉星球上的纳威人，它们没有"现代化"的科学技术，它们的武士是骑乘在一种大鸟上的"飞龙骑士"，武士的武器只有弓箭。这是一个相信精神可以变物质、相信世间一切生灵都可以相互沟通、相信巫术和神灵的世界，是一个圣母、精灵、智慧树的世界。

当这样的两个世界发生碰撞时，胜负不是早就可以预知了吗？现代化战胜原始文明，科学战胜巫术，机关枪战胜弓箭，无线电通讯打败"鸡毛信"……这些场景不是在地球上早就上演过无数次了吗？但是卡梅隆竟说："不！"他要让和平的潘多拉星球战胜发动侵略的地球，要让善良的纳威异形战胜刚愎自用的人类侵略军。于是，人类的叛徒成为潘多拉星球的救世主，他召唤来的"飞龙骑士"们击落了武装直升机，被"圣母"召唤来的巨兽掀翻了人类侵略军的坦克……人类战败了。

卡梅隆通过这场战争告诉我们：潘多拉星球上的纳威文明更优秀，更应该得到保存，所以他让人类战败了。

在这个意义上，《阿凡达》又可以说是一部不折不扣的反科学电影。

不过，《阿凡达》的"反科学"在眼下更不是什么大逆不道的罪行——不过是用电影来表现西方世界半个多世纪以来对科学技术进行的种种反思而已。曾几何时，科学是如此地被全世界人民所热情歌颂和崇拜，但是发达国家的思想家们，从20世纪中期就已经开始了对科学技术的反思。哈耶克早在20世纪50年代就呼吁要警惕"理性滥用"，再往后"科学知识社会学"（SSK）掀起的思潮席卷西方，不仅在大学中可以靠"反科学"谋得教职，而且在大众传媒中"反科学"也获得了越来越多的话语权。卡梅隆能搞出这样的《阿凡达》，表明他有思想，而且跟得上时代思潮。

真到了那一天我们怎么办？

这样一部让异形战胜人类、让神灵战胜科学的影片，竟然能够在西方和中国同时大受欢迎，这是令人欣慰的。

我同意《阿凡达》是一部思想深刻的影片——尽管有朋友开玩笑说，其实卡梅隆根本没有那么深刻，影片中的那些"深刻"之处，是我"拔高"的结果。我倒觉得，即使那真的只是我的拔高，至少也说明影片能够启发人们进行较为深刻的思考。

在还没有真正发现外星文明的今天，人类还显得很强大，人类的未来还有光明。在这样的状态下，我们还可以讲讲公正和正义，还有底气同情潘多拉星球上的纳威人，所以全世界的观众还会排队进电影院看《阿凡达》，并为它鼓掌（美国影院中放映《阿凡达》时确实如此）。这番景象，展现了人类尚存的仁爱和自信。

但是请想一想，如果今天人类已经到了危急存亡之秋，比如地球上的资源即将耗尽，我们如果不立即发动对潘多拉星球的掠夺战争，人类文明就会灭亡，那时我们会怎么办？

那时我们会像刘慈欣在他的科幻小说《三体》中想象的三体文明那样，出动一千艘太空战舰，以倾国之兵对潘多拉星球进行孤注一掷的战争吗？

那时我们会将反对发动掠夺战争的人视为"人类公敌"吗?

那时要是卡梅隆还敢拍《阿凡达》这样的影片,他会不会立即以"反人类罪"被起诉、被判刑、被流放甚至被枪毙?

于是,我们必须回到本文开头的问题上来——为什么人类还值得拯救?

原载 2010 年 1 月 28 日 《南方周末》

宇宙：隐身玩家的游戏桌，
还是黑暗森林的修罗场？

莱姆的奇异小说

波兰作家斯坦尼斯拉夫·莱姆（Stanislaw Lem）初版于1971年的《完美的真空》，曾在国内最好的书店之一被尽职的营业员放入"文学评论"书架，而此书是实际上是一部短篇科幻小说集。

之所以会出现这种状况，是由于莱姆别出心裁地采用评论一本本虚构之书的形式来写他的科幻小说——共16篇，每篇小说就以所虚构的书名为题，但这些被评之书其实根本不存在，全是莱姆凭空杜撰出来的。在文学史上，这种做法并非莱姆首创，在他之前已经有人用过。但是在科幻小说史上，莱姆也许可以算第一个这样做的人。莱姆采用这种独特的方式来写科幻小说，目的是既能免去构造一个完整故事的技术性工作，又能让他天马行空的哲学思考和议论得以尽情发挥。

但是《完美的真空》的最后一篇，也是最长的一篇，即《宇宙创始新论》，又玩出了更新奇的花样——这回不再是"直接"评论一本虚构的书了，而是有着多重虚拟：一部虚构的纪念文集《从爱因斯坦宇宙到特斯塔宇宙》中，有一篇虚构的"诺贝尔奖颁奖典礼上的发言稿"，发言者是虚构的物理学家特斯塔教授，他介绍和评论一本"对他本人影响至深"的虚拟著作《宇宙创始新论》，此书的作者阿彻罗普斯自然也是虚构的。

这可以说是莱姆所有科幻小说中最具思想深度的一篇。这篇小说——事实上它已经是一篇学术论文——主要试图解释这样一个问题：既然宇宙那么大，年龄那么长，其中有行星的恒星系统必定非常多，为什么人类至今寻找不到任何外星文明的踪迹？这就是所谓的"费米佯谬"，我在本专栏第27期（2008年9月）和第44期（2010年2月）中已讨论过，下面要讨论的是更深一层的问题。

莱姆的宇宙：隐身玩家的大游戏桌

我们以前一直习惯这样的思想：宇宙（"自然界"）是一个纯粹"客观"的外在，它"不以人的意志为转移"，至少在谈论"探索宇宙"或"认识宇宙"时，我们都是这样假定的。这个假定被绝大多数人视为天经地义。

但是莱姆在《宇宙创始新论》中，一上来就提出了另一种可能——"宇宙文明的存在可能会影响到可观察的宇宙"。这种说法实际上也没有多么石破天惊，因为在"彻底的唯物主义"话语中，不是也一直有"征服自然"和"改造自然"的说法吗？这种"征服"和"改造"当然是由文明所造成的，那么莱姆上面的话不就可以成立了吗？

如果同意莱姆的上述说法，那么我们就可以继续前进了——人类今天所观察到的宇宙，会不会是一个已经被别的文明规划过、改造过了的宇宙呢？

莱姆设想，既然宇宙的年龄已经如此之长（比如150亿～200亿年），那早就应该有高度智慧文明发展出来了。这些早期文明来到宇宙这张巨大的游戏桌上，各自落座开始玩博弈游戏（比如资源争夺），经过一段时间之后，他们为什么不可以达成某种共识，制定并共同认可某种游戏规则呢？

如果真有这种情形，那么我们今天所观察到的宇宙，就很有可能真的是一个已经被别的文明规划过、改造过了的宇宙。这个宇宙不是只有一个造物主，而是有着"造物主群"。

这种全宇宙规模的规划或改造，为什么竟是可能的呢？莱姆是这样设想的：

> 工具性技术只有仍然处于胚胎阶段的文明才需要，比如地球文明。10亿岁的文明不使用工具，它的工具就是我们所谓的"自然法则"。物理学本身就是这种文明的"机器"!

换言之，所谓的"自然法则"，只是在初级文明眼中才是"客观"的，不可违背的，而高级文明可以改变时空的物理规则，所以"围绕我们的整个宇宙已经是人工的了"，也就是莱姆所谓的"宇宙的物理学是它的社会学的产物"。

这种规划或改造，莱姆在《宇宙创始新论》中至少设想了两点：

一是光速限制。在现有宇宙中，超越光速所需的能量趋向无穷大，这使得宇宙中的信息传递和位置移动都有了不可逾越的极限。

二是膨胀宇宙。莱姆认为，"只有在这样的宇宙中，尽管新兴文明层出不穷，把它们分开的距离却永远是广漠的"。

宇宙的"造物主群"为何要如此规划宇宙呢？莱姆认为，在早期文明（即他所谓的"第一代文明"）来到宇宙游戏桌开始博弈并且达成共识之后，他们需要防止后来的文明相互沟通而结成新的局部同盟——这样就有可能挑战"造物主群"的地位。而膨胀宇宙加上光速限制，就可以有效地排除后来文明相互"私通"

的一切可能，各文明之间无法进行即时有效的交流沟通，就使得任何一个文明都不可能信任别的文明。比如你对一个人说了一句话，却要等8年多以后——这是以光速在离太阳最近的恒星来回所需的时间——才能得到回音，那你就不可能信任他。

这样，莱姆就解释了地外文明为何"沉默"的原因——因为现有宇宙"杜绝了任何有效语义沟通的可能性"，所以这张大游戏桌上的"玩家"们必然选择沉默。同时莱姆也就对"费米佯谬"给出了他自己的解释：作为"造物主群"的老玩家们，在制定了宇宙时空物理规则之后选择了沉默，所以他们在宇宙大游戏桌上是隐身的。

在这样的规则之下，新兴的初级文明不可能找到老玩家们。那种刚刚长大了一点就向全宇宙大喊"嗨，有人吗？我在这儿"的文明，不仅幼稚，而且危险。莱姆将此称为"无定向广播"，也就是现今有些人士热衷的"METI计划"，莱姆认为这"一概弊大于利"。

刘慈欣的宇宙：黑暗森林中的修罗场

在莱姆的设想中，宇宙的"造物主群"虽然强大而神秘，但未必是凶残冷酷的，"玩家们并不以关爱或者垂教的态度与年轻文明沟通"，他们既没有兴趣了解别的文明，也不让别的文明来了解自己，但他们"希望年轻的文明走好"，而不是穷凶极恶只要发现一个新文明就立刻毁灭它。

然而，在被誉为当今中国最优秀的科幻作家刘慈欣的小说《三体》系列中，一种悲观的深思臻于极致。在他笔下，宇宙从一张神秘的游戏桌变为"暗无天日"的黑暗森林。在《三体Ⅱ：黑暗森林》末尾他告诉读者："在这片森林中，他人就是地狱，就是永恒的威胁，任何暴露自己存在的生命都将很快被消灭。这就是宇宙文明的图景。"而他的"地球往事"三部曲的最后一部，书名是《三体Ⅲ：死神永生》。

"死神"是谁？就是莱姆笔下制定现今宇宙物理规则的玩家，不过在《三体》中他们的规则是：一发现新兴文明就立刻下毒手摧毁它。

在《三体Ⅲ：死神永生》中，刘慈欣让一个这样的玩家现身了：

> "我需要一块二向箔，清理用。"歌者对长老说。
> "给。"长老立刻给了歌者一块。
> ……"您这次怎么这样爽快就给我了？"
> "这又不是什么贵重东西。"
> "可这东西如果用得太多了，总是……"
> "宇宙中到处都在用。"

在这段对话中，"歌者"只是那个超级玩家文明中地位最低的一个"清理员"，他申请这一小块"二向箔"干什么用？用来毁灭人类的太阳系！方式是将太阳系"二维化"——使太阳系变成一张厚度为零的薄片，我们的地球文明就此玉石俱焚，彻底毁灭了。这种"维度攻击"，正是莱姆所设想的对时空物理规则的改变。

原载《新发现》2011年第2期

从《雪国列车》看科幻中的反乌托邦传统

影片《雪国列车》(*Snowpiercer*,2013)系从法国同名科幻漫画改编,在中国的上映没有太大的营销力度,票房固然乏善可陈,口碑也未见高度评价。其实该片不失为韩国电影努力在国际上"入流"之作,不仅选择的是有相当思想高度的方向,影片的"精神血统"堪称高贵,演员阵容也堪称豪华,远非等闲商业娱乐片可比,而且在叙事、象征、隐喻等技巧上亦颇有可圈可点之处,可惜知之者不多,不久就寂寞收场了。

欲知《雪国列车》之"精神血统",必须从"乌托邦·反乌托邦"传统说起。理解了这个传统之后,对《雪国列车》的评价就会完全改观。

从"乌托邦"传统说起

所谓乌托邦思想,简单地说也许就是一句话——幻想一个美好的未来世界。

用"乌托邦"来称呼这种思想,当然是因为1516年莫尔(Sir T. More)的著作《乌托邦》(*Utopia*)。但是实际上,在莫尔之前,这种思想早已存在,而且源远流长。例如,赫茨勒(J. O. Hertzler）在《乌托邦思想史》中，将这种思想传统最早追溯到公元前8世纪的先知，而他的乌托邦思想先驱名单中，还包括启示录者、耶稣的天国、柏拉图的《理想国》、奥古斯丁的《上帝之城》、修道士萨沃纳罗拉15世纪末在佛罗伦萨建立的神权统治等。在这个名单上，也许还应该添上中国儒家典籍《礼记·礼运》中的一段：

> 大道之行也，天下为公。选贤与能，讲信修睦。故人不独亲其亲，不独子其子，使老有所终，壮有所用，幼有所长，矜寡孤独废疾者，皆有所养。男有分，女有归。货恶其弃于地也，不必藏于己；力恶其不出于身也，不必为己。是故谋闭而不兴，盗窃乱贼而不作，故外户而不闭，是谓大同。

莫尔首次采用了文学虚构的手法来表达他对未来理想社会的设计。这种雅俗共赏的形式，使得这一思想传统得以走向大众。所以这个如此源远流长的思想传统，最终以莫尔的书来命名。自《乌托邦》问世以后，类似的著作层出不穷。例如：

安德里亚（J. V. Andreae）的《基督城》（*Christianopolis*，1619），

康帕内拉（T. Campanella）的《太阳城》（*Civitas Solis*，1623），

培根（F. Bacon）的《新大西岛》（*The New Atlantis*，1627），

哈林顿（J. Harrington）的《大洋国》（*Oceana*，1656），

维拉斯（D. Vairasse）的《塞瓦兰人的历史》（*Histoire des Sevarambes*，1677—1679），

卡贝（E. Cabet）的《伊加利亚旅行记》（*Voyage en Icarie*，1840），

贝拉米（E. Bellamy）的《回顾》（*Looking Backward*，1888），

莫里斯（W. Morris）的《梦见约翰·鲍尔》（*A Dream of John*

Ball，1886）和《乌有乡消息》（*News from Nowhere*，1890）。

……

这些著作都使用了虚构的通信、纪梦等文学手法，旨在给出作者自己对理想社会的设计。这些书里所描绘出的虚构社会或未来社会，都非常美好，人民生活幸福，物质财富充分涌流，类似于共产主义社会。这就直接过渡到我们所熟悉的"空想社会主义"了。事实上，上面这个名单中的后几种，就被视为"空想社会主义"的重要思想文献。

小说中的"反乌托邦三部曲"

到了20世纪西方文学中，情况完全改变了。如果说19世纪儒勒·凡尔纳（J. Verne）的那些科幻小说，和他的西方同胞那些已经演化到"空想社会主义"阶段的乌托邦思想还有某种内在的相通之处的话，那么至迟到19世纪末，威尔斯（H. G. Wells）的科幻小说已经开始了全新的道路——它们幻想中的未来世界，全都变成了暗淡无光的悲惨世界。甚至儒勒·凡尔纳到了后期，也出现了转变，被认为"写作内容开始趋向阴暗"。

按理说这样一来，科幻作品这一路，就和乌托邦思想及"空想社会主义"分道扬镳了。以后两者应该也没有什么关系了。然而，当乌托邦思想及"空想社会主义"逐步式微，只剩下"理论研究价值"的时候，却冒出一个"反乌托邦"传统。

所谓"反乌托邦"传统，简单地说也就是一句话——忧虑一个不美好的未来世界。

苏联作家尤金·扎米亚京（E. Zamiztin），在十月革命的次年就写出了"反乌托邦三部曲"中的第一部《我们》（*We*，1920）。小说假想了千年之后高度专制极权的"联众国"，所有的人都只有代号没有姓名。主角 D-503 本来"纯洁"之至，衷心讴歌赞美服从这个社会，不料遇到绝世美女 I-330，堕入爱河之后人性苏醒，开始叛逆，却不知美女另有秘密计划……作品在苏联被禁止出版，扎米亚京被批判、"封口"，后来流亡国外，客死巴黎。《我们》1924 年首次在美国以英文出版。

赫胥黎（A. Huxley）的《美丽新世界》（Brave New World, 1932）是"反乌托邦三部曲"中的第二部，从对现代化的担忧出发，营造了另一个"反乌托邦"。在这个已经完成了全球化的新世界中，人类告别了"可耻的"胎生阶段，可以被批量克隆生产，生产时他们就被分成各等级。每个人都从小被灌输必要的教条，比如"如今人人都快乐""进步就是美好"等，以及对下层等级的鄙视。

在这个新世界里，即使是低等级的人也是快乐的："七个半小时和缓又不累人的劳动（经常是为高等级的人提供服务），然后就有索麻口粮（类似迷幻药）、游戏、无限制的性交和'感觉电影'（只有感官刺激、毫无思想内容的电影），他夫复何求？"由于从小就被灌输了相应的教条和理念，低等级的人对自身的处境毫无怨言，相反还相当满足——这就是"如今人人都快乐"的境界。这个新世界的箴言是："共有、划一、安定。"所有稍具思想、稍具美感的作品，比如莎士比亚戏剧，都在公众禁止阅读之列，理由是它们"太老了""过时了"。高等级的人方能享有阅读禁书的特权。

1948 年，乔治·奥威尔（G. Orwell）写了幻想小说《一九八四》，表达他对未来可能的专制社会（很大程度上以苏联为蓝本）的恐惧和忧虑，成为"反乌托邦"作品中的经典。"反乌托邦三部曲"中数此书名头最大。"一九八四"不过是他随手将写作时的年份 1948 后两位数字颠倒而成，并无深意，但是真到了 1984 年，根据小说改编的同名电影问世,为"反乌托邦"艺苑的经典(奇怪的是《我们》和《美丽新世界》至今未见拍成电影)。

在"反乌托邦"小说谱系中,新近的重要作品或许应该提到加拿大女作家玛格丽特·阿特伍德(M. Atwood)2003年的小说《羚羊与秧鸡》(*Oryx and Crake*)——我为小说的中译本写了序。在这部小说的未来世界中,文学艺术遭到空前的鄙视,只有生物工程成为天之骄子。所有的疾病都已被消灭,但是药品公司为了让人们继续购买药品,不惜研制出病毒并暗中传播。如果有人试图揭发这种阴谋,等待他的就是死亡。色情网站和大麻毒品泛滥无边,中学生们把这种东西当作家常便饭。最后病毒在全世界各处同时暴发,所有的人类在短短几天内死亡,人类文明突然之间陷于停顿和瘫痪。

电影中的反乌托邦"精神血统"

"反乌托邦"向前可以与先前的乌托邦思想有形式上的衔接(可以看成一种互文或镜像),向后可以表达当代一些普遍的恐惧和焦虑,横向还可以直接与社会现实挂钩。正是在这个"反乌托邦"传统中,幻想电影开始加入进来。影片《一九八四》可以视为电影加入"反乌托邦"谱系的一个标志。

但是至此之前,至少还有两部可以归入"反乌托邦"传统的影片值得注意:

1976年的《罗根逃亡》(*Logan's Run*)名声不大,影片描绘了一个怪诞而专制的未来社会,在这个社会中,物质生活已经高度丰富,但人人到了一个固定的青年年龄就必须死去。罗根和他的女友千辛万苦逃出这个封闭城市,才知道原来人可以活到老年。

1981年的《银翼杀手》(*Blade Runner*)初映票房失利且"恶

评如潮",但多年后在英国《卫报》组织60名科学家评选出的"历史上十大优秀科幻影片"中名列首位。影片根据迪克(P. K. Dick)的科幻小说《仿生人会梦见电子羊吗?》(*Do Androids Dream of Electric Sheep*,1986)改编,讲述未来2019年阴郁黑暗的洛杉矶城中,人类派出的银翼杀手追杀反叛"复制人"的故事。因既有思想深度(如"复制人"的人权问题、记忆植入问题等),又有动人情节,且充满隐喻、暗示和歧义,让人回味无穷,遂成为科幻经典。而影片黑暗阴郁的拍摄风格,几乎成为此后"反乌托邦"电影作品共有的形式标签。

影片《一九八四》中的1984年在奥威尔创作小说时还是一个遥远的未来。奥威尔笔下1984年的"大洋国",是一个物质上贫困残破、精神上高度专制的社会。篡改历史是国家机构的日常任务,"大洋国"的统治只能依靠谎言和暴力来维持。能够监视每个人的电视屏幕无处不在,对每个人的所有指令,包括起床、早操、到何处工作等,都从这个屏幕上发出。绝大部分时间里,电视屏幕上总在播放着两类节目:一类是关于"大洋国"工农业生产形式如何喜人,各种产品如何不断增产;另一类是"大洋国"中那些犯了"思想罪"的人物的长篇忏悔,他们不厌其烦地述说自己如何堕落,如何与外部敌对势力暗中勾结等。播放第二类节目时,经常集体收看,收看者们通常总是装出义愤填膺的样子振臂高呼口号,表达自己对坏人的无比愤慨。

与影片《一九八四》接踵问世的幻想电影《巴西》(*Brazil*,1985,中译名有《妙想天开》等),将讽刺集中在由极度技术主义和极度官僚主义紧密结合而成的政治怪胎身上。影片表现出对技术主义的强烈反讽,通过一上来对主人公山姆早上从起床到上班这一小段时间活动的描写,观众就知道这是一个已经高度机械化、自动化了的社会,可是这些机械化、自动化又是极不可靠的,它们随时随地都在出毛病出故障。所以《巴西》中出现的几乎所有场所都是破旧、肮脏、混乱不堪的，包括上流社会的活动场所也是如此。

2002年的影片《撕裂的末日》（*Equilibrium*），假想未来社会中，臣民被要求不准有任何感情，也不准对任何艺术品产生兴趣，为此需要每天服用一种特殊的药物。如果有谁胆敢一天不服用上述药物，家人必会向政府告密，而不服用药物者必遭严惩。然而偏偏有一位高级执法者，因为被一位暗中反叛的女性所感召，偷偷停止了服药，最终毅然挺身而出，杀死了极权统治者——几乎就是《一九八四》中始终不露面的"老大哥"。反抗成功虽然暗示了一个可能光明的未来，有颇富舞蹈色彩的枪战和日式军刀对战，有时还被当作一部动作片，但影片充分反映了西方人对集权统治的传统恐惧，在"反乌托邦"谱系中占有不可忽视的位置。

2006年的影片《人类之子》（*Children of Men*）描写了一个阴暗、混乱、荒诞的未来世界，人类已经全体丧失生育能力18年，故事围绕着一个黑人少女的怀孕、逃亡和生产而展开。随着男主人公保护这个少女逃亡的过程，影片将极权残暴的国家统治和无法无天的叛军之间的内战、源源不断涌入的非法移民和当局的严厉管制、环境极度污染、民众艰难度日等末世光景渲染得淋漓尽致。

2006年更重要的影片是《V字仇杀队》（*V for Vendetta*），它可以说是"反乌托邦"电影谱系中最正统、最标准的成员之一。这个故事最初是小说家的创作，1982年开始在英国杂志上发表，随后由漫画家与小说作者联手改编为漫画，最后由鼓捣出《黑客帝国》的电影奇才沃卓斯基兄弟（现已成为姐弟）将它搬上银幕。该片的编剧在《黑客帝国》之前就已完成。影片描绘了一个"严酷、凄凉、极权的未来"，法西斯主义竟获得了胜利，英国处在极权主义的残酷统治之下，没有言论自由，只有压迫和无穷无尽的谎言。

无政府主义的孤胆英雄V反抗极权统治，挑战这个黑暗社会，被当局视为恐怖分子，必欲除之而后快。然而这个永远戴着微笑面具的V神通广大，他搞"恐怖主义"可以炸毁政府大楼，搞宣传可以控制电视台并播出号召人民起来反抗的演讲，文可以用艺术修养征服美女芳心，武可以三拳两脚将一群恶警打得满地找牙，他的飞刀更是出神入化……最后V煽动了一场群众革命：他挑选一个具有历史象征意义的日子炸毁了国会大厦，千千万万民众戴着与V一样的面具走上街头，熊熊火焰成为庆祝自由胜利的礼花，极权统治在民众的起义中轰然倒塌。这个结局与《撕裂的末日》中反叛的执法者斩杀"老大哥"异曲同工。

残剩文明与集权统治

了解电影史上反乌托邦的"革命家史"之后，理解《雪国列车》就变得容易了。

雪国列车中头等车厢里那些上等人富足优雅但又空虚无聊的生活场景，正是小说《美丽新世界》中所描述的样子。而雪国列车上的集权统治者维尔福，正是《一九八四》中的"老大哥"，也就是影片《撕裂的末日》中的统治者。而雪国列车下层民众所在的后部车厢，肮脏残破，一派末日凄凉，拍摄风格黑暗阴郁，明显和影片《银翼杀手》一脉相承。

由于后部车厢的场景大约占去了影片《雪国列车》三分之二的时间，观众老是面对着黑暗阴郁的画面，到影片接近尾声时才出现"光鲜亮丽"的场景（比如维尔福所在的车厢），这很可能大大抑制了中国观众的观影兴趣。考虑到中国一般观众对于影片的反乌托邦"精神血统"了解甚少，这样的推测应该是不无道理的。

但是影片中大量展示的残破场景，是为影片预设的反乌托邦主题服务的。

如果就广泛的意义而言，似乎大量幻想影片都可以归入"反乌托邦"传统。因为在近几十年的西方幻想电影中，几乎从来没有出现过光明乐观的未来世界，只有比如《未来水世界》（*Water World*，1995）中的蛮荒，《撕裂的末日》中的黑暗，《罗根逃亡》中的荒诞，《黑客帝国》（*Matrix*，1999—2003）中的虚幻，《终结者》（*Terminator*，1984—2009）中的核灾难，《12猴子》（*12 Monkeys*，1995）中的大瘟疫之类。在这些幻想作品中，未来世界大致有几种主题：一是资源耗竭，二是惊天浩劫，三是高度专制，四是技术失控或滥用。在《雪国列车》的故事中，就是人类为应对所谓的全球变暖，试图以人工技术为地球降温时失控，导致地球变成了寒冰地狱，人类最终只剩下那列列车的空间可以生存了。

残剩文明必然处在资源耗竭或濒临耗竭的状态：狭小有限的空间、极度短缺的食物和其他生活资料……雪国列车后部车厢底层人民的生存状态就是如此。在这种残剩文明中，集权统治几乎是不可避免的——仅仅为了实施有限生活资料的分配，就很容易导向无产阶级革命中的军事共产主义。红色苏维埃政权在十月革命后面对西方列强武装干涉，新政权处于极度危险时，就不得不出此下策。那些年在苏联发生的种种惨状，成为此后幻想作品中描写残剩文明集权统治的模板（苏联广阔的领土使得生存空间并不狭小这一点除外）。

《雪国列车》对经典科幻作品的模仿或致敬

影片《雪国列车》在内容和技巧上，和一些经典科幻作品之间的关系是非常明显的。这种关系可以谓之继承，亦可谓之模仿，甚至可以视为抄袭——这个行为在电影界更常见的说法是"致敬"。

只要对科幻经典作品稍有涉猎，就会知道影片中列车的集权统治者维尔福就是《一九八四》中的"老大哥"，或者造反者贿赂安保专家的毒品就是《美丽新世界》中的"索麻口粮"等等，这类相似之处太容易发现，就不必多言了。这里我们分析一个稍具深度和复杂性的例子，看《雪国列车》是如何向科幻经典作品"致敬"的。

在《雪国列车》中，起来造反——更正式的说法是革命——的领袖经过英勇奋战，终于打到最高统治者维尔福所在的车厢，在那里他与维尔福有一场相当冗长的对话。维尔福告诉革命领袖一个惊天秘密：列车上有史以来的每一场叛乱（革命），包括眼下看起来即将胜利的这一场，都是事先精密设计好的！目的是为了维持列车上的生态平衡——列车容纳不了太多的人口，所以必须在叛乱及其镇压中让一些人死去。

维尔福对目瞪口呆的革命领袖和盘托出：你们这些叛乱，不都是后部车厢中那个名叫吉连姆的老头子暗中策动的吗？他因为策动叛乱的罪名，手和脚都已经失去了（列车上有一种特殊的刑罚，将犯人的手足伸到车外冻掉）。可是你要知道，吉连姆他是我的拍档！他负责策动叛乱，我负责镇压叛乱，我们列车上的生态平衡才维持到了今天。难怪影片中吉连姆第一次出场时，那些镇压骚乱的卫兵对他表现了不合常情的尊敬姿态。

用后现代的眼光来看，这一幕极大地"解构"了先前铺垫了一个多小时的革命——解构了这场革命的正义性，解构了革命中战友浴血牺牲的神圣性。原来从一开始，我们就都只是小白鼠、小棋子，让那些大人物玩弄于股掌之间！

那么《雪国列车》这个高度解构的结局，是在向哪部经典"致敬"呢？

在我个人评判标准中，科幻电影的"无上经典"离今天并不遥远——那就是1999—2003年横空出世的影片《黑客帝国》系列。《黑客帝国》三部曲（严格地说还应该加上那部有九个短片的《黑客帝国卡通版》）问世之后，一举成为科幻影片迄今为止无人能够逾越的巅峰之作，思想有深度，故事有魅力，视觉有奇观，票房有佳绩，"内行"激赏它的门道，"外行"也能够享受它的热闹，更有一众哲学家破天荒来讨论它所涉及的哲学问题（比如外部世界的真实性问题、"瓶中脑"问题、人工智能的前景问题等）。世上自有科幻影片以来，作品之全面成功，未有如斯之盛也。

《黑客帝国》系列讨论了多重主题：机器人反叛、世界的真实性、记忆植入（我是谁）、谁有权统治世界，当然也包括反乌托邦，但这里我们姑且只关注《雪国列车》的结尾是如何向《黑客帝国》"致敬"的。

在《黑客帝国Ⅱ：重装上阵》（*The Matrix: Reloaded*，2003）结尾处，地下反抗者们向Matrix的要害部门发动了总攻，原以为可以一举摧毁敌人，但他们低估了敌人的能力，进攻失败。这时反抗者们的首领尼奥和造物主（Matrix的设计者）之间有一段冗长玄奥的对话。造物主告诉尼奥，不要低估Matrix的伟大，因为事实上你们的每一次反抗和起义都是事先设计好的，就连锡安基地乃至你尼奥本身，都是设计好的程序（尼奥已经是第六任这样的角色了！），目的是帮助Matrix完善自身——在此之前Matrix已经升级过五次了。

上述两个结局的高度同构是显而易见的：雪国列车对应于Matrix，维尔福对应于造物主，列车中的革命领袖对应于尼奥，革命都是被革命对象事先设计好的。

这就是电影界典型的"致敬"。类似的例子我们可以在影史上找出许许多多。比较奇怪的是,在电影界很少有人发起"抄袭"的指控。看来在这个问题上,搞电影的人比写小说的人要宽容得多。

永不停驶的列车:一个科学技术的隐喻

我问过好几个看过《雪国列车》的人一个同样的问题:影片中的雪国列车为什么要不停地行驶?没有一个人能够回答我。有的人根本没有想过这个问题。

其实没有人能够回答这个问题,这本身就提示了问题的一条解释路径。

按照影片故事的交代,因为维尔福发明了"永动机"——尽管这在现今的物理学理论中是不可能成立的,所以雪国列车有了取之不尽用之不竭的能源,因此在影片故事的理论逻辑上,列车一直行驶下去确实是可能的(这里没有考虑列车机件在持续行驶中的磨损,以及补充更换这些机件的困难)。

但问题是,列车有什么必要不停地行驶呢?"永动机"即使能够提供取之不尽用之不竭的能源,如果让列车停靠在某处,不是更节省能源吗?有什么必要昼夜行驶,每年绕行地球一圈呢?不停的行驶非但浪费能源,还会磨损机件从而减少列车工作寿命,而且列车行驶还会不可避免地产生持续的噪音……总之是有百害而无一利。影片也没有从技术上交代过列车不停行驶有什么必要性(比如"永动机"必须在列车行驶中才能工作)。

于是,雪国列车的毫无必要的行驶,只能解释为一个隐喻。

雪国列车是依靠什么来建成和运行的?当然是依靠科学技术。影片中的雪国列车,可以说就是"高科技"的结晶,所以它就是科学技术的象征。

想到这里，我竟忍不住要小小自鸣得意一下了：多年以前，我就把当今的科学技术比作一列无法停下的列车。为了证明我所言不虚，请允许我抄录一小段旧文，见于我为我主持的"ISIS文库"写的"总序"中：

> 今天的科学技术，又像一列欲望号特快列车……
> 车上的乘客们，没人知道是谁在驾驶列车——莫非已经启用了自动驾驶程序？
> 而且，没人能够告诉我们，这列欲望号特快列车正在驶向何方！
> 最要命的是，现在我们大家都在这列列车上，却没有任何人能够下车了！

今天看来，这段旧文几乎就是雪国列车的直接写照：按照影片所设定的故事，雪国列车就是自动行驶的；它每年绕行地球一圈，就是没有目的地的；列车没有停靠站，而且车外的环境低温酷寒没有任何生物可以生存，当然就是没有任何人可以下车的。

所以，雪国列车毫无必要的荒谬行驶，就是用来隐喻当代科学技术"停不下来""毫无必要地快速发展""没有任何人能够下车"的荒谬性质的。

而且，常识告诉我们，这样的列车及其运行状态，是不可持续的。

所以，如果说雪国列车是对当代科学技术的隐喻，那么影片结局时列车的颠覆毁灭，简直就是对现今这种过度依赖科学技术支撑的现代化之不可持续性的明喻了。

反乌托邦作为一种纲领的生命力

从扎米亚京的《我们》到今天已经90多年了，扎米亚京、赫胥黎、奥威尔他们所担忧的"反乌托邦"是否会出现呢？按照尼尔·波兹曼（N. Postman）在《娱乐至死》（*Amusing Ourselves to Death*）一书中的意见，有两种方法能让文化精神枯萎，一种是奥威尔式的"文化成为一个监狱"；一种是赫胥黎式的"文化成为一场滑稽戏"。《美丽新世界》这样的作品，展示了另一种路径的"反乌托邦"——如果文化一味低俗下去，发展到极致也可能带来一个黑暗的未来。现在看来，也许奥威尔的预言现在看来似乎威胁已经不大，但他认为"赫胥黎的预言正在实现"。

在影片《雪国列车》中，人类残剩文明走上了奥威尔《一九八四》的道路，最终难以避免地走向崩溃。也许，在雪国列车所象征的人类文明崩溃的那一瞬间，导演的心有点软了，他给观众留下了一点点若隐若现的希望。

要看到这一点点希望，需要在观影时保持持续的注意力，并维持较好的记忆力——因为《雪国列车》是一部相当精致的电影，其中有不少含义丰富、前后照应的细节。影片一开始交代说地球已经成为寒冰地狱，任何生物无法生存；中间则在列车每年经过同一处飞机残骸时，让车上的人注意到残骸上的雪线在逐年下降——这意味着地球温度可能在缓慢回升；结尾处只有尤娜和一个小男孩幸存下来，尤娜和远处一只北极熊意味深长地对望了一眼，这暗示地球温度还在回升，已经有生物可以在地球上生存了。

但孤立无助的尤娜和小男孩能够活下去吗？他们两人能够将人类文明从冰天雪地的废墟中重新建立吗？这看起来仍是毫无希望的，人们只能祈祷奇迹的降临了。

现在我们已经看到，在幻想作品（电影、小说、漫画等）中，反乌托邦传统宛如一列长长的列车，《雪国列车》就是这列列车的一节新车厢。

如果我们借用科学哲学家拉卡托斯的术语，将"乌托邦"和"反乌托邦"看成两个不同的"研究纲领"（Research Programmes），而那些作品就是研究纲领所带来的成果，那么现在看来，"乌托邦"纲领已经明显退化，虽然不能说它已经绝对失去生命力（按照拉卡托斯的观点，任何纲领都不会绝对失去生命力），但它已经百余年没有产生任何有影响的新作品了；而"反乌托邦"纲领则仍然保持着欣欣向荣的生命力——百余年来"反乌托邦"谱系的小说、电影和漫画作品层出不穷，它们警示、唤醒、启发世人的历史使命，也还远远没有完成。这也许还从一个侧面提示我们：今天的科学技术，正是在这百余年间的某个时刻，告别了她的纯真年代。

原载《读书》2014年第7期

《银翼杀手2049》六大谜题：
电影文本的复杂性和不确定性

　　科幻大片《银翼杀手2049》在中国高调上映，营销也相当努力，不幸票房惨淡，铩羽而归。如果说1982年的《银翼杀手》上映后是"票房惨淡，恶评如潮"，那么这回的《银翼杀手2049》在中国就是"票房惨淡，空评如潮"——迄今为止，所有对《银翼杀手2049》的影评，包括我自己写的被至少一家报纸和十家微信公号发表的那篇在内，不是在影片外围隔靴搔痒的老生常谈，就是富有文青色彩的无病呻吟，全都无法让我满意。羞愧之余，我决定采用"阵地战"形式，堂堂正正向敌军阵地发起正面进攻。

　　我的所谓"进攻"，是要解读、建构、理顺《银翼杀手2049》所讲的故事。下面处理这个课题时，我将遵从如下原则：

　　1.建构的故事要尽可能有影片中的情节作为依据。

　　2.对于在影片中无法找出直接依据的部分，将参考迪克小说原著、其他科幻影片中的经典桥段等来建构。

　　3.建构的故事不能和影片中的情节有矛盾，如果有表面上的矛盾，将通过分析尽量作出有说服力的解释。

　　让我们好好见个真章吧！哪怕进攻失败，也好过老生常谈和无病呻吟。

《银翼杀手》系列作品清单

迄今为止,《银翼杀手》的影视系列共有五部作品,先开列如下:

《银翼杀手》(*Blade Runner*,1982)

《银翼杀手2022:黑暗浩劫》(*Black out 2022*,2017,动漫短片)

《银翼杀手2036:连锁黎明》(*2036: Nexus Dawn*,2017,真人短片)

《银翼杀手2048:无处可逃》(*2048: Nowhere to Run*,2017,真人短片)

《银翼杀手2049》(*Blade Runner 2049*,2017)

这五部作品中,只有1982年的第一部是从菲利普·迪克(Philip K. Dick)的小说《仿生人会梦见电子羊吗?》(*Do Androids Dream of Electric Sheep?*)改编的,后面四部的故事都是衍生出来的,已经没有迪克原著小说作为依据了。中间三部短片是为了让观众更好地理解《银翼杀手2049》而拍摄的,讲述2019年(第一部中故事发生的年份)至2049年这30年间的三个重要事件。

为了完成"解读、建构、理顺"《银翼杀手2049》中的故事这一任务,我从解决影片所呈现的六大谜题入手。在解决这六大谜题的基础上,一个合情合理而且前后完整的故事也就呼之欲出了。

谜题一:戴卡究竟是人类还是复制人?

这是1982年第一部《银翼杀手》留下的谜题:主角银翼杀手戴卡(Deckard)究竟是人类还是复制人?这个谜题非同小可,因为它具有极强的示范效应和象征意义。

从网上对《银翼杀手2049》的评论看，对这个谜题的答案有三种意见：①戴卡是复制人；②戴卡是人类；③无法从影片中确定戴卡是复制人还是人类。其实这个谜题恰恰是六大谜题中最容易解决的——因为《银翼杀手2049》对它给出了明确的答案。

从1982年《银翼杀手》上映那天起，人们就开始争论戴卡是不是复制人。

支持戴卡是复制人的重要理由包括：

①戴卡的"独角兽之梦"暗示他的记忆是被植入的（每个复制人都需要植入记忆，以便有一个自己的"前世今生"）；

②戴卡告诉瑞秋（Rachael）自己不会杀她时，眼中闪着红光（只有复制人会如此）；

③警察局长对戴卡说：如果你不当警察，你就什么也不是。

导演斯科特（Ridley Scott）认为戴卡是一个复制人，他曾表示，他之所以不在影片中明确说出这一点，只是为了让观众自己去发现。

支持戴卡是人类的重要理由包括：

①影片最初的版本中，戴卡身世清楚，还有前妻；

②戴卡的"独角兽之梦"是因为他看了瑞秋的资料；

③戴卡如果是一个复制人，他就不可能像影片中所表现的那样厌恶自己的工作；

④戴卡是一个没有灵魂的人类，巴蒂（Batty）是一个富有人性的复制人，影片正是用这样的对比表现了深刻的思想。如果戴卡是一个复制人，这个对比就会荡然无存，影片就会大大失去其思想价值。

戴卡的饰演者哈里森·福特（Harrison Ford）强烈赞成第4条理由，他一直坚持戴卡是人类。在影片拍摄过程中，福特和导演的关系一直不融洽，这个分歧或许也是原因之一。在这个问题上，斯科特和福特直到影片拍摄完成也没有取得一致意见。

在我以前对1982年《银翼杀手》发表的影评中，我一直赞成"戴卡是人类"。

有些评论者以极大的耐心从《银翼杀手2049》中仔细寻找戴卡是否为复制人的种种蛛丝马迹，却忽视了影片给出的最明确的证据。其实这只需一个非常简单的"理科式推理"即可解决问题，推理如下：

在1982年的《银翼杀手》中，明确指出了当时的复制人只有4年寿命，4年一到即自动报废死亡，巴蒂在和戴卡决战后就是这样死亡的。那么在30年后《银翼杀手2049》的主角K又找到了老年的戴卡，这个简单的事实就无可辩驳地表明：戴卡是人类，否则他不可能活到30年之后。

如果试图推翻上面的推理，必须假定戴卡是当时已经存在的另一种复制人，他们有大大超过4年的寿命；或是戴卡在报废前被改造过了，得以延长寿命。但事实是，在五部《银翼杀手》系列作品中，没有任何这类的情节。所以结论只能是：《银翼杀手2049》选择了"戴卡是人类"这个答案。而且，这个答案也是解答后面诸谜题的基础和出发点。

那么这个谜题的"极强的示范效应和象征意义"又何在呢？

首先在于，它强力示范了电影这种文本可以有多大程度的不确定性——影片可以在导演和主角演员始终对于"主角是不是人"这样的根本问题没有一致意见的情况下完成拍摄，而且成为经典。

其次，这强烈提示人们，电影作为一种"文本"，一旦问世，就可以由观众自由解读和建构——既然连导演和主角演员也可以没有一致意见，观众就有理由认为"连导演也可能不知道自己在说什么"。

理解这个谜题的示范效应和象征意义，认识到某些电影文本可以具有高度的复杂性和不确定性,对于我们展开下文的讨论是非常有益的。

谜题二:2019—2049这30年间发生了什么?

这个问题本来并不构成什么谜题,因为在三部短片中有明确的交代。但是大部分观众在观看《银翼杀手2049》之前或之后,显然并未去将这三部短片找来看过,所以对他们来说这个问题仍然是一个谜题。

当年科幻电影的巅峰作品《黑客帝国》系列(*Matrix*,Ⅰ、Ⅱ、Ⅲ,1999—2003)因为号称"烧脑",就有《黑客帝国动漫版》,里面包括九个短片,来帮助观众理解《黑客帝国》。动漫短片补充了正片故事的"前传"和一些技术细节。现在《银翼杀手2049》模仿此法,事先"放出了"三部短片——似乎可以理解为供人免费观看,因为这三部短片在网上很容易找到。这三部短片是《银翼杀手2049》的前传。

三部短片都只有10多分钟,每部讲述一个重要事件,事件发生的年份都已经在片名中明确标注了。第一部是动漫,后两部是真人饰演。

动漫短片《银翼杀手2022:黑暗浩劫》的故事:Tyrell公司的复制人已升级为Nexus-8型(在1982年《银翼杀手》中是Nexus-6型),不再有4年的寿命限制。这些复制人被广泛用于战争等高危行业,而"人类至上主义"的兴起导致人类对复制人的仇杀,于是复制人密谋反叛。2022年他们劫持了导弹,在全球6个地方同时制造了核爆炸,造成全球大停电,目的是从物理上消除人类存放的复制人身份档案。此后反叛的Nexus-8型复制人得以隐名埋姓在人间生存下来,人类政府则从法律上禁止了复制人的制造。

而"2022大停电"成为此后人们经常提起的历史事件。

真人短片《银翼杀手2036：连锁黎明》的故事：政府关于复制人的禁令使得Tyrell公司濒临破产，依靠合成食品起家的Wallace公司收购了残存的Tyrell公司，再次开发更为先进的Nexus-9型复制人。这些复制人会毫不犹豫地执行人类要他们自残甚至自杀的命令。短片主要展现了一个Wallace公司复制人在政府测试官员面前奉命自残和自杀的过程，残酷血腥，政府官员都看不下去了。于是新一代复制人获准制造，时为2036年。

真人短片《银翼杀手2048：无处可逃》的故事：当年参与"2022大停电"行动的反叛复制人之一莫顿（Morton，应该是Nexus-8型）隐居民间，常和一对母女相互照顾。2048年的一天，他激于义愤出手制止了歹徒对母女的施暴，结果暴露了他的复制人身份，不得不亡命天涯。

到《银翼杀手2049》的开头，莫顿隐居在一个小农场里，但新一代银翼杀手、警探K找到了他，这场猎杀成为《银翼杀手2049》的开场戏。

谜题三：为什么"奇迹"成为反抗者的精神支柱？

在《银翼杀手2049》中，"奇迹"绝对是最重要的关键词之一。

在开场戏中，莫顿面对银翼杀手K的猎杀视死如归，他悲天悯人地对K说，你之所以甘为朝廷鹰犬，情愿替统治者干脏活累活，是因为你根本没见过奇迹。

这是影片中第一次出现"奇迹"这个词，此后它还将多次在密谋反叛的复制人口中出现。即便是没看过《银翼杀手》系列前四部作品的观众，甚至是对《银翼杀手》故事一无所知的观众，只要看下去也会知道,他们所说的"奇迹"是指这样一件事:当年Tyrell公司老板的秘书,也是老一代银翼杀手戴卡的情人瑞秋生了孩子。

当然,瑞秋和谁生的孩子?她生了一个还是两个孩子?这都还是谜题。但我们这里先要解决这样一个问题:为什么莫顿等密谋反叛的复制人一说起这个"奇迹"时,不是视死如归就是豪情万丈,仿佛黑夜中的行人看到了指路明灯?换句话说,"奇迹"一直是密谋反叛的复制人的精神支柱,这是为什么呢?

从《银翼杀手》故事最初的源头,迪克的小说《仿生人会梦见电子羊吗?》开始,复制人(仿生人)的人权问题就一直是主题之一。这个主题当然也很容易平移为"机器人的人权""克隆人的人权"等。

要讲人权,就要有区分人类和非人的界限。诸多幻想作品都有自己设想的界限,比如著名的讨论机器人人权问题的影片《变人》(*Bicentennial Man*,1999)中设想的界限是"死亡"——只有会死亡的才可以算人。而在《银翼杀手》系列作品中,从小说作者迪克到导演斯科特,其实都没有明确提出过自己设想的界限,明确提出界限设想的是《银翼杀手2049》,它设想的界限是"生育":只有被母亲生出来的孩子才有人权。

现在我们开始接触到"瑞秋生了孩子"这个"奇迹"的意义了。在《银翼杀手2049》的世界里,复制人是没有人权的,人们不必尊重他们。银翼杀手K虽然身怀绝技(看他开场时猎杀莫顿就知道了),仍被同事们鄙视为"假货",甚至邻居在他家门上涂着"假货滚开"的鸦涂,他也视若无睹默默忍受。

当K的女上司得知瑞秋当年生过孩子时,仿佛五雷轰顶,她命令K去找到那个孩子并且杀掉。K拒绝执行命令,他说"我不杀生育出来的人。"但女上司气急败坏,严令K立即执行,她对K

说"我的责任是维护秩序"。

注意女上司的措词，为什么一个复制人生了孩子就会对"秩序"造成危害呢？这是因为在《银翼杀手2049》的世界里，设定的人权界限就是"生育"，而"瑞秋生了孩子"这个"奇迹"却模糊了这个界限——这个孩子是没有人权的复制人所生的后代，这个孩子应该有人权吗？站在"秩序"维护者的立场想想，也确实是两难。

K所说的"我不杀生育出来的人"，其实就是"机器人三定律"中第一定律"机器人不得伤害人类"的翻版。这意味着，在K的思想中，这个孩子应该有人权。而这同样也是那些密谋反叛的复制人的共同想法，所以"奇迹"的真正意义是——复制人也可以有人权！这虽然只是一个象征的意义，但足以激励着复制人前赴后继献身于他们的解放大业。

谜题四：K有没有灵魂？

这个问题似乎很少有人注意，但是它会直接影响我们对K身份的判定，所以需要认真寻求答案。由于《银翼杀手2049》没有打算明确给出这个谜题的答案，所以我们必须根据影片中的细节来推测。

直接引发这个问题的，是影片中K和他女上司的一次谈话。女上司对K说："你没那玩意儿（指灵魂）不也活得挺好吗？"本来K领受了指示正准备离去，已经走到办公室门口了，听到女上司这句话，他停了下来，一脸受伤的表情，若有所思，欲言又止，最终还是默默离去了。这个细节表明，当时人们普遍认为复制人是没有灵魂的，但是K对这个判断已经有了怀疑。

要推测K有没有灵魂，另一个路径是注意他的虚拟女友。在

《银翼杀手2049》中，K的虚拟女友乔伊（Joi）很引人注目。她是一个人工智能，她照顾K的生活，为讨K的欢心而梳妆打扮，甚至替K找来妓女充当自己的肉身，好让K享受到真实的性爱。她在用餐时拿起来准备念给K听的书是纳博科夫（Vladimir Nabokov）的《微暗的火》（*Pale Fire*），而K每次出任务后回到局里都要接受的测试中念的句子就出自《微暗的火》。如果说这些无微不至的体贴关爱都是人工智能的设定，那么当乔伊在"生命"的最后一刻，弯下腰来匆匆对被打倒在地的K说了"我爱你"三个字，就很像是有"灵魂"的样子了。

另一个可供推测的例子是被K猎杀的Nexus-8型复制人莫顿，他能够激于义愤而出手救助那对母女，在面临猎杀时又能够感念"奇迹"而视死如归，怎么能说他没有灵魂呢？

如果连虚拟女友和低型号的复制人都可能有灵魂，那么K比他们更高级，K有灵魂也就不是什么难以想象的事了。

再进一步看，"灵魂"本来也缺乏明确的定义，它经常和"自由意志"联系在一起。我们甚至不妨将"K有没有灵魂"这个问题平移为"K有没有自由意志"。这两个问题具有类似的意义，但是这样一平移，我们就可以从影片的情节中得到更多的证据了。

女上司严令K去找出瑞秋的孩子并且杀掉，K在追查时逐渐发现自己很可能就是瑞秋的那个孩子，但他并未自杀，而是向女上司汇报称自己已经"了结"了此事，所有的证据他都已经烧毁，只留下他找到的一只婴儿穿的小袜子交给了女上司。显然，K没有不折不扣地执行上司的命令，而且向上司闪烁其词并隐瞒了部分真相。他这样做，当然说明他已经具有自由意志，而一个具有自由意志的人怎么可能没有灵魂呢？因此我们有理由相信K有灵魂。

谜题五：斯特琳的身份之谜

在《银翼杀手2049》中，神秘女子斯特琳（Stelline）是一个重要人物。她具有先天生理残疾，必须在无菌环境中才能生存；同时她又具有超能力，她擅长制作专供复制人用的植入记忆——此物在1982年的《银翼杀手》中已经出现，每个复制人都会被植入一段记忆，以便自己有一个能够言之成理的前世今生。斯特琳长期向Wallace公司提供植入记忆。

但是随着故事的推进，观众逐渐明白，斯特琳就是当年戴卡和瑞秋生的孩子——所以她实际上就是密谋反叛的复制人暗中传说的那个"奇迹"。对于这一点，诸多评论者似乎都无异议，我也完全赞同。但这里有一个问题：如果斯特琳真是戴卡和瑞秋的女儿，那她怎么可能安然无恙地长大，并以制作植入记忆著称于世呢？

从影片中的情节来看，人类政府——它在影片中的唯一代表就是K的女上司——即使知道斯特琳的存在，肯定也不知道她的身世。女上司在得知瑞秋当年曾生过一个孩子时，那样惊恐，严令K去杀人灭口，直接说明了这一点。

影片《银翼杀手2049》中的世界，实际上有三方势力：人类政府、Wallace公司、密谋反叛的复制人，这三方势力的利益和诉求当然不可能一致。所以即使人类政府不知道斯特琳的身世，Wallace公司却未必不知道，但公司即使知道也没有必要向政府通报——她既然是公司特殊制品的长期供应商，向政府通报她的身世显然对公司有害无益。而在密谋反叛的复制人那里，斯特琳的身世至少在高层是一个意义重大的惊天机密。

还有一点可以顺便指出，在短片《2048：无处可逃》中，隐居的莫顿冒险出手保护的那对母女，很容易让人想象为是瑞秋和斯特琳，但这个想象是无法成立的，因为短片中的女孩还很小，而故事的年份是2048年，下一年《银翼杀手2049》中的故事就展开了，那时斯特琳已经是一个成年女性。

谜题六：K是戴卡和瑞秋的儿子吗？

现在我们终于兵临城下，进攻到了影片《银翼杀手2049》最诡异的堡垒面前。主角K是戴卡和瑞秋的儿子吗？这是影片中最难索解的谜题。

K奉女上司之命调查当年瑞秋生孩子的事件，他发现在历史记录中，瑞秋生下了一男一女两个孩子，是双胞胎。K还和他的虚拟女友一起查看了相关记录，确认他自己就是那个男孩。也就是说，K是人类戴卡和复制人瑞秋的混血后代。这件事让他的虚拟女友极为兴奋，她说你既然是"真的"人，就应该有一个人类的名字，她给K起的名字是乔（Joe）。

另一个可以验证K身份的重要情节，是K去找斯特琳，请她检测他自己关于小木马的儿时记忆是被植入的还是原生的。K的这段记忆让斯特琳泪流满面，她非常肯定地告诉K，这段记忆是原生的，这使K确信自己是戴卡和瑞秋的孩子。斯特琳的热泪可以解读为，她不仅早就知道自己的身世，现在也知道了K的身世。

再往后，K找到了隐居多年的戴卡，本来应该是父子相认的温情时刻，两人却先拳脚相加打了一架，原因是K怨恨戴卡当年无情无义抛弃自己和母亲。戴卡向他解释，这是反叛组织为了更好地保守这个惊天秘密有意安排的，并非自己无情无义。于是面对Wallace公司派来的杀手，父子站到了同一战线。

戴卡的解释无疑表明，他已经和密谋反叛的复制人站在了同一战线，这一点和1982年的《银翼杀手》故事情节有着完整的逻辑传承——在2019年的那个夜晚，戴卡在追杀复制人的过程中反思使命，三观尽毁，最终和他相爱的复制人瑞秋遁世隐居。所以此时父子联手对抗公司杀手，当然意味着K也站到了反叛的复制人一边。

本来故事讲到这里，应该已经没有什么谜题了。不料影片安排了反叛复制人的女首领出来救K，让女首领一举颠覆了K前面对自己身世的步步认知。她告诉K：你根本不是戴卡和瑞秋的孩子，你就是一个复制人，所有你追查出来的身世信息，都只是我们为了保护"奇迹"而散布的烟幕！K听后几乎崩溃。

从网上的评论看，几乎所有人都认同了反叛女首领的说法。许多人看到这里，就被这个所谓的"剧情反转"震得五迷三道，开始顶礼膜拜起来。

所谓的"剧情反转"并不存在

但是这些膜拜者看来都没有联想到当年导演斯科特和主角福特为戴卡是不是复制人而发生的争议。戴卡如果是复制人，《银翼杀手》就会失去深刻性，K如果是复制人，《银翼杀手2049》同样会失去深刻性，而且会产生严重的矛盾。

先说矛盾。女首领曾对K强调：保护同类是我们人性的最高表现。既然如此，如果她对K所说的"你的身世只是为保护斯特琳而散布的烟幕"是真的，那就意味着他们反叛组织不惜利用甚至牺牲一个同类（K）来保护斯特琳的身世秘密——如果K被政府认为是戴卡和瑞秋的孩子，他必遭追杀，这不是公然违背女首领自己刚刚宣示的理念吗？

更严重的问题是，女首领接着居然命令K去杀掉戴卡！理由是戴卡已被Wallace公司抓捕，会被利用来要挟我们。这个命令的荒谬显而易见：第一，戴卡的忠贞毫无疑问——他早已成为复制人反叛组织的一员，而且还是"革命女神"斯特琳之父，很难设想他会甘心被敌人利用；如他不从，最多是死而已，用得着让"革命同志"去杀害他吗？第二，K是什么人？此刻他的身份还是朝廷鹰犬，他能接受女首领的命令吗？刚刚他自认是"革命女神"的同胞兄弟、"女神之父"的亲生儿子时，倒还有一点可能，可是女首领已经一举击碎了他的自我认同。何况在这种认同中，要他去杀害生父，也是荒谬绝伦的。

所以，女首领的这个命令，只能理解为一个测试。

测试什么呢？很简单，测试K有没有自由意志。如果他有自由意志，他就不会去执行这个极为荒谬的命令。事实上K没有执行这个命令——他不仅没有杀戴卡，反而救了他。因此K通过了测试。

既然荒谬的命令是测试，那么前面对"K是戴卡和瑞秋之子"的否认也就难以置信了。这个否认只能理解为测试的一部分，或者是为测试命令服务的。

因此，我们有理由确信，K就是戴卡和瑞秋之子。

K的使命：对谜题六的进一步申论

上面对谜题六的解释，特别是对"剧情反转"的否定，会让一些"反转"的膜拜者不服或不爽，所以需要对此进一步申论。比如，K为什么需要被测试？

在好莱坞科幻电影中，有一种常见的桥段：一个有着不同凡响的能力、际遇或身世的角色，比如《黑客帝国》中的尼奥（Neo）具有徒手挡住子弹的大能，《阿凡达》（*Avatar*，2010）中的萨利（Sully）成为纳威人首领之女的爱人，在《银翼杀手2049》

里则是K作为人类和复制人唯一的男性混血后代。这样的角色，通常都是有着重大使命的，他们的使命往往也是类似的：反叛到敌对阵营中成为首领，带领他们走向胜利——实际上他就是救世主。比如尼奥本是虚拟世界的顺民，后来成为反抗组织的首领；萨利本是人类侵略军的战士，后来成为纳威人的首领，打败了人类侵略军。所以《银翼杀手2049》中的K，其实就是《黑客帝国》中的尼奥，就是《阿凡达》中的萨利。而反叛组织在将这样的角色奉为首领之前，都必然要对他们进行测试。

其次，反叛组织暗中保护两个未来的领袖人物，并让他们分别成长，在科幻影片中也是有桥段的。《银翼杀手2049》中的K和斯特琳，就好比《星球大战》（*Star Wars*，1977—2016）中的天行者卢克（Luke）和莱阿（Leia）公主。所不同的只是卢克有成长过程（毕竟《星球大战》系列有8部之多），而K的武功在出场时已经被训练好了。

那么K的使命是什么呢？当然就是在《银翼杀手》系列作品的下一部中成为复制人反抗军队的统帅——女首领告诉K，这样的军队已经暗中组织起来了。这下一部作品的名字也不难猜测，它应该是类似《银翼杀手：终极之战》这样的片名。

至于终极之战的后果，可以有如下几种：复制人战胜人类，从此统治世界；复制人和人类达成妥协，从此双方和平共处；复制人反抗失败，人类从此严禁复制人的制造，生活在一个没有复制人的世界中。选择哪一种，就要看导演打算在反科学、反人类的道路上走多远了，比如依着卡梅隆（James Cameron）在《阿凡达》中的心性，那就选择第一种。

《银翼杀手》系列作品故事梗概

如果认同了上述六个谜题的答案，那么我们就可以确定如下的故事梗概：

2019年，人类银翼杀手戴卡在追杀反叛复制人时，经过反思，没有彻底执行使命，而是和他所爱的复制人瑞秋遁世隐居。不久戴卡和瑞秋生下了一对男女双胞胎，此事被称为"奇迹"，成为反叛复制人组织高层的机密，也是他们的精神支柱。男孩长大后成为新一代银翼杀手K，女孩则成为制作植入记忆的专家斯特琳。

2022年，反叛复制人策划实施了"大停电"，使得Nexus-8型复制人得以在人间隐姓埋名生存下去。人类政府遂下令禁止复制人的生产。

2036年，Wallace公司的Nexus-9型复制人获准生产。

2048年，隐居的反叛复制人莫顿身份暴露。

2049年，银翼杀手K奉命追杀莫顿，由此发现了"奇迹"，并发现自己就是"奇迹"中的那个男孩。《银翼杀手2049》结尾时，K通过了"天将降大任于斯人也，必先苦其心志"的艰难测试；在"斯特琳研究所"，老年戴卡和一双儿女热泪相逢，他们已经准备好为未来的复制人反抗大业高举义旗。

原载《读书》2018年第2期

ZHUMING KEHUAN ZUOPIN PINGLUN

著名科幻作品评论

CHAPTER 6

剧集《三体》涉及的科学争议

在小说《三体》持续畅销十几年后，我们终于迎来了《三体》的影视作品。剧集《三体》（2023）真人版共30集，改编自《三体》小说第一部。播放之后，反响平平，也没有引起媒体太多关注。这里无意分析评价剧集改编的得失优劣，但是剧集所涉及的一些当代科学争议，倒是引起了我的兴趣。

基础科学的作用

剧集相对沉闷的前半部分，推动剧情进展的最初动力，是世界上许多"顶级科学家"先后自杀，引起了警方的注意。警官史强登场，开始进行调查，他的背后是一个多国协作的高级别专案组。物理学家们为什么要纷纷自杀呢？剧集说是因为他们的高能对撞机实验搞不下去了，总是出错，让他们感到"物理学不存在了"，于是万念俱灰，选择自杀。

探案的最终结果可以陈述为：三体文明用两个微小的"智子"，破坏了地球人类的高能对撞机实验，从而"锁死"了人类科技发展的路径，所以人类面临了重大威胁。

这一情节背后的故事逻辑是这样的：人类科技发展取决于基础科学研究，而基础科学研究则取决于（其象征物）高能对撞机实验。所以，只要破坏了高能对撞机实验，就可以锁死人类科技发展。

这样的逻辑能成立吗？剧集《三体》据说是有科学顾问的，看来科学顾问们认为这样的逻辑是能成立的。这并不奇怪，今天的科学共同体中会有不少人认为这种逻辑能够成立。事实上，但凡鼓吹"基础科学"重要性的人（包括许多只敢自称"不懂科学"的文科学者）都会同意这种逻辑。

但是，历史是个好东西，我们可以让历史来帮助判断，上述故事逻辑能不能成立。

美国的超级超导对撞机（Superconducting Super Collider, SSC）项目，在已经耗费了20多亿美元的情况下，于1993年下马。干掉SSC的当然不是"智子"，而是美国国会的议员们和签署法案的总统克林顿——他们至少还没有被三体文明收买吧？

如今世界上只有一个同类规模的高能对撞机——欧盟的大型强子对撞机（LHC），2012年还发现了"希格斯玻色子"。但是SSC下马30年来，欧洲因为有高能对撞机而领先美国了吗？美国科技因此而落后了吗？它不仍是全球最领先的吗？

所以，破坏高能对撞机实验，根本不可能"锁死"科技发展。

被神化的天体物理

作为一个天体物理专业"正统出身"的人，剧集《三体》极大地满足了我的虚荣心，因为我从未在文艺作品中见到过如此神化天体物理这个专业的。

从大尺度的历史来看，自古以来，整个前望远镜时代的天文学都只是方位天文学；光学望远镜开启了天体物理学的可能性，但必须等到19世纪光谱分析技术的出现，才真正催生了天体物理学，并使之成为当代天文学的主流；20世纪中叶的射电望远镜给天体物理注射了一针兴奋剂，并使射电天文成为天体物理的主流，这一状态持续至今。

在剧集的故事中，研究天体物理的人被视为世间最聪明智慧的人。汪淼已是跻身"世界顶级科学家"之列的人了，史强居然还许久看不上他，因为他是研究纳米材料的。史强心目中绝顶聪明的人，是研究天体物理的叶文洁。

叶文洁其实是一个罪大恶极的人——她谋杀亲夫、出卖全人类，但是剧集对她极为优待尊敬。当她最终落入法网时，国际专案组的负责人常将军亲自审问了她，居然仍和颜悦色地称呼她"叶老师"。警方甚至还允许她以滔天罪恶之身，回红岸基地旧址去怀旧凭吊。

实际上，天体物理如今在国际国内都是一个十分"寂寞"的学科，已经几十年没有亮眼成就或惊人发现了，也没有热钱滚滚流入，根本没有剧集所描绘的那种"主流前沿"的学科地位。在正常情况下，一个寂寞而门槛甚高的学科，几乎不可能吸引成批"绝顶聪明"的人投身其中。

剧集里物理学家们的幻灭，不妨以女天体物理学家杨冬为代表。她的自杀在当代科学家群体看来是不可思议的。实验出现异常，只会让科学家感到兴奋——在《自然》上发论文的机会又从天而降了，怎么可能万念俱灰？更没有必要自杀。剧集《三体》对"顶级科学家"群体的这种塑造，基本上出自对这个群体的外行想象。

总的来说，剧集《三体》给人的感觉是，编剧和导演对中国科学院、天体物理学、顶级科学家这三种事物，都不熟悉。不过，作为虚构作品，想象当然是无可非议的。

我们应该寻找外星文明吗？

我们应不应该主动寻找外星文明，是一个在科学界充满争议的问题，半个多世纪以来一直存在着赞成派和反对派。近期的例子，比如史蒂芬·霍金在他堪称"学术遗嘱"的《大设计》一书中，就明确反对主动寻找外星文明。

国内以往的科普宣传经常有意无意地过滤掉反对派的意见，更多地将赞成派的意见介绍进来。久而久之，在许多公众心目中，寻找外星文明，已经成为一件天经地义、非常高科技、非常崇高、非常先进，总之是绝对高大上的事情了。

被动地收集、解读外星文明的信息（至今还未真正发现过）被称为SETI，主动向外星文明发布信息（至今还未得到过任何回应）被称为METI。剧集《三体》中逐渐披露的红岸基地的秘密任务，则是SETI+METI。

赞成派的主要理由是：如果谁和外星文明联系上了，就有可能极大地提升自己的科技水平。而这样的前景，对各个大国来说，显然是极有吸引力的，而且也只有大国才具有追求这种前景的能力和意愿。但这样的前景，又显然是难以和别国分享的，冷战时代更是如此，所以世人盛传美国军方极力隐瞒和外星人交往之类的故事。剧集《三体》中的红岸基地，也是极度机密的。

反对派的主要理由是：从目前人类能够借鉴的唯一样本——人类自己——的行为来推断，先进文明遇到落后文明，必然会进行掠夺、摧残、征服。所以METI这样的行为，如果真的让外星文明得到了地球发送的信息，那纯粹是引鬼上门自己作死。剧集《三体》中的叶文洁，就是在红岸基地严重违反组织纪律，向宇宙广播了地球在银河系中的位置，甚至还向外星文明发出"邀请"，并且表白自己愿意帮助外星文明来实现对地球的统治，从而使她自己彻头彻尾变成一个出卖全人类的"地奸"。

在剧集《三体》中，赞成寻找外星文明的意见，是通过红岸基地领导在办公室中的某次谈话表达的，但这样寥寥几句台词，对于不了解这一争议背景的观众来说很容易被忽略。而反对寻找外星文明的意见，在剧集里没有任何表达。不过由于在剧情中，整个三体文明从一开始就对地球文明抱着征服的恶意，所以我们可以理解为，剧集既然已经通过整体情节展示了寻找外星文明的巨大恶果，等于已经充分表达了反对派的意见。

如果"求全责备"，我觉得剧集最好能够在前30集结尾处，通过适当的情节和人物对话（比如在讨论怎样理解叶文洁的"地奸"行为时），将国际上由来已久的关于是否应该寻找外星文明的争议背景有所呈现，这样至少能够帮助观众扩大视野，加深对《三体》这一中国科幻标杆作品的理解。

原载2023年4月26日《第一财经日报》

玛丽·雪莱：还能当科幻的祖师奶奶吗？

——从开普勒《月亮之梦》谈起

作为科幻作家的开普勒

我的博士研究生穆蕴秋小姐，开始做关于科幻与当代科学发展关系的论文不久，有一天很兴奋地告诉我，她注意到开普勒当年写过一个作品《月亮之梦》（*Somniun, Siveas Tronomia Lunaris*），"这就是科幻作品啊"，她说，很想找来读一读。我告诉她我这里就有，是我25年前复印的。她非常惊奇，说你那时怎么会连这种东西都收集啊！其实我当时收集这些稀奇古怪的东西并非出于什么远见——比如预知25年后会指导穆小姐的博士论文，而是纯粹出于好奇。

在通常的大众读物中，英国大诗人雪莱的第二任妻子玛丽·雪莱（Mary W. Shelley，1797—1851）一直被尊为科学幻想作品的鼻祖，她的小说《弗兰肯斯坦》（*Frankenstein, or the Modern Prometheus*，又译《科学怪人》），发表于1818年，这经常被认为是世界上第一部科幻小说，玛丽·雪莱据此被后世誉为科幻文学的"祖师奶奶"。根据这部小说改编的电影，如果也算上那些攀附在同一主题上的，已达50部左右，真可以说蔚为大观。

其实，从"科幻"（Science Fiction）这个主题延伸到"幻想"（Fiction），中间并无鸿沟，而是可以"平滑过渡"的——哪些幻想是"科学的"而哪些又不是,本来就没有明确的界限。所以在一些西方人看来,《弗兰肯斯坦》《星球大战》《黑客帝国》和《哈利·波特》《指环王》都可以归为同类。

而开普勒的《月亮之梦》,即使按照狭窄的定义,也完全可以算得上"科幻"了。

1593年,开普勒就读于德国图宾根大学时,已经写出了《月亮之梦》的雏形,那是一篇关于月亮天文学的论文,他设想如果太阳在天空中静止不动,那么对于站在月球上的观测者,天空中其他星球所呈现出的运行情况将会是怎样的——是在日心体系中的情形。这篇已经富有科学幻想色彩的论文在当时未能公开发表。15年后,1608年,开普勒重拾旧作,在原文基础上扩充内容,1620年至1630年期间,他又在文末补充增添了多达223条的详细注释,合起来其长度4倍于正文还不止,即成《月亮之梦》。

这部作品在开普勒生前一直没有机会发表,他去世后,其子路德维希·开普勒于1634年将其印刷出版。但是长期不太为人所注意。300余年之后,科克伍德(P. F. Kirkwood)女士于1965年将《月亮之梦》译为英文,取名 *Kepler's Dream*,由加利福尼亚大学出版社出版,我当年复印的就是这个版本。

《月亮之梦》中的科学幻想

《月亮之梦》之所以有资格被列入"科幻之祖"的候选名单,首先是因为它的形式——以梦的形式写成。开普勒在书中说,本书中的内容,来自他某次"梦中读到的一本书"中主人公留下的记载,在那本梦中的书里,魔鬼引领着主人公和他的母亲作了一次月球旅行。这个情节的设置,让人联想到现实生活中开普勒母亲曾经被指控为女巫的遭遇。

关于去往月亮的途径，开普勒也有奇情异想。他的设想是：那些掌握着飞行技艺的魔鬼，生活在太阳照射下地球形成的阴影中，魔鬼们选择当地发生月全食时作为从地球飞向月亮的旅行时刻——这时地球在太阳照射之下所形成的锥形阴影就能触及月亮，这就形成了一条到达月球的通道。看看，这难道还不算"科学的"幻想？事实上，这完全可以算是17世纪的"硬科幻"啦。

比较重要的幻想，是开普勒对"月亮居民"（inhabitants of moon）的想象：

> 在月亮一直面向地球的一面，布满了很多像被刺穿一般的小孔，这其实是月球上一些连续的洞穴，它们应该是月亮居民用于抵御严寒酷热的遮蔽所。

在这部分内容里，开普勒认为月亮上也存在有生命的物种：

> （月亮居民）生于泥地里，长于泥地里，他们身材庞大，成长迅速，但生命周期非常短暂。存在于朝向地球一面的月亮居民没有固定居所，成群结队到处游荡，一些用脚行走，可能比骆驼快些，一些用翅膀飞翔，还有一些坐在小船里随波漂流。中途暂停的时日里，它们就爬进那些洞穴里，根据各自的特性在群体中扮演不同角色。

开普勒认为月亮上存在有生命的物种的想法，并非天马行空的任意想象，而是他通过望远镜对月亮观测结果的一种解释。他所依据的现象是：月亮上一些斑点区域内的洞穴呈完美的圆形，圆周大小不一，排列井然有序，呈梅花点状。开普勒认为，这些洞穴和凹地的排列有序以及和洞穴的构成情形，正是月球居民有组织的建造成果：

> 我们认为月亮上存在某个种群，他们能够合理地在月球表

面建造凹地。这个种群一定是由许多单个的群落组成，每个群落都有供自己使用的凹地。由此就可解释，为何我们发现这些凹地相互完全一样，因为它们是按照共同的设计方案建造的。这表明不同的凹地建造者之间达成了成熟的一致意见。

开普勒在《天文光学》（*Astronomiae Pars Optica*，1604）一书中也提到过有关的内容。而在《宇宙和谐论》（*Harmonices Mundi*，1619）第五卷的结语部分，开普勒说他的老师第谷（Tycho Brahe）也认为别的星球上可能存在有生命的物种。

著名科学哲学家托马斯·库恩（Thomas S. Kuhn）在《哥白尼革命》（*The Copernican Revolution*，1957）一书中谈到17世纪望远镜发明和科幻萌芽之间的关系时说："望远镜成为一种流行的玩具，对天文学或任何科学此前从未表现出兴趣的人，也买来或借来这种新仪器，在晴朗的夜晚热切地搜索天空……一种新的文学也随之诞生了。科普读物和科幻小说的萌芽都可以在17世纪发现，一开始望远镜和它的发现是最显著的主题。"这段论述，可以帮助我们理解创作《月亮之梦》时的历史背景。

"科幻之祖"五大候选人

开普勒的《月亮之梦》，有时候确实也被视为是科幻小说的先驱。从"科学""幻想"这两点上来说，这部作品都是毫无问题的；唯一不足的是作为小说稍稍有点勉强。不过《月亮之梦》并不是唯一威胁玛丽·雪莱科幻祖师奶奶地位的作品，"科幻小说先驱"的头衔，目前至少已经有五位竞争者。据穆蕴秋小姐整理，五位竞争者的情况可见下表：

作者	年代	作品	持该种观点的代表学者
巴比伦史诗		《吉尔伽美什》(*Gilgamesh*)	James Gunn
希腊史诗		《奥德赛》(*Odyssey*)	Sam Moskowitz
普鲁塔克		《月亮上的脸》(*De Facie*)	W. M. S. Russell, H. Gorgemanns
开普勒	1634	《月亮之梦》(*Kepler's Dream*)	M. Nicolson, Donald, Menzel
玛丽·雪莱	1818	《弗兰肯斯坦》(*Frankenstein*)	B. Aldiss, J. Gunn, Martin Tropp

表中《吉尔伽美什》和《奥德赛》之所以入选，当然是因为作品中的幻想成分；而如果说《月亮之梦》被视为《弗兰肯斯坦》的先驱，那么将普鲁塔克《月亮上的脸》视为《月亮之梦》的先驱，也完全有根据——开普勒自己表示，他的《月亮之梦》深受两部古希腊哲学家著作的影响，其中之一就是普鲁塔克的《月亮上的脸》。普鲁塔克在其中对月亮的结构和性质，以及它的天文现象作了探讨，并已经论及月亮是否会是一个可居住的世界。开普勒将它从希腊文翻译为拉丁文，足见他对这一作品的喜爱。

原载《新发现》2009年第12期

菲利普·迪克：科幻江湖的悲歌

生前潦倒的菲利普·迪克

艺术家、小说家、学者，这三类人的人生，通常都难逃如下四种组合：一是生前身后皆寂寞；二是生前身后皆荣耀；三是生前寂寞，身后荣耀；四是生前荣耀，身后寂寞。第一种正是绝大部分人的宿命，无需多言；第二种是少数人的幸运，比如意大利文艺复兴时期的三杰之类；第三种的典型代表是梵高；第四种人通常善于经营自己的人生，故得以生前享受荣耀，但实际成就有限，身后很快被人遗忘，终究难免寂寞。科幻小说作家菲利普·迪克（Philip K. Dick，1928—1982）无疑属于上述组合中的第三种人。

迪克是一个早产儿，而且出生在一个相当糟糕的美国家庭，出生三周，他的孪生妹妹就因电热毯烧伤而死于襁褓之中。他五岁时，父母因父亲调动工作发生争执，其母拒绝随他父亲赴任，决定独自抚养迪克。迪克小学时经常逃课，成绩平庸，和写作有关的课程只能得C（这是最低的及格成绩）。他进过大学，读德语专业，但很快就辍学了。此后当过一个音乐节目的DJ，1952年他售出了他的第一篇小说，于是开始了全职写作——估计是被迫的，因为他找不到什么固定的工作。1950年代他贫困潦倒，甚至缴纳不了因在图书馆借书逾期而产生的罚款。

1963年迪克因长篇小说《高城堡里的人》(*The Man in the High Castle*) 得了雨果奖的最佳小说奖，这虽是科幻界的大奖，但科幻本身仍是相当边缘的，迪克的小说仍然只能在廉价的出版社出版，1960年代仍不是他的黄金岁月。这一时期迪克还因参与反对越南战争的活动而被联邦调查局列为监控对象。

迪克结过五次婚，次次以离婚收场。他终身贫病交加，酗酒、吸毒，欠债。科幻作家海因莱因（R. A. Heinlein）爱其才，不时帮助他，有一次迪克欠缴税额颇大，束手无策，海因莱因帮他缴了税，让他感激涕零。53岁那年，迪克在贫病中死去，他父亲白发人送黑发人，将他葬在夭折的孪生妹妹一旁。

身后他的小说成为科幻电影的宠儿

迪克死的那年，根据他的小说改编的第一部电影上映——即著名的科幻影片《银翼杀手》(*Blade Runner*, 1982)。本来这是他"守得云开见月明"的开端，可惜他死得太早，见不到自己身后的荣耀。

《银翼杀手》根据迪克1967年的中篇小说《仿生人会梦见电子羊吗？》(*Do Androids Dream of Electronic Sheep?*) 改编。改编成电影时，从别处买来了一个标题 Blade Runner 的使用权。按照字面意思，这个片名应该译成《刀锋行者》，现在常用的中译名《银翼杀手》据说来自台湾，显然不是确切的翻译。不过流行既广，也就约定俗成了。

《银翼杀手》上映之初，恶评如潮，既不叫好也不叫座，连饰演男主角的哈里森·福特也不以出演此片为荣。然而20多年后，《银翼杀手》的声誉却扶摇直上，成为科幻影片中地位极高的经典，2004年英国《卫报》组织60位科学家评选"历史上的十大优秀科幻影片",它竟以绝对优势排名第一。《银翼杀手》先后有7个不同版本,最后发行了导演斯科特的"钦定"最终版本。

《银翼杀手》是一个"三观尽毁杀人夜"的故事,情节集中在一昼夜中。

当时人类已经掌握了"仿生人"(Android)技术,Tyrell公司研制的仿生人仿照人类精英复制,不断更新换代,到Nexus-6型的时候,即使被放到人类中间,也已经出类拔萃了,个个俊男靓女,而且综合能力和素质极高。不过即使已经如此优秀,它们仍然没有人权。仿生人被用于人类不愿亲自从事的各种高危险工作,比如宇宙探险或是其他星球的殖民任务。而且只有4年寿命,4年一到即自动报废。

但仿生人既已如此优秀,不可能长期忍受奴役,反叛终于出现。人类政府于是宣布仿生人在地球为非法,并雇佣赏金猎人剿杀仿生人。这些赏金猎人就是"银翼杀手"。故事开始时,警察局长请已经金盆洗手的前银翼杀手德卡德重新出山,因为又有几个Nexus-6型仿生人来到地球。德卡德贪图赏金,遂在残破的洛杉矶城中重操旧业。

谁承想德卡德在全力追杀仿生人的过程中,却爱上了一个仿生人——Tyrell公司老板的美丽秘书蕾切尔(Rachael)。她不在追杀任务的名单上,因为老板宣称她是"公司财产"。但是德卡德对自己的任务越来越困惑。在他最终完成追杀任务的那个夜晚,"三观尽毁,完全变成了一个新人"。作者迪克则表示:"在我看来,这个故事的主题是德卡德在追杀仿生人的过程中越来越丧失人性,而与此同时,仿生人却逐渐显露出更加人性的一面。最后德卡德必须扪心自问:我在干什么?我和他们之间到底有什么本质的不同?如果没有不同,那么我到底是谁?"

影片《银翼杀手》省略了小说中的一些次要线索,比如德卡德和妻子之间的矛盾、领养动物或昆虫作为宠物的风尚等（所以"仿生人会梦见电子羊吗"自然就没了着落）。影片强化了德卡德在追杀仿生人过程中的道德和人性冲突，最后在与仿生人巴蒂决斗时，德卡德不堪一击，完全居于下风，而此时因为4年寿命即将期满已到临终时刻的巴蒂，不仅没有让德卡德"垫背"，反而出手救了德卡德，然后说了那段著名的遗言之后死去——那段在小说中并未出现的遗言（I've seen things you people wouldn't believe...）之所以著名，是因为迄今还没人能够将它解释明白。最后德卡德带着蕾切尔不知所终。

迪克在科幻江湖上的历史地位

迪克生前贫困潦倒，但身后他的科幻小说却声誉日隆——根据他的小说改编的科幻影片迄今已有多部：《银翼杀手》（*Blade Runner*，1982）、《全面回忆》（*Total Recall*，1990）、《尖叫者》（*Screamers*，1995）、《少数派报告》（*Minority Report*，2002）、《强殖入侵》（*Imposter*，2001）、《记忆裂痕》（*Paycheck*，2003）、《黑暗扫描仪》（*A Scanner Darkly*，2006）、《预见未来》（*Next*，2007）、《命运规划局》（*The Adjustment Bureau*，2010）。他很可能已成有史以来作品被改编为电影最多的科幻作家。截至2004年，据迪克小说改编的6部电影总共有700万美元的票房，加上后来的4部，数额当然会更大些。不过这个数字也表明，迄今为止据迪克小说改编的科幻影片都难以大卖。

总体而言，迪克的作品主要胜在思想性。而且他没有受过完整的大学教育，导致他在知识背景方面杂学旁收，这倒成了他的优点。但是平心而论，他作品中的语言偏于枯涩，场景通常残破暗淡，不易产生阅读快感。他的生前潦倒或许也和这一点有关。

弗里德里克·詹姆逊（F. Jameson）评论迪克时说："他是科幻小说中的莎士比亚。……并且他在法国知识分子中成了一个偶像式的人物，但是在大学里的英语系当中，知道他的人却并不多。"这一点也可以从中国最著名的科幻作家之一韩松为迪克的小说《尤比克》（*Ubik*）作的跋中得到旁证：韩松说自己大概到2003年才知道迪克，"后来一天天感觉不一样了。现在听说能为迪克的书写跋，能与这个牛人阴阳对话，诚惶诚恐，受宠若惊，坐在电脑前甚至有一种毕恭毕敬感"。而亚当·罗伯茨（A. Roberts）在《科幻小说史》（*A History of Science Fiction*）中认为："迪克理应比其他作家得到更为详细的解读，因为他可以算是20世纪最重要的科幻小说作家。"

原载《新发现》2015年第1期

克拉克：一个旧传统的绝响

——兼论"科幻文学黄金时代"

阿瑟·克拉克（Sir Arthur Charles Clarke，1917.12.16—2008.3.19）逝世了。他被称为"最后的科幻大师""科幻文学黄金时代最后一位大师"，而他的逝世被视为"宣告了一个时代的落幕"。在一片颂扬声中，我倒是愿意冒着被"克粉"们讨伐的口水淹死的危险，说几句不太中听的话。

先看"科幻文学黄金时代"这个提法的实际意义。所谓"黄金时代"，从来都只是一个文学性的修辞手法，总是被用来建构今人想象中的往昔太平盛世。所以，当我们称赞往昔某一段时间是什么什么的"黄金时代"时，几乎从来都不意味着我们当下就不如那个我们回忆中的时代——通常我们只是想借用那个时代来说当下的事而已。

对于"科幻文学黄金时代"，也应作如是观。

对于那个黄金时代的大师，"考核指标"也不外大奖和小说销量两项。克拉克得过3次雨果奖、3次星云奖、1次星云科幻大师奖；他的近100部科幻作品据估计全球销售了2500万册，平均每部作品销售25万册。从这两项指标看，克拉克的大师资格当然没问题。

但是，比克拉克晚些的作家，也有很畅销的科幻小说呀，比如迈克尔·克莱顿（Michael Crichton）的一系列小说，比如丹·布朗的小说——他的《数字城堡》《天使与魔鬼》《骗局》绝对都是典型的科幻小说，只是现在大家通常不把他算到科幻作家行列中。这也是因为"科幻"的边界正在越来越模糊（或者可以说是在扩张）。

克拉克最著名的作品，当然是小说《2001太空漫游》（*2001: Space Odyssey*，1968），以及另外三部一直写到1997年才结束的续篇（2010、2061、3001，他自己认为不是续篇，而是"变奏"），但这很大程度上是拜库布里克导演的同名科幻影片之赐。与通常先有小说后有电影的模式（亦有少数相反的模式）不同，这两部作品是同时合作创作的。克拉克对于他和库布里克的这段合作，此后多年也一直津津乐道。

但是，比克拉克晚些的作家，也有很著名的改编电影呀，比如克莱顿的《侏罗纪公园》《时间线》《刚果惊魂》《深海圆疑》等等。而在与克拉克约略同辈的科幻作家中，菲利浦·迪克（Philip Dick）在这方面有着远远超过克拉克的成就——只要提起《银翼杀手》《宇宙威龙》《少数派报告》《记忆裂痕》《黑暗扫描仪》这些著名科幻影片就够了。

也有人将《太空漫游》与乔治·奥威尔（George Orwell）的《1984》相提并论，这倒是一个颇有创意的比较——这两部小说代表了科幻的两个传统，或者说两个时代。

老实说，克拉克代表的是科幻中一个旧传统。中国读者最熟悉的是这个传统中儒勒·凡尔纳的作品，这些作品呼唤科学技术，赞美科学技术，为科学技术向我们许诺的美好未来吟唱颂歌。这个传统标榜"硬科幻"——以有很多科学技术的细节为荣，更以能够预言某些科学技术的发展为荣。这是一个乐观的传统。

另一个传统，其实在19世纪末已经开始，那是一个悲观的传统，着重反思科学技术发展给人类带来的负面作用，在很大程度上它就是反乌托邦传统。这个传统中有许多"软科幻"作品，因为这个传统并不以科学技术细节之多为荣。上面提到的奥威尔、迪克、克莱顿，甚至丹·布朗，都是后一个传统中的重要作家。

克拉克的作品，基本上一直停留在前一个传统中。他自己也以此为荣。证据是，在他前后写了30年的太空漫游四部曲中，他写过许多篇序、后记、新版序之类的文字，在这些文字中，他反复提到自己小说中某些与后来航天事业吻合的细节，深以为荣。这些细节，归纳起来其实也就是三件琐事：一是飞船阿波罗十三号出故障时宇航员向地面报告的语句，与他小说类似情节中的语句非常相近；二是通讯卫星"棕榈棚B2"发射失误的情节，与他小说中的某处情节类似；三是电影《2001太空漫游》里木星的一连串画面，与航海家号宇宙飞船所拍摄的画面"其相似之处令人拍案叫绝"。

这些细节上的吻合或相似有多大意义，是另一个问题，但反复提到这些细节，足以说明克拉克心目中的价值标准——在这些序、后记、新版序之类的文字中，能解读为后一个传统的内容，连只言片语也找不到！克拉克确实是前面那个旧传统的"最后的大师"。

顺便插一句，反复谈论这三件琐事，是不是显得挺可爱？事实上，克拉克晚年很喜欢这调调。例如，他在《3001太空漫游》序中说："让我又惊又喜的是，我发现《牛津英语大辞典》从我的书里引用了超过66处，用以解释某些字辞的意义与用法！"这番统计工作让克拉克有点得意忘形，他接着说："亲爱的《牛津英语大辞典》，如果你在这几页里发现了什么可用的例证，再一次的——别客气,尽管用!"而在此书末尾"最后的感谢"中,克拉克感谢一家酒店的老板为他写作提供了套房,但"或许更令人鼓舞的是入口处所悬挂的牌子",因为牌子上罗列了光临该酒店的卓越人物,包括苏联宇航员加加林、电影明星格里高利·帕克、费雯丽等,最后他告诉读者,"我很荣幸看到我的名字列在他们之间"。

也许有人会说:这两种传统有什么高下之分?你有什么理由厚此薄彼?

在所谓的"科幻文学黄金时代",这样问或许能显得相当雄辩,但是到了今天,情形已经完全不同。今天的科学技术,已经是脱缰的野马,人们对于科学技术,早已不是担心它发展得太慢,而是担心它发展得太快,担心它会失控。今天的科学技术,早已不需要《太空漫游》所代表的前一个传统来呼唤它,却迫切需要《1984》所代表的后一个传统来反思它。

所以,如果我们非要找出一个"科幻文学黄金时代"的话,我宁愿说,今天当下,才是这样的黄金时代。

原载《新发现》2008年第5期

我们必须幻想未来

——关于科幻小说《基地》

前些天看到一则八卦新闻：大名鼎鼎的卢卡斯与斯皮尔伯格，决定联手打造《夺宝奇兵》（*Indiana Jones*）之四。当时我叹道：这《夺宝奇兵》之四有什么拍头，竟值得如此两位名导联手？放着《基地》这么精彩的小说，为什么不去改编为电影？这样一部科幻史诗才当得起这两位的联手打造。

《基地》系列科幻小说，包括："前传"：《基地前奏》上下、《迈向基地》上下；"正传"：《基地》《基地与帝国》《第二基地》；"后传"：《基地边缘》上下、《基地与地球》上下。中译本共11册。美国著名科幻作家、科普作家艾萨克·阿西莫夫著，叶李华译。《基地》驰名已久，此次天地出版社从中国台湾地区引进全套中译本，终于使大陆读者可以大饱眼福。近年我红尘陷溺，俗务缠身，已经极少读小说了。但是这次不同——尽管《基地》有11册之多，我还是一口气读完了！要知道，我可不是什么"阿迷"，所以《基地》能吸引我，实在是靠它自身的魅力。

当年阿西莫夫从医学院副教授任上辞了职，决定全力进行写作，从此他的余生都在打字机前度过。《基地》给他带来了意想不到的声誉和财富，然而他却在1957年戛然停止了科幻小说的写作，转入科普创作。新的写作继续为他带来声誉和财富。他的科普作品风行世界。同时他又走上电视，成为向公众传播科学的明星，被誉为"我们这个时代伟大的讲解员"。但是他的那些科幻小说的读者和出版商却放他不过，一直要求他将《基地》三部曲续写下去，在停顿了二十多年之后，阿西莫夫终于再作冯妇，开始写《基地》的"后传"和"前传"，结果甚至比当年的"正传"更加畅销。2001年发生"9·11"恐怖袭击之后，因为"基地"组织的名称和运作可能受到《基地》小说启发的传言，《基地》再次引人注目。

《基地》系列小说第一部写于1941年，最后一部写于1992年，时间跨度长达半个世纪。讲述一个名叫谢顿的人，发明了一种"心理史学"，可以预测人类社会未来的盛衰。于是谢顿建立了两个基地，秘密为帝国的崩溃和重建作准备——他要让中间这段黑暗时期从三万年缩短为一千年。故事的场景被设定在一个遥远的未来，那时人类已经遍布银河系中的可居住行星，而日暮途穷的"银河帝国"已经有着两万多年的历史。

《基地》史诗般的故事结构宏大，气象万千，是吉本《罗马帝国衰亡史》触发了阿西莫夫的灵感，让一部帝国盛衰史在银河系遥远未来的时空中全新搬演。作品中出现了大量很有深度的思考或猜测。对于这些思考或猜测，谓之杞人忧天固无不可，谓之留给子孙后代的精神财富亦无不可。因为这是对人类未来命运的思考。

比如，阿西莫夫并无什么"后现代"情结，他仍然尽力讴歌着科学技术的成就和力量。在《基地》的故事中，文明的衰落会导致科学技术的失传和倒退，全银河系一度只剩下基地所在的行星"端点星"还掌握着原子能技术。而基地就是依靠科学技术的优势发展壮大，逐渐控制了几乎整个银河系。

又如，宗教和科学技术可以相互依赖，甚至相互转化。基地对近旁"四王国"的征服就是这样的一幕：毫无武装力量的基地，面对虎视眈眈的四王国，反而向四王国提供原子能技术，但同时建立了教士阶级，教士们掌握着四王国的能源、医药等命脉，而他们都在基地接受训练，基地成为他们心目中的"神圣行星"。最后，当国王们决定征服基地，出动联军向基地进攻时，联军在教士的煽动下哗变，宣布效忠于基地。从此四王国成为基地最坚强的根据地。这充满戏剧性的一幕，很可能是从当年罗马教会在西罗马帝国崩溃后，面对诸"蛮族"王国设法自保的历史中获得灵感的。

再如，关于机器人的思考。在《基地》的故事中，机器人通常只是一个遥远的回忆，因为所有那些依赖机器人的文明，后来几乎无一例外都衰亡了，所以人类在与尾大不掉不再服从人类命令的机器人一战之后，最终禁止了机器人。《基地》中经常谈到阿西莫夫自己创立的"机器人三定律"，有时还要在前面加上"第零定律"。但是小说中又有一个已经存在了两万多年的以造福人类为己任的超级机器人，出现在整部小说的始终。考虑到《基地》写作前后长达半个世纪，看来阿西莫夫自己在这个问题上的观点也不很明确。

人类文明如果还要持续下去，发展下去，就不可能不对未来进行思考；既然目前我们还无法实现时空旅行，无法到未来去考察一番然后回来成为先知预见一切，我们对未来的思考就只能是幻想和猜测。所以，我们必须幻想未来——在这一点上，科幻小说和科幻电影应该当仁不让。

原载 2005 年 8 月 22 日《中国新闻周刊》

《失落的秘符》：丹·布朗又来反科学了

❓ 江晓原　　💬 刘兵

❓ 我刚刚在北京参加了《失落的秘符》的研讨会。这里我们之所以要谈它，是因为它确实与我们关注的科学文化有着密切关系。丹·布朗先前被引进中国的四部小说中，除了名头最大的《达·芬奇密码》，另外三部（《数字城堡》《天使与魔鬼》《骗局》）都可以归入科幻小说——尽管他本人并未着意标榜这一点。对于这次的《失落的秘符》，我想出了一个新的表达，不妨称之为"科学文化小说"。

《失落的秘符》与科学文化最密切的关联，就在它贯穿全书的悬念中的那个主题——共济会代代保守着的古代秘密知识。如果站在现代科学的立场上来看，这种知识就将被认为是一种超自然的知识——也可以直接称之为神秘主义或伪科学。而一涉及这样的问题，它就变得非常"科学文化"啦。

💬 丹·布朗这本新小说，确实在如何看待科学的问题上，提出了一个敏感话题。

从情节上看，这部小说大约仍然是沿袭了他以前在《达·芬奇密码》和《天使与魔鬼》中的套路，不过，作为与保守传说中的共济会的秘密和要揭示这一秘密的紧张情节的附线，小说提出了所谓"意念科学",这既体现在小说主人公之一凯瑟琳的"科学"研究工作中,也间接地与那个共济会深藏的"秘密"相关。不过,至少到小说结尾处,还是留下了一个悬念,而没有直接说明,那个据说会带来对整个世界的革命性变革的"意念科学",究竟是怎样的结果。

其实,这里所说的"意念科学",与前些年我们这里争论热烈的"特异功能"之类的东西很有些相似。我不知道那些当年激烈地反对特异功能研究的人,会如何看待这本小说(如果他们也会关心和阅读这样的小说的话)。

❓ 关于这个问题,我倒有些特殊的想法。

我们以前总是推崇"透过现象看本质",实际上有时候太注意直奔"本质",会给我们造成误导。有些问题,随着谈论它的语境不同,人们对它的认识或感觉也会不同。记得以前吴国盛谈过一个例子,他说现代人如果谈论超自然的现象或能力,就会被指责为伪科学,但是改为谈论外星人,就会被认为是科学。实际上这两者的本质是一样的,都是要谈论超自然现象或能力——外星人如果真的来到地球了,这本身就意味着超自然能力的展现(比如超光速运行,或寿命长到类似永生)。

我举这个例子的意思是说,当年在中国一度十分兴旺的关于"人体特异功能研究",因为是直接诉诸行动(实验、表演等),所以会被"是伪科学还是真科学"这个问题逼到墙角,其答案是两者必居其一。结果被判定为伪科学——至少在大众媒体上是如此,尽管也有许多人一直不服。但在《失落的秘符》中,这个问题就变得很容易获得宽容了——毕竟只是一本小说嘛,而且还是国外的小说。

我认为那些当年激烈地反对特异功能研究的人,不会特意去找《失落的秘符》来看，即使偶尔看到了，也会给它"一派胡言""宣传迷信""鼓吹伪科学"之类的断语。

丹·布朗在他的前几部小说中，都有明显的反科学倾向（《达·芬奇密码》除外），而在《失落的秘符》中，无论是"意念科学"还是"古代秘密知识"，其实都是超自然能力。再进一步看，在小说中既然那些"古代秘密知识"是如此威力巨大，在这些神秘知识面前，现代科学技术显得就像某种残次品或等外品，这样一来，古代的神秘事物当然就被凌驾于现代科学技术之上了，这正是《失落的秘符》中反科学的地方。

💬 确实如此。在丹·布朗前几部"反科学"小说中，还是针对着现代科学带来的伦理和应用等方面的问题，而在《失落的秘符》一书中，又出现了新的"反科学"内容，即对古代神秘事物的地位与意义的提升，而这恰恰是正统现代科学的捍卫者们无法认可的。

其实当年我们这里对于特异功能的批判，并非纯粹的学术性探讨。对于那些与现代科学技术不同的知识体系，站在现代科学的立场上，自然是要对之进行排斥的。但如果超出了现代科学的立场，仅仅把现代科学看作是人类认识事物的方式之一，或者站在那些与现代科学有冲突（或者说不一致而且"不可通约"的）知识体系的立场上，对此就可能会有不同的看法。当然这些不同的看法本是可以并存而且一直争论下去的。

不过在丹·布朗的这部小说中，似乎潜在地存在着一种立场上的矛盾。一方面，他试图通过凯瑟琳对"意念科学"的"科学研究"，使之成为现代科学的发展的延伸，由此"意念科学"也就成了现代科学的一部分。但另一方面，在结局中，被设想为具有超出现代科学已有威力的古代神秘智慧，又与宗教联系起来了。但这后一点，却与他在《天使与魔鬼》中以文学的方式来探讨科学与宗教的差异和冲突的立场不很一致。难道是他的立场发生了变化？

❓其实我觉得还是一致的。丹·布朗的立场没有变化。

在《天使与魔鬼》中，丹·布朗强调的是，科学发展得太快，人类心灵进化的程度远远赶不上头脑进化的速度，所以人类面对高新技术就像小孩玩火一样危险，而宗教就是要扮演"减速者""踩刹车者"的角色——哪怕为此遭到世人怨恨也在所不惜。这样的立场，和《失落的秘符》中共济会保守古代秘密知识的立场，本质上完全一致——也就是说，有一些知识，人类目前还没有做好接受的准备，或者说还消受不起，所以还不应该去追求。

这里唯一的区别其实是非常表面的，那就是：这种人类目前还不应该获得的知识，在《天使与魔鬼》中是欧洲实验室搞出来的超级现代的反物质，在《失落的秘符》中则是共济会要代代保守的"古代奥义"——人真的可以成为神。

《失落的秘符》中的迈拉克，其实就是《天使与魔鬼》中教皇内侍所痛斥的人，他代表了人类的贪婪恶行。本来贪婪无论如何都是恶行，但是我们以前习惯于给出一个例外，即对知识的贪婪，似乎这不仅不是恶行，反而永远可以被视为一种美德。丹·布朗则用他的小说表明，这一例外也不应容忍。

💬你这种说法倒确实能够言之成理。也许，如果我们将《失落的秘符》中对"古代奥义"的追寻理解为一种隐喻，就像你上面解释的那样，就更能在阅读这部小说没有揭秘的结尾时，在心理上有一种安慰的感觉。

其实对于这部小说的绝大多数读者来说，恐怕不会像我们这样来分析其中的科学或反科学寓意。但那也没有关系，因为在引人入胜的情节中，这样的理念以潜移默化的方式渐渐深入人心，正是对一种你我所赞同但在现实中依然颇有争议的观念的有效传播方式。

原载 2010 年 2 月 5 日 《文汇读书周报》

丹·布朗走在反科学主义的道路上吗？

②江晓原 ●刘兵

②我们不止一次对谈过丹·布朗被引进中国的小说，这次要谈的是他的《本源》。但这次我打算先将丹·布朗小说问世和引进中国的时间线清理一下。迄今为止已经有七种丹·布朗的小说被引进中国，按原作出版年份开列如下：

《数字城堡》（*Digital Fortress*，1998），中译本：2004

《天使与魔鬼》（*Angels & Demons*，2000），中译本：2005

《骗局》（*Deception Points*，2001），中译本：2006

《达·芬奇密码》（*The Da Vinci Code*，2003），中译本：2004

《失落的秘符》（*The Lost Symbol*，2009），中译本：2010

《地狱》（*Inferno*，2013），中译本：2013

《本源》（*Origin*，2017），中译本：2018

从上面的清单可以看出，中译本的出版顺序是这样的：《达·芬奇密码》《数字城堡》《天使与魔鬼》《骗局》《失落的秘符》《地狱》《本源》。

开列这些时间顺序并非毫无意义，从中可以看出一些名堂。

例如，尽管此前丹·布朗已经出版了三部小说，但他的畅销书作家地位是靠《达·芬奇密码》奠定的，这一点可以从《达·芬奇密码》中文版权以极低价格售出（据说只有几千美元）得到佐证——这表明此时丹·布朗的经纪人还未意识到他马上就要红了。

其次，中国出版人是在丹·布朗出版了第四部作品时才决定引进他的小说的。《达·芬奇密码》中译本售出了百万册以上，堪称奇迹。此后五部丹·布朗小说中译本销售之和也比不上《达·芬奇密码》，估计加上《本源》也仍是如此。

当然，奇迹之外还有奇迹，胡赛尼力压丹·布朗，《追风筝的人》（*The Kite Runner*，2003）中译本已经销售超过一千万册了。

💬 你前面的梳理，对于我们了解丹·布朗作品的整体出版情况，是很有意义的背景。其实，即使在国外，很大程度上，也是因为《达·芬奇密码》这本书而带动了他其他书的畅销。我曾在几个欧洲小语种国家的机场书店，看到突出位置并列地摆放他的一系列小说；甚至在越南的书店里，也有着包括他最新作品在内的小说系列越文译本。由此也可见他的小说在全球流行的现象。

以往，我们已经谈了好几本丹·布朗的小说，其中一个很有意思的背景是，他的《数字城堡》《天使与魔鬼》《骗局》等小说居然都是与科学技术的主题密切相关的，而且还与我们所关心的像科学与社会、科学与伦理、科学与宗教等主题密切相关，再加上他的作品的可读性，所以我们会关注他和他的作品。我在清华开设的一门关于小说、电影与STS的课程上，也选择了《天使与魔鬼》作为学生阅读和讨论的作品。

但这一次，我们要谈的《本源》，却另有一番意味。此书中从一开始，直到接近结尾，除了那些依旧是商业畅销小说的路数、曲折莫测的追杀和解疑悬念情节之外，居然以"生命从何而来"，或者说是"生命的起源"这个颇具哲学意味的"科学发现"作为主线背后的悬念，也算得上是别出心裁了。当你把对谈的标题先定为"丹·布朗走在反科学主义的道路上吗?"的设问句,是否也与此有关呢?

💬 确实与此有关。我们看丹·布朗小说在中国出版的时间线,在《达·芬奇密码》和《本源》之间的五部小说,每一部都是不折不扣的科幻小说——尽管丹·布朗自己并没有这样宣称,而且都带有明显的反科学主义立场。所以我以前经常说,丹·布朗的小说除了《达·芬奇密码》,每部都是很优秀的科幻小说。

例如,他的第一部小说《数字城堡》,据丹·布朗自己对媒体说,当时只售出12册,在签售活动中他枯坐了3小时,没有一个人找他签名。可是这部小说中所虚构的可以窥看全世界一切电子邮件的"万能解密机",13年后确实在美国本土建设起来了。据美国前副总统戈尔(Al Gore)在《未来:改变全球的六大驱动力》(*The Future: Six Drivers of Global Change*,2013)一书中披露,美国人建立了一个"世界上迄今所知最具侵入性和最强大的数据收集系统",这个系统于2011年1月在犹他州奠基,它有能力"监控所有美国居民发出或收到的电话、电子邮件、短信、谷歌搜索或其他电子通讯(无论加密与否),所有这些通讯将会被永久储存用于数据挖掘"。

自己小说中想象的事物后来真的出现了,应验了,一直是科幻小说作家特别喜欢标榜的事情。丹·布朗"万能解密机"的应验,要是按照已故科幻大师阿瑟·克拉克(A. C. Clarke)的心性,那非得大书特书不可——它比克拉克反复标榜的那几件鸡毛蒜皮的琐事都远远重大得多。不过丹·布朗好像并不拿这些来标榜自己。

💬 我觉得《本源》这部小说与你说的那几部"科幻"小说略

为有所不同。因为我刚才说的那个作为主线的悬念,即"生命从何而来",基本上只是作为一个概念性的东西,而书中绝大部分情节,都是围绕着故事展开的追杀和解疑来演进的,除了其中那个似乎很可爱的人工智能"温斯顿"还算个科幻要素之外。只是到临近结束时,才出现了"超级计算中心",才在最后的关头,讲出了主人公埃德蒙的"惊人发现",即也"物理定律自发产生生命",而不需要上帝,以及未来作为非生命的所谓"第七界",或者说"技术界",将会吞噬其创造者人类。

以这种"建模"方式计算出来的生命起源世界的未来,当然也可以算作是一种大胆的科学幻想。至于在哲学思考的意义上,这种对"我们从哪里来?我们要往哪里去?"的回答,恐怕也算不上有特别的新意。就科学与宗教的关系来说,丹·布朗所设置的小说中一直作为悬念的那个发现,能否算作典型的反科学主义立场,我也是心存疑问的。

② 我完全同意你的感觉。事实上,当我说丹·布朗"在《达·芬奇密码》和《本源》之间的五部小说"都是科幻小说时,已经暗含了"这两部不是科幻小说"的意思。从那五部科幻小说来看,丹·布朗似乎毫无疑问行进在反科学主义的"康庄大道"上,但是我们考察他作品原版问世的时间线,就不得不怀疑,他也许只是反科学主义在某些时候的同路人。

他迄今为止最成功的小说,是第四部《达·芬奇密码》,偏偏它不是科幻小说。《本源》严格来说也不能算科幻小说了,尽管有人工智能作为道具,有"科学发现"作为悬念,但它的主题不再和科学有直接关系了,所以不能算科幻小说了。

丹·布朗写科幻小说时,他的反科学主义立场是十分鲜明的,那么当他在写第四、第七这两部不是科幻的作品时,他有没有离开反科学主义的立场呢？看来倒也没有。从人之常情来说，一个写了五部反科学主义立场鲜明的科幻小说的人，已经不可能再崇拜科学、热爱科学了。这样的人，更习惯的自然是践行田松教授"警惕科学，警惕科学家"的金句。

在《本源》中，开篇不久就被谋杀的埃德蒙·基尔希，当然也应该算科学家，但他更像一个行事高调乖张的科学狂人；而他那极尽夸张铺垫之能事的惊世发现，有点像最近美国将大使馆迁往耶路撒冷之举——引爆不同势力之间的历史积怨和现实矛盾，很有点唯恐天下不乱的样子。基尔希在小说中被描写成一个教会和西班牙王室认为需要极端警惕的人（警惕到极限就是将他杀掉），岂不正是在践行田松教授的金句吗？

💬 这样说来，我们在讨论的就是一部非科学小说，但与此前此人作品的反科学立场有一定关系，又存在某些矛盾的作品了。

首先，埃德蒙·基尔希，正如你形容的，确实是被描述成了一个科学狂人的形象，无论是他对高科技的开发应用，对其"科学发现"的高调宣扬，对"生命不需要上帝"的坚定确信和对宗教的极度反感与诋毁，还是那种在放荡不羁的风格中试图利用高科技手段对事件进程的控制，都体现出这种"狂人"特点。但另一方面，就像你所说的，"一个写了五部反科学主义立场鲜明的科幻小说的人，已经不可能再崇拜科学、热爱科学了"，因而在字里行间，我们不时地还是能感觉到一些对科学技术和现代化的嘲讽。例如书中这段描写："生活中那些曾经可以静思的时刻——坐在公交车上、步行在上班的路上，或者等人的那几分钟里——现代人都静不下来，都会忍不住掏出手机、戴上耳机，或者打电子游戏，科技的吸引力让人欲罢不能。过去的奇迹渐行渐远，取而代之的是对新事物无休止的贪恋。"

不过，你说小说的情节是在以极端的方式践行田松教授的金句"警惕科学，警惕科学家"，我还有点不很理解，这样的践行是代表了作者的立场，还是仅仅出于吸引读者的情节需要呢？

❷ 和丹·布朗以前的招数一样，他在叙述故事时自身的态度仿佛是中立或暧昧的，我们所感觉到的他的反科学主义立场，主要是通过故事本身传达出来的。比如他的《天使与魔鬼》中教皇内侍那段著名的长篇大论，简直就是一篇反科学主义的宣言，但从形式上看，那是故事中人所说，并非丹·布朗的言论。

读《本源》时我有一个感觉，好像丹·布朗有点江郎才尽了。和前面六部作品相比，这第七部在思想上和技巧上都没有什么突破。当然，要求一个作家每一部作品都有突破，显然是过分的。有这些作品传世，丹·布朗作为一个畅销小说作家，作为一个科幻小说作家，都已经是非常成功的了。

况且《本源》也仍然不失为相当好看的作品，例如丹·布朗延续了每部小说以一个城市作为"工笔画"风格背景的做法，对故事发生的城市做足功课，小说中娓娓道来如数家珍。这次故事的发生地放到了西班牙的马德里和巴塞罗那，丹·布朗的功课也是做足了的。

💬 我同意你的看法。这一次，似乎我们谈的观点是比较相近的。如果按照一部好看并且满足消遣要求的小说来看，《本源》也还是成功的。也确实无法要求一位作家每部小说都要成为理论性创造的经典，丹·布朗也不是专门以撰写反科学主义小说为己任的作家，他以往的作品在这方面能够有那样好的表现已经很不错了。

更何况，也像你所说的，为了使小说好看，有特色，有艺术性，他也确实是做足了功课。就像小说开头标榜的："本书中提到的所有艺术品、建筑物、地点、科学知识和宗教组织都是真实的。"以往，因为他小说的成功，和小说中涉及的环境背景的真实与特色，出现了以他的小说情节中涉及的地点和艺术品为线索的旅游方案，也许，这本小说还会给西班牙的旅游带来一轮新热吧。

原载2018年6月13日《中华读书报》

《血祭》：科幻作家的新尝试

○ 江晓原　● 刘兵

○ 我觉得《血祭》几乎已经不能算一本科幻小说了。它是一本用人类Y染色体谱系树、人类迁徙路线、人类学、考古学、文物修复等知识包装起来的探案小说。不过作者对案情的设想足够奇特，对Y染色体谱系树和人类迁徙路线方面的"科普"也相当成功，作为一部富有文化意蕴的探案小说，应该说是非常成功的。近结尾处羊路呈现了佛门所云修行大圆满者的"大迁转虹光身"，既适度引入了神秘主义，也形成了开放式的结局——可能真是超自然的"虹化"，也可能只是魔术障眼法。类比好莱坞电影常用的招数，这个结尾也留下了拍摄续集的接口。

● 或者也可以认为这是一本新型科幻，即把科学的内容，与传统文化的、民族的、地方性的知识系统，甚至神话的内容结合起来。虽然此书对于情节的叙述在原则上还可以用现代科学的逻辑来解释，不过在隐约之间，这样的叙事方式还是给人留下了一些超越现代科学解释的可能空间。而其中羊路对那种神秘的仪式的向往、追求乃至不顾一切的实施，也带给读者一种更有人文特色的文化统治的寓意。

⊘ 你的措词相当微妙,"超越现代科学解释的可能空间"是一种令人遐想的说法,它肯定是以前那些认定科幻只能为"科普"服务的人所不愿听见的。其实科幻、魔幻、玄幻等等,并无明确的界限,西方人常用"幻想作品"这样一个笼统的措词,就可以将这几类作品都包容在内。

幻想作品的创作,当然需要思想资源,但这种幻想的思想资源并非只有科学才能提供,神话传说也可以提供,甚至神秘主义也可以提供。在《血祭》中,王晋康就同时从神话传说和神秘主义中汲取思想资源。其实这很正常,阿西莫夫甚至在他的科普作品中也照样从神秘主义那里汲取资源呢!

● 传统"科普"其实只认同一种最狭义的、主流的、西方近现代的科学。不要说神秘主义,就是许多"标准"的科幻作品,在这种狭义科学的立场下,也是不可能达到那种宣传和普及目标的。而另一方面,至少就科幻来说,其中的"科学"其实只是一种在文学形式中所采用的概念化的框架。如果这样相对于最狭义的科学理解的松动一旦可以成立,那么进一步的松动为什么就不可能呢?因为原则上讲,这里很难在可接受和不可接受的"科学"之间划出一条明确的界限。像《血祭》这样的作品,其实也只不过把这条模糊的界限向另一个极端又推进了一些而已。

⊘ 确实可以这么看。这种松动可以视为不断寻求新的思想或灵感资源的努力,是作家寻求超越自己的努力的一部分,对于成名作家来说更是如此。作家超越自己,当然有多种路径,比如不断尝试新的写作技巧、开拓新的主题等。对科幻作品而言,还有一条似乎是现成的路径,就是在所谓"硬"的科学技术方面不断"与时俱进"——当然我们知道,仅仅这样的"与时俱进"实际上并不能真正带来超越。而王晋康的超越努力，从我们近年曾经先后评论过的几部作品来看，主要表现在对新的思想资源的寻求和接纳上。这部《血祭》在我看来就是这样的努力之一。

💬 对于一位作家来说，拓展题材也是非常重要的一种探索，《血祭》在王晋康的作品中似乎比较独特。他在处理神秘主义的要素时还显得比较谨慎，是留有余地的。不过阅读这样的作品，还是会感到其中对科学内容的讨论，和对待神秘主义之间略有一些不协调，作者似乎总在力图把某些东西拉向科学。也许我们可以设想，如果作者更极端一些，把那些"不科学"的内容更纯粹地呈现出来，那又会怎样呢？毕竟，那些内容在某些地域的不少人当中还是颇有影响的，而且仅靠科学的分析，至少就我们所见，并不一定就能在实质上真正有效地消除那些影响。

💬 和先前《蚁生》《十字》这类以思想深度见长的作品不同，《血祭》让我感觉到某种游戏性质。

首先，我觉得《血祭》可以称为"同人小说"——王晋康不仅交替使用第一人称来叙述故事（这意味着他自己是故事中最主要的两个人物之一），而且将他生活中的许多朋友都写进了《血祭》中，成为重要人物。其中有几个这次我们在成都都遇见了。大家对于自己在小说中被编派为盗窃文物、爱上罪犯等，似乎都毫无意见，反而觉得这样挺好玩。这实际上是将《血祭》变成了一众朋友的共同游戏。

其次，《血祭》中所叙述的上古羌族、汉族的迁徙故事，是将遗传基因、人类学、考古学、神话、宗教等知识混合应用而建构起来的，披着科学的外衣，但也有戏说的成分。

还有，根据《血祭》和他先前的某些作品比如《类人》等，我感觉王晋康对于探案小说是相当喜欢的。他曾在小说中自嘲想过一把福尔摩斯瘾，那么在《血祭》中，他就直截了当地过起这个瘾来了。

💬 这种"同人"和"游戏"的特点，在《血祭》中确实都很突出。但我还是更偏爱你说的那些"以思想深度见长"的作品。不过我们还是可以从《血祭》中看出多种积极意义，首先，就传统科普的立场来看，作者在情节中融入了诸多有关人类起源学说、人类Y染色体谱系树、人类DNA测序、考古学、文物修复等知识，恰恰很像过去人们常说的那种"寓教于乐"的科普方式。但另一方面，如果更强调科学文化的风格，此书也有若干可圈可点之处。其中我最看重的，是对于那些民族地方性文化的叙事，这自然就包括了神秘主义的内容在其中。这对于传统的科普或科幻，是很有解构性的。可惜的是这样的叙事还不太明确，似乎有些担心与科学相冲突而仅仅作为悬念出现。其实，科幻本来也并不一定非就要在科学上如何正确，以前神秘主义之曾是一片雷区，一位中国科幻作家能够触及这样的话题，已经是比较大胆的探索了。

原载 2013 年 1 月 4 日《文汇读书周报》

王晋康的新追求：
从《逃出母宇宙》到《天父地母》

◎ 江晓原　　●●● 刘兵

●●● 王晋康这部《天父地母》是他2013年推出的长篇科幻小说《逃出母宇宙》的续篇，看来他在这个故事框架中雄心不小。

也许是《三体》第三部《死神永生》中的"降维攻击"，刷新了中国科幻小说对灾变的想象高度，使得描写"宇宙级别的灾变"成为中国科幻作家乐意面对的新挑战。《逃出母宇宙》和《天父地母》就是王晋康在这方面的新尝试。王晋康还经常借书中人物之口，为这种假想的灾变补充着各种各样的理论依据和推理细节。

值得注意的是，刘慈欣的"降维攻击"，已不是我们习惯的唯物主义教科书上的"自然规律"，而是"人工"产物。而王晋康《天父地母》中的"空间暴胀"，究竟是宇宙中"自然规律"的呈现，还是更高阶文明的"人工"产物，他似乎没有明说。

将宇宙中的"自然规律"视为更高阶文明的"人工"产物，这种思想至少可以追溯到波兰科幻小说家斯坦尼斯拉夫·莱姆（Stanislaw Lem）在20世纪70年代初期的作品中。在世界科幻史上，莱姆绝对可以跻身最顶级的殿堂。就思想的深刻而言，可以说迄今为止尚无人能出其右。在科幻小说集《完美的真空》中，莱姆设想了这样一种可能：人类今天观察到的宇宙，很可能已被高阶文明规划、改造过了："工具性技术只有仍然处于胚胎阶段的文明才需要，比如地球文明。10亿岁的文明不使用工具的，它的工具就是我们所谓的自然法则。"也就是说，所谓的"自然法则"，只有在初级文明眼中才是"客观"的、不可违背的，而高阶文明可以改变时空的物理规则，所以"围绕我们的整个宇宙已经是人工的了"，莱姆所谓的"宇宙的物理学是它的社会学的产物"也是此意。

这种规划或改造，莱姆在小说《宇宙创始新论》中至少设想了两点：一是光速限制。在现有宇宙中，超越光速所需的能量趋向无穷大，这使得宇宙中的信息传递和位置移动都有了不可逾越的极限。二是膨胀宇宙。莱姆认为，"只有在这样的宇宙中，尽管新兴文明层出不穷，把它们分开的距离却永远是广漠的"。

上面这两点，第一点刘慈欣在《三体》中已有创造性的应用，第二点则很可能启发了王晋康的"空间暴胀"和他笔下苍凉宇宙中那些孤独的文明火种。

💬 这次王晋康又奉献了一部规模宏大、故事性很强、非常可读又极具思考的科幻新作。虽然王晋康一时离开了本是他写作强项的事关伦理与科技发展之纠缠的主题，而转向宇宙题材的科幻写作，让我们有某种程度上的遗憾，但他新写的这个系列，确实又打开了一个新的、有意义的写作空间。

在这样"宇宙级别的灾变"的科幻写作中，"科学规律""自然法则""高阶文明"等问题，甚至于"神"的存在，都似乎可以说是在科幻的特殊语境下，对于一些更基本的哲学问题的科幻式思考，是很有挑战性、很有意义的思考。

你从一开始就关心的问题：作为这部小说核心要素的"空间暴胀"，究竟是宇宙中"自然规律"的呈现，还是更高阶文明的

"人工"产物,确实是一个值得思考的问题。虽然王晋康并未给出确切的说明,但你把"人工"打上引号,以及同样可以打上引号的"神",在这里都与我们平常所谈的概念有着不同意味。

在这样的语境中思考"高阶文明"(或者"神"?)与"自然规律"的关系,可以衍生出多种幻想,而这样的幻想又反射出,在现实的科学及对科学的哲学理解中,我们对于自然规律等问题的思考和信念有着很大的局限。如果说,现实中的STS研究,比如社会建构论,或者科学知识社会学等,从现实的地球上的科学家对科学的实际研究的诸多案例揭示了我们以往对以"科学规律"来表征的"自然规律"的认识的误区,那么这种在科幻作品中的更加自由的思考,是不是也具有另外一种哲学的意义呢?

② 你瞬间就将科幻的思想性提升到了"哲学级别",难怪国外有的科幻大神喜欢将自己的小说称为"哲学小说",这倒也从另一个侧面印证了我"科幻三重境界"之说中"最高境界是哲学"的想法。说得更明确一点,或许是这样:

在我们以往习惯的唯物主义观念中,"神"是人类臆想出来的事物,属于"精神鸦片",它和"上帝""鬼魂"等都被断然宣布为不可能存在。但是在王晋康的作品中,这种观念已经被他用相当"唯物主义"的方式打破了。你看:在《逃出母宇宙》和《天父地母》中,只要人类的科学技术能力继续发展,就会从物理的意义上获得"神"的能力——这些能力既包括了我们今天所谓的"超能力",也包括了莱姆所设想的改变物理规律、重新设定宇宙的能力。而在《与吾同在》中,王晋康甚至将"上帝"坐实为一个外星高等生物。

王晋康作品中的这类想法,也曾以另一种面貌出现在丹·布朗的《失落的秘符》中。这部小说有一个贯穿全书的主题——共济会代代保守着的古代秘密知识。这个神秘的知识简单来说就是：人的意念可以产生极大的能量（其实就是"精神变物质"），因此"人可以成为神"。如果站在现代科学的立场上来看，这种知识有些人可能更愿意直接斥之为神秘主义或伪科学。

💬 我也注意到了这一点。在王晋康的一系列作品中，虽然有类似于"神"的概念出现，但这种概念都已经被他用相当"唯物主义"的方式解释了。其实，作为一种本体论立场上对"神"和"神迹"的说明，在更接近于通常意义上所理解的科学基础上，这样的观念倒也是可理解的。

但是科幻的另一种哲学意义，又在于伦理的方面。在王晋康以往的代表作品中，如《蚁生》《十字》《癌人》等，其伦理思考的特色都是特别突出的，也都曾为我们的对谈所关注和赞赏。当他转向这类宇宙题材的作品时，仍部分地将这种特色带入，尽管表面上略有弱化而且略显矛盾。你是否注意到，在《天父地母》中，甚至有这样一段话："如果考察队困在密林中快要全部饿死时，我们可以心安理得地分食一位美女的肉体？"这个说法的出处，我想也许就是几年前你和刘慈欣的那场经典的对话吧！

类似地，在对地球人类逃到息壤星的那几章的描写中，出现了与"敬畏大自然"相关的话题，出现了"没有敬畏的科学是可怕的……没有敬畏，就没有文学和音乐"等说法，出现了只能在有限时间中对电脑中从地球上带来的知识的粗暴选择中，仍然留下了伦理部分（尽管也提到在"大难临头时，伦理什么的都可以抛到一边去"）。对于王晋康科幻创作中这种伦理关注的持续和变化，你如何看？

❓ 我们一直很欣赏王晋康科幻作品中对伦理的思考，他的

《蚁生》《十字》我们都评论过，我甚至还为他的《与吾同在》写了序。这方面的思考是王晋康的长项，他这方面的思考贯穿在他的许多作品中。

《天父地母》中"如果考察队困在密林中快要全部饿死时，我们可以心安理得地分食一位美女的肉体？"这段话，当然可以视为2007年我和刘慈欣那场著名对谈的回响。刘慈欣在这个问题上的逻辑过于冷酷无情，有人将他的逻辑归纳为七个字——好死不如赖活着。而王晋康对善恶等伦理困境的体察和思考，则更为理性和细腻。

当然，在致力于描写"宇宙级别的灾变"的《逃出母宇宙》和《天父地母》中，这方面的思考和追问确实有所消退。也许你会和我有类似的感觉：王晋康描写"宇宙级别的灾变"的努力，并没有像他前几部作品中的伦理思考那样让我们激赏。

这里又要谈到科幻作品中的"思想性"问题了。我们激赏王晋康作品中的伦理探索和思考当然是着眼于"思想性"。其实描写"宇宙级别的灾变"也同样可以有"思想性"——例如你刚才从"高阶文明""神""自然规律"等联想到它们的哲学意义，这不就是"思想性"吗？可惜的是，王晋康对于宇宙灾变的成因，即它到底是高阶文明的"人工"产物，还是纯粹客观的"自然规律"，似乎采取了回避态度。这就至少从形式上阻断了进一步思考的路径，足以让大部分读者不知不觉地将认识停留在先前教科书的标准答案之中，也就达不到莱姆的思想深度和力度了。

🌑 也许我们的要求太高了些？如果要求得更高些，要是能够在"宇宙级别的灾变"的科幻中也写出精彩的伦理思考，那就更理想了。在那些虽然也是幻想，但却与身边事更为接近的故事框架中，固然更容易设置伦理冲突，若是放到宇宙级别，高阶文明级别，表面上看似乎与伦理的关联会偏弱，其实也还是有可能处理得更好一些。例如，在《三体》中，在"三体人"和地球人之间的冲突上，刘慈欣实际上是把这样的伦理冲突放到了一个更高的级别，只不过就像在你们的谈话中涉及的话题和分歧一样，我们只是不赞同他那种过于科学主义、过于冷酷无情的伦理观（甚至可以说是反伦理观）而已。

恰恰因为王晋康在过去那些科幻小说展示的伦理立场与我们的期望更加一致，所以我们才会也期望他能把这些思考延续到"宇宙级别"的写作中。因为这也正像前面所说的，在这种更为宏大的范围里，以及科幻所特殊允许的想象中，也完全有可能打破在地球上现实约束，对伦理问题的哲学思考空间和可能性带来极大的扩展。

❷ 我也同意，我们上面的讨论有点苛求了。但我们的苛求其实只是期望而已——我们期望王晋康延续他长于伦理思考的风格，哪怕是在描写"宇宙级别的灾变"时，也能让这种风格有新的发挥，那该多好！

我看到盲目"刘粉"表达过这样一种观点："好死不如赖活着"用在人类内部即使会有问题（比如在外敌入侵时为了苟活而当汉奸），但到了"宇宙级别"它就没问题了，一个物种为了生存无论做任何事情都是对的——包括吃人、对自己的同胞下毒手等。我很期盼王晋康在他后面的作品中能够讨论这种级别的伦理问题。

● 我觉得，不能忽略具体的语境。"好死不如赖活着"用在人类内部，也不一定就绝对有问题，而用在"宇宙级别"，也不一定就没有问题。但说"一个物种为了生存无论做任何事情都是对的"，这种同样忽略语境而强调唯一结论的说法，则肯定是有问题的，因为它排除了任何语境的考虑。

在科幻作品中讨论伦理问题的意义，可能会打破惯常的约束，扩大思考的空间，但肯定不是意味着可以无所顾忌为所欲为，那样的伦理标准，显然就成了反伦理的。在宇宙级别的科幻中，反伦理的幻想，应该被允许到什么程度，那也许是另外一个真正值得伦理学家们讨论的问题了，这对于科幻的创作和发展也是至关重要的。但遗憾的是，到目前为止，似乎这还是一个很大的空白。

原载 2016 年 10 月 19 日 《中华读书报》

让我们来谈谈《卫斯理》吧

编者按

  由晨报"悦读"和上海译文出版社共同主办的"我和卫斯理共度的幻想时光"征文本期将落下帷幕，上海交大教授江晓原先生的文章《让我们来谈谈〈卫斯理〉吧》是此次征文的压轴。作为一名"卫龄"将近20年的卫迷，江教授令卫斯理的创作者倪匡先生非常好奇，倪匡曾表示他很愿意和江晓原对话，因为江对他的小说有中肯的批评，他很赞赏。只是非得江晓原有机会去香港的时候才行——电邮电话都谈不过瘾！

  今年7月香港书展期间，"卫斯理系列"内地版编辑携带刊登于晨报的数篇征文拜访了倪匡先生，并请他给大陆的"卫迷"写句话，倪匡找出专门的信笺，落上蔡澜给他刻的印，写道："所有卫斯理故事，全属虚构，看了就好，请勿认真，更不必追究，哈哈！"真的很卫斯理！

  当成年人为了中国缺乏"原创科普""原创科幻""少年读物"等而抱怨、而遗憾、而评奖、而推荐、而大声疾呼、而喋喋不休时，我们的许多中学生和高年级小学生，却毫不理会这些"大人的事情"，自顾埋头阅读着一个中国人写的小说。他们和她们在书包里放着这个人的小说，在寝室和教室里传阅着这个人的小说。

  这些年来，我也算是非常关心读书界或书评界（姑且假定有这样的"界"存在）动态的人了，事实上我自己也一直参与其中的活动。但是恕我孤陋寡闻，在这次征文活动之前，上面所说的那个中国人写的科幻小说——这套包括百余部作品、多年来盗版极多、销量极大的系列丛书，我竟从未在"正经"媒体上见到关于它的哪怕一句评论。当然很可能有人要说我武断，也许某些刊物上有过评论，但我说的是在那些全国性的、比较重要和著名的，以及我熟悉的书评刊物或栏目上，我确实从未见过。

这套系列丛书，就是香港作家倪匡以"卫斯理"为主人公的小说集。大陆地区以前最常见的版本是署着延边人民出版社的《卫斯理科幻小说珍藏集》（据说是盗版，里面错字、漏字、错段等颇多）。这次上海书店出版社推出了《卫斯理科幻小说系列珍藏版》，这才终于有了一个像样的本版，可惜尚非《卫斯理》全豹。

我最初接触倪匡的作品，是在北京念研究生时，从一个忘年交老先生那里借来的港版《我看金庸小说》，而且有《再看》《三看》……直至《十看》共十册，我一气看完，又带到上海借给家母看了一遍，其中给我印象最深的是他自撰的对联："常为张彻编剧本，曾代金庸写小说。"

大约十五六年前，我最初发现女儿在读《卫斯理》时，颇有点嗤之以鼻，只是看在作者是写过十本《我看金庸小说》的倪匡的分上，这一"嗤"才没有嗤出声来。她是住校生，她书包里的《卫斯理》在同学室友的传阅中书角都圆了。那时她刚在念初中，可是看来已经颇工心计——每逢我带她上书店，她都要缠磨着买一册《卫斯理》，但每次只要求一册。我想她这可能是为了不引起我的注意。然而久而久之，她房间的书橱中积累了十几册《卫斯理》，这终究还是引起了我的"警惕"——到底是什么玩意这样吸引人？

于是我开始和女儿交流《卫斯理》，有一天她来到书房，很认真地推荐我阅读一篇《卫斯理》，当时家中的纸书里没有这一篇，所以读的是电子版。这篇开始让我迷上《卫斯理》的作品是《寻梦》。

就是从《寻梦》开始，我阅读了越来越多的《卫斯理》，后来我有一段时间竟将读《卫斯理》作为某种休息的方式了。再后来我读完了几乎全部的《卫斯理》，反过来向女儿推荐其中的佳作。我对倪匡的阅读还延伸到"原振侠系列""年轻人与公主系列""亚洲之鹰罗开系列"等。

《卫斯理》通常被书店归入"科幻小说"类，实际上各篇故事内容五花八门，武侠、破案、探险、寻宝、恋情、黑社会、伪科学、历史疑案、政治动乱、民间传说等，几乎所有通俗读物中用来吸引读者的题材，都在《卫斯理》中出现。按理说，科幻小说必须同时具备"科学"和"幻想"，而《卫斯理》则是幻想多于科学，仅仅从形式上来看，将《卫斯理》归入科幻小说类也是相当勉强的。

《卫斯理》故事的灵感，有来自现代科学者，如外星人、时空变换、时间隧道、生物技术等；亦有来自中国古代传说者，如神仙、永生、风水、前生后世、灵魂不灭、预知未来等。倪匡显然并不受"科学"的约束，科学固然可以给他提供灵感，但是伪科学或神秘主义提供的灵感他也欣然采用。

迄今为止最成功的科幻影片《黑客帝国》系列中，有两个重要想象，都是《卫斯理》中早已经用过的。其一是人类陷于别人从头到尾安排好的处境（即影片中的Matrix）中而不自知；其二是人类"元神出窍"而瞬时跨越空间（这在中国近代神怪小说中就已经常用）。倪匡在卫斯理系列小说之《玩具》中，假想了这样一种局面：人类被外星人当作玩具，安排在地球上过着自以为幸福的生活，而不知自己其实就像被人豢养的小猫小狗一样，并非这个世界真正的主人。小说中卫斯理在最后问道："一旦有人不甘心被命运拨弄了，他会有什么结果？"——而这正是《黑客帝国》为反抗者们的结局设下的悬念。

在这篇小文中当然不可能对《卫斯理》作出全面深入的研究，但有一点我认为必须在这里指出，即《卫斯理》并未在思想上融入现今国际科幻界的主流——反思科学技术本身并警示科学技术无限发展的未来。这也是我不太主张将《卫斯理》归入"科幻小说"的更重要的理由。

《卫斯理》中也不是没有知识硬伤，这里举出我发现的几例：

《聚宝盆》中，关于沈万三和明太祖的故事：1文钱每天翻一番，30天之后也只有50多万两银子（2的29次方＝536870912文＝536871两），沈万三既然"富可敌国"，50多万两银子似乎还不足以使他破产。

《神仙》中，关于同时看见地球和月亮的推论，是有缺陷的。

《后备》中，"哥白尼被烧死"，明显是将哥白尼与布鲁诺搞混了。

《大厦》中，抱着门跳楼，物理上能减轻冲击力否？

《卫斯理》系列中最有哲学思想价值的，我推荐《头发》和《玩具》。

原载 2009 年 8 月 16 日《新闻晨报》

为什么还要期望中国的《盗梦空间》呢?

影片《盗梦空间》(*Inception*,2010)热映,票房不错,对影片的评价则毁誉参半。叫好之声自然铺天盖地,因为这里面既包括了营销手段运作出来的赞美影评,也确实有许多真的喜欢这部电影的自发表达。批评的声音则相对来说更为理性,一位匿名网友的评论堪为代表:"叫好的都是没见过世面的;对我们这些骨灰级科幻迷,这些东西实在太小儿科……说来说去还是中国科幻不发达,西洋无论出一点什么劳什子,庸众们就花痴似的叫好。"这种众醉独醒的姿态当然会使许多人不高兴,不过"中国科幻不发达"却是无可争议的事实。

中国人拍过科幻影片吗?

这个问题的唯一答案似乎就是《珊瑚岛上的死光》(1980),这部初级阶段的影片也许筚路蓝缕功不可没,但放到今天估计很少有人愿意看了。

其实,中国人20年前还有一部科幻电影——张艺谋主演的《秦俑》(又名《古今大战秦俑情》,1989)。如果置身于常有精品但也充满垃圾的好莱坞科幻影片中,这部中国影片也可以在及格线之上,应该有中等成绩。可惜的是,恐怕连张艺谋本人也没有将《秦俑》视为科幻电影。据说有一次他和施皮尔伯格交谈,施建议他拍一部科幻电影,他就没敢理直气壮地告诉施皮尔伯格

"我已经拍过了"。

幸好还有香港电影。

香港电影人为中国电影贡献了若干科幻影片，当然大部分是对好莱坞亦步亦趋的。按照我对科幻影片的"思想标准"，香港科幻影片中最有价值的一部是《急冻奇侠》（1989），因为其中提出了"一个时空中的义务在另一个时空中还要不要承担"这样一个十足科幻的问题。好莱坞科幻影片中，较多的是表现一个时空中的爱情在另一个时空中的延续，偶有涉及义务者，则通常都假定为当然延续。

我们能够期望中国的《盗梦空间》吗？

在可见的将来，我认为这种期望还无法实现。至少有三个原因：

一是因为我们的教育从小以扼杀孩子的想象力为己任。应试教育，标准答案，保守的教育管理当局，望子成龙却又往往不得其法的家长，陷溺在学历崇拜泥潭中的整个社会，全都在齐心合力扼杀孩子的想象力。他们只能在电脑游戏和玄幻小说中偷偷满足一下想象的乐趣，却还要处在家长的围追堵截之下。

二是我们对电影的审查太严格了。我相信我们对电影审查的严格程度，超过了电视、电台、书籍、杂志和报纸。审查越严格，想象力就越被扼杀，这是自然之理。

三是我们不知道爱惜和鼓励想象力。《秦俑》生不逢辰，现已被人淡忘，姑且不谈。陈凯歌的《无极》（2005），是中国近年另一部有想象力的影片——它和《指环王》及《哈利·波特》一样可归入"幻想影片"，却因为一个无聊恶搞的馒头大伤元气，公众和媒体又不知爱惜，反而落井下石，搞得恶评如潮。此事大大挫伤了中国电影人尝试幻想影片的勇气和热情。

所以，那些人云亦云盲目大赞《盗梦空间》同时又摆出"恨铁不成钢"姿态痛贬中国电影的人啊，你们应该扪心自问，当年是不是也对《无极》落井下石了？——我知道你们绝大部分都曾如此。你们既然不知爱惜中国电影中艰难表现出来的想象力，为什么还要期望中国的《盗梦空间》呢？

原载 2010 年 9 月 17 日 《新闻晚报》

《流浪地球》当得起开启中国科幻元年的重任

2015年出版的《江晓原科幻电影指南》封底上，用红色字体印着我的一段预言："所谓的中国科幻元年，它只能以一部成功的中国本土科幻大片来开启。有抱负的中国科幻作家，和有抱负的中国电影人，都必须接受这一使命。"当时，我和该书的策划人，都被《三体》电影即将问世的消息所鼓舞，相信这个元年即将到来。

从那时起，已经四年过去了。每年都有人在媒体上呼唤，希望新到来的这一年是中国科幻元年，但是人们一再失望。《三体》改编的电影依然遥遥无期。网上倒是出现过一部名叫《三体》的电影，那是将西方科幻电影中的片段剪辑成一部正常影片的时间长度，同时用画外音简述了《三体》三部曲的故事梗概。有一部名叫《三体》的舞台剧上演了，还得到了刘慈欣的好评。然而，这些零敲碎打怎么能够开启中国科幻元年呢？

直到这个新年，2019年2月5日，大年初一，根据刘慈欣小说改编的同名中国本土科幻影片《流浪地球》正式公映，并迅速成为春节档贺岁影片的票房冠军。

与此同时，对《流浪地球》的评价却毁誉参半，而且两极分化。一些著名人物在观看影片之后，给出了极高评价，并确信它真的将开启中国科幻元年；另一些评论则将《流浪地球》贬得一无是处，而且表现出义愤填膺之状，好像这部影片的问世就是一场祸害。如此分裂对立的评价，放眼世界科幻影史，也属罕见。

应该用什么标准来评价影片《流浪地球》？

以我这几天见闻所及，迄今为止贬抑《流浪地球》的评论主要从两个路径立论：一是以超出观影常态的细心在影片中寻找"科学硬伤"，二是宣称"故事很烂"。对这两方面的批评或诋毁，都很有稍作分析的必要。

故事影片通常都是虚构作品，科幻又必然有幻想成分，所以如何对待科幻影片中的科学细节，本来就不能像在现实生活中对待技术问题那样"较真"，科幻影片的观赏者对这一点本来都是有基本共识的，不知为什么有些人面对《流浪地球》时就忘记这个共识了。如果拿出对《流浪地球》指摘"科学硬伤"的劲头，用到好莱坞的科幻影片上，恐怕大部分都会被搞得百孔千疮。

我们就以和《流浪地球》题材相近，在中国观众中又有一定知名度的影片为例，比如好莱坞影片《绝世天劫》（*Amageddon*，1998），派一个工程队登陆将要和地球相撞的小行星，安放核弹将其炸毁，不要说20年前，就是现在，NASA也不具备这样的施工能力。又比如曾在中国公映的《火星救援》（*The Martian*，2015），整个故事起源于火星上的一场风暴，可是火星上的大气浓度只有地球大气的约0.8%，这样稀薄到几乎不存在的大气，能刮起那场在地球上拍摄成的风暴吗？这类大大的"硬伤"，好像未见有人义愤填膺地指出它们。也许因为它们都是美国电影，就怎么编怎么拍都好？如果对好莱坞电影习惯宽容，那对《流浪地球》也应该同等宽容。

至于影片的故事好不好，烂不烂，更缺乏客观标准，而且牵扯到更多人文方面的价值标准和审美标准。有些人看到影片中拯救人类的英雄是中国人，他们就不习惯，因为他们习惯的拯救人类的英雄，一直是好莱坞常年提供给他们的美国人。

评价《流浪地球》，不应该悬空设立一个无限高、无限完美的标准——任何科幻影片都难以经受这种标准的检验。既然欧美的科幻影片历史悠久，成就也高，我们就姑且拿欧美的科幻影片作为某种标准或背景，来评价《流浪地球》，至少比无限制地吹毛求疵要合理。

影片《流浪地球》的成绩和对小说原著的改编

影片《流浪地球》在特技和视觉效果方面达到了本土科幻影片前所未有的高度，这在那些极力诋毁该片的评论中也不得不承认，只是被说成"也就剩下特技了"。影片在一些视觉场景和细节上致敬了若干著名的科幻经典，比如《2001太空漫步》（*2001: A Space Odyssey*，1968）、《地心引力》（*Gravity*，2013）、《后天》（*The Day After Tomorrow*，2004）等，这些对经典的借鉴非但无可非议，反而显示了编导的专业视野，并能唤起爱好科幻的观影者的深度愉悦。放眼多年来西方的科幻影片，《流浪地球》的视觉效果也毫无疑问可称上品。

影片保留了刘慈欣原著小说《流浪地球》的基本框架——给地球装上发动机，驾驶着地球去别的恒星系寻找人类安放旧家园的新环境。这个框架也是整个故事中最有创意、最富想象力的。但影片对小说的故事情节作了比较大的改编，最重要的是完全略去了小说四章中的第三章"叛乱"，取而代之的是关于从木星引力中拯救地球的新情节。此外影片也略去了主人公恋爱、结婚、离婚的故事线。略去"叛乱"和婚恋故事线，有助于进一步凝练主题，应该说是成功的。

影片充分展示了刘慈欣特别喜欢的一些意象：宇宙级别的灾变、人类在应对灾变时万众一心的奋斗和牺牲、政府举措在危机时刻的高度计划性等。但是影片在反映或呈现这些意象时，居然行云流水，浑然天成，实属难能可贵。最后吴京牺牲自己救地球的情节，则可以视为向《绝世天劫》的致敬。

有一些《流浪地球》的影评中对演员的表演评价甚低，甚至进行无中生有的指责，这些指责至多只可能对没看过影片的人士产生一点影响，看过影片《流浪地球》的人应该都会认可，演员们的表演还是很成功的，至少都能很好地完成对故事的呈现。况且这毕竟是一部以架构、视效、故事为主的科幻影片。

影片《流浪地球》的白璧微瑕

有些人非常喜欢在科幻影片中寻找"科学硬伤"，乐此不疲。有个韩国教授还写了一本名为《物理学家看电影》的书，专挑科幻影片中的"科学硬伤"。这种活动当然有娱乐功能，比如能作为谈资、显示自己高明等。我一向不喜欢这种活动，因为这往往难免煮鹤焚琴之讥，比如非要让科学的准确性凌驾于影片的思想性和审美之上。

不过，如果求全责备是出于"爱之深责之切"的好意，且避免煮鹤焚琴式的煞风景，那我们也不是不可以提出意见，毕竟兼听则明，群策群力才能够将以后的工作做得更好。

影片《流浪地球》被推崇为"硬核科幻"，从风格上看没有问题。影片中对一些物理学、天文学概念的使用或想象，诸如"引力弹弓""洛希极限""重元素聚变发动机"等，都是合理的。但我也发现《流浪地球》有三个不够周全之处，而且如果摄制过程中及时注意到了的话，本来是很容易避免的。

一是按照"流浪地球"计划所规划的地球远航目的地，是半人马座的某恒星。而刘慈欣的小说《三体》中，因为三颗恒星导致环境恶劣，所以决定起倾国之兵来夺占地球的三体文明，偏偏也在半人马座，这表明半人马座已经没有合适的恒星系统，否则三体文明就不必劳师远征地球。考虑到刘慈欣因《三体》而著名，许多《流浪地球》的观众都是《三体》的读者和仰慕者，让读者和观众发现这两部作品在这个问题上的直接冲突，会产生不好的效果。其实影片《流浪地球》只需将地球远航目的地随便换一个星座名称（最好是杜撰一个星座），就可以避免这种冲突。

二是在影片新增的木星引力危机中，演员台词明确说过"木星已经俘获了地球大气"，影片还多次通过画面展示这个俘获的过程，那么后来当地球从木星引力中挣脱出来时，还能将原先的大气一起带走吗？从物理上说，地球大气此时早已汇入了木星大气，应该是带不走了。那么此后的地球大气就应该变得非常稀薄，但是影片并未针对这一点有所反映。

三是按照"流浪地球"计划，在脱离太阳系之后，地球将进入"流浪时代"，连同加速和减速时代，地球总共将有2500年处于没有太阳的太空中。一颗没了太阳的行星意味着什么？意味着比一个没了娘的孩子惨一亿倍！人类现有的关于行星的所有气候和地质知识都将失效。首先，外面是接近绝对零度的超低温环境（零下270摄氏度左右），地球虽有地心热能，但在剧烈的温度梯度作用下，必然很快散逸到极寒的太空中去。要抵御这个过程，需要消耗难以想象的巨大能源。其次，在超低温环境下，即使地球还残存着少量大气，大气元素也已经无法保持气态，这意味着地球在这2500年中将彻底失去大气层的一切保护，变成一颗在寒夜中"裸奔"的天体。更何况，这2500年中永远是暗无天日的极度深寒，地球表面不会再有任何动物植物，生活在地下的人类将只能靠合成食物维持生命。还有那些维持休眠的机器，和那些行星发动机，需要的能源从何而来？它们能持续稳定工作2500年吗？人类的机器持续工作500年的纪录还远未出现……

上述二、三两点，肯定意味着流浪地球的前途是凶险万状九死一生的，可是影片没有照顾到这一点，而是展示了一个相当乐观的结尾。其实如果考虑到上述两点，片尾完全可以让画外音做一个悲壮的陈述，这样既有思想深度，又有科学方面的周全。

结　论

伴随着《流浪地球》票房的成功，围绕这部影片的争论也愈演愈烈。一部分争论渐呈意识形态色彩，这既远离了影片的本意，对于中国科幻的发展也有害无益。中国科幻元年之所以迟迟未能开启，以前是因为缺乏引爆本土的科幻大片，现在这样的大片出现了，难道我们还要因这类无谓的争论而再次推迟元年的到来吗？

最后，请允许我用可能有点简单粗暴的方式——我以看过近1500部各国科幻影片的资深科幻影迷，和多年独立影评人的身份，强调四点：

一是影片《流浪地球》是中国有史以来最好的科幻电影，没有之一。

二是影片《流浪地球》是一部有高度追求的电影。

三是如将影片《流浪地球》置身于西方科幻影片中，恰如将小说《三体》置身于西方科幻小说中，毫无疑问也属中上佳作。

四是影片《流浪地球》当得起开启中国科幻元年的重任，历史将证明这一点。

原载 2019 年 2 月 14 日 《解放日报》
原载 2019 年 2 月 14 日 《朝花时文》公众号
原载 2019 年 2 月 13 日 《上海观察》App

JIBU BEI WO DI PING DE ZUOPIN

几部被我低评的作品

CHAPTER 7

《火星救援》能告诉我们什么？

我的幸福而糟糕的观影体验

在《火星救援》（The Martian，2015）上映之前，译林出版社已经将同名小说原作的中译本送来了。没等我将小说浏览完毕（我承认没有一字一句认真阅读），在报社的热情相邀之下，我又违反了和电影"单独约会"的传统，进了深圳的电影院去看《火星救援》。看完出来，一群女记者在她们男领导的带领下，开始对我进行拷问。

说实话，电影大约放映到一半时，我已经开始大惑不解了——这是那个曾经拍了《异形》（Alien，1979）、《银翼杀手》（Blade Runner，1982）和《普罗米修斯》（Prometheus，《异形》前传，2012）的雷德利·斯科特（Ridley Scott）导演的电影吗？我甚至问，这还是科幻电影吗？这分明是少儿读物《小灵通漫游未来》的火星故事版嘛。

我知道，我对科幻电影抱有强烈的个人偏见，这些偏见中最重要的一点，就是苛求科幻电影必须要有"思想性"。不幸的是，在《火星救援》——无论是小说还是电影中，我都没能看到什么思想性。这是一部根据一本科普小说改编而成的科普电影，只不过借用了一点科幻形式加以包装而已。

当然，那些盲目崇拜好莱坞电影的人又会义愤填膺地质问道：

科普不可以吗？是的，当然可以，不是还有科普纪录片吗？这部科普纪录片还有故事片的结构和形式，已经做得非常好了。那好吧，让我们来看看《火星救援》中的科普知识。

斯科特当然知道他这回拍的是故事片，不是科普纪录片，所以不必被科学知识的准确性捆住手脚。不过，既然据说《火星救援》小说和电影都是以其中的科学知识引人入胜的，那它的科学知识总得大体经得起初步推敲吧？

影片一开头，就是一场大风暴，整个电影所有的故事都是这场风暴引发的，它吹坏了火星上的设施，导致主角受伤掉队；它还马上要吹倒回程的飞船，导致队友们不得不在主角生死未明的情况下被迫返航。可是，火星上能出现这样的风暴吗？根据人类现在对火星物理状况的了解，火星上的大气极为稀薄，气压不到地球的百分之一，怎么可能形成影片开头的那种滚滚风暴？

据媒体上的报导，小说原作者安迪·威尔（Andy Weir）表示，自己知道火星上无法出现这样的风暴，但仍然坚持这样写，是因为"我翻来覆去思考了好多次，不断想我可以重写的，我可以重写一个更真实的，但是我就是想不出来任何令人激动且富有戏剧性的内容"。奇怪的是，威尔坚持这样写，斯科特居然就跟着这样拍！不就是一场外力造成的破坏吗？地震行不行？火山喷发行不行？小天体撞击行不行？好歹都比火星风暴靠谱一些吧？

风暴这个本来可以避免的硬伤，倒也并不是太引人注目，毕竟大部分观众对于火星上的大气状况并不了解。从观众反应来看，大家最感兴趣的是种土豆。

种土豆需要阳光、空气和水，主角硬生生弄了一个塑料大棚，倒是说得过去，不过，火星上那点阳光够不够地球上的土豆品种生长之需、大棚里的空气如何能长期供应、影片中的"造水工程"能否持续等，这些我们就不必斤斤计较了。只是在看这些情节时，我的思想止不住地要煞风景，我越看越觉得和科普纪录片太相像了——原来，我们只要在科普纪录片中加上旁白说：这个塑料大棚是在火星上的，就可以是一部科幻电影啦！

《火星救援》背后的NASA

商业电影都是需要营销的。根据媒体给我的感觉，《火星救援》的营销至多只能算中等力度，不过这已经足够让中国公众经常在媒体上见到关于它的报导和谈论了，特别是当它在中国公映的这段时间。在这些报导和谈论中，NASA的身影不时悄然浮现。

先看看2015年几件事情的时间表：

9月28日：NASA召开新闻发布会，宣称在火星上发现了"存在液态水的强有力的证据"。顺便指出，这个宣称经常被媒体"简化"成"在火星上发现了水"，而这样的"简化"是完全错误的，因为那些"强有力的证据"也可能用液态水之外的原因来解释。

10月2日：《火星救援》在美国上映。

10月9日：NASA公布了2030年人类登陆火星的详细计划。

如果你认为上面的时间表仅仅是巧合的话，那么再看看在影片《火星救援》拍摄过程中NASA都做了些什么——真应该将"优秀科普活动奖"颁发给他们啊。

NASA邀请小说原作者安迪·威尔去访问休斯敦的约翰逊航天中心，让他驾驶火星车，让他操作国际空间站的摄像头，让这个科学爱好者兴奋得无以复加，感觉此行"是他人生中最美好的一周"。而对于影片的导演雷德利·斯科特，NASA更是待如上宾，派了行星科学部主管去接待他，还让大导演去看太空生活舱是何光景，飞行器是什么模样、如何操作，宇航员如何吃饭等，好像"保密"问题也不存在了。NASA的科学家甚至帮助影片设计道具，比如影片中的那个"放射性同位素热交换器"。

老于世故的媒体记者已经看出，《火星救援》是在救援NASA，因为他们现在经常面临经费削减的问题。在阿波罗登月的时代，NASA的预算曾经占到美国联邦总预算的4%，而如今只占0.4%了！所以这回NASA积极配合大导演，成功地将《火星救援》拍成了一部NASA的宣传片。

雷德利·斯科特居然导演《火星救援》

影片《火星救援》的导演斯科特，也可以算科幻电影史上泰斗级的人物之一了。

据斯科特自述，他40岁那年（1977）"看了《星球大战》，我傻眼了，我对我的制片人说：我们还等什么？这么棒的东西居然不是我拍的！"于是他急起直追，1979年导演了《异形》（*Alien*），1982年导演了《银翼杀手》（*Blade Runner*）。当年《银翼杀手》初问世，票房惨淡，恶评如潮，但曾几何时，声誉扶摇直上，成为科幻影片中的无上经典，到2004年英国《卫报》组织60位科学家评选"史上十大优秀科幻影片"时，斯科特竟独占两席：《银翼杀手》以绝对优势排名第一，《异形》排名第四。如今谈论科幻影片的人，一说起《银翼杀手》，谁不是高山仰止？《银翼杀手》通过仿生人的人权（当然可以平移到克隆人、机器人）、记忆植入、外部世界的真实性、反乌托邦等多重主题，展示了极其丰富和深刻的思想性。

斯科特又被称为"《异形》之父"，因为他导演的《异形》后继之作不绝，1979、1986、1992、1997，四部《异形》分别由四位导演执导，由于后来他们全都大红大紫，遂流传出"拍《异形》导演必红"的神话。而四部《异形》本身，则成为科幻电影的一个经典系列，而且每一部票房都不俗，堪称既叫好又叫座。2012

年斯科特回归《异形》，又导演了在故事上作为《异形》前传的《普罗米修斯》（*Prometheus*，也被称为《异形》V），斯科特在《普罗米修斯》中深刻探讨了造物主和被造物之间那种永恒的不信任、恐惧和对抗。

按理说一个在科幻影片上曾有过如此成就的导演，理应对影片保持很挑剔的眼光，《火星救援》这样比较低幼的作品，毫无思想深度，基本上只是一部"科普影片"，他怎么可能看得上呢？

当然，导演们很可能有另外的考虑。斯科特自己对媒体表示，他挺喜欢《火星救援》这个故事："因为它有幽默感，生气勃勃。主人公的勇敢和毅力，各国太空署的合作，还有宇航员之间的团结和默契，其中所有的情感都非常精彩，感人至深。"如果说真是这些打动了斯科特，那倒是和《火星救援》打动一部分中国观众的原因相同。然而这些都并非科幻电影所独有的，完全可以在各种类型影片中得到反映。不过既然斯科特表示，他的风格是"像一个小孩一样，随心所欲，喜欢哪种故事就拍哪种故事"，也许人家并没太将自己"科幻经典导演"的形象当回事，一时兴起拍个把低幼影片玩玩，自然亦无不可。

从《火星救援》想到克拉克的"硬科幻"

斯科特导《火星救援》，让我联想到了《2001太空漫游》（*A Space Odyssey, 2001*）的小说作者阿瑟·克拉克（Arthur C. Clarke）。这部小说总是被人们和1968年的同名经典科幻影片联系在一起，其实两者几乎是同步创作，并非电影改编自小说这样的关系。克拉克"太空漫游"系列小说共有四部，依次为《2001》《2010》《2061》和《3001》。比较奇怪的是，克拉克最为自豪的并非他小说的深刻之处，并非他小说中对宗教、人性等的思考，却是他小说中鸡零狗碎的科普性质的"预见功能"。

克拉克在创作持续30年的太空漫游四部曲中，写过许多篇前言后记，在这些文字中他反复提到自己小说中某些与后来航天技术吻合的细节，引以为荣。这些细节归纳起来其实也就是三件琐事：一是飞船阿波罗十三号出故障时宇航员向地面报告的语句，与他小说类似情节中的语句非常相近；二是通讯卫星"棕榈棚B2"发射失误的情节，与他小说中的某处情节类似；三是电影《2001太空漫游》里木星的一连串画面，与"航海者号"宇宙飞船所拍摄的画面"其相似之处令人拍案叫绝"。

关注和展现科学技术细节，对一部分科幻读者和观众具有相当的吸引力，这被尊称为"硬科幻"——在通常的语境中，这似乎要比因较多关注思想性而较少科学技术细节的"软科幻"更胜一筹。

但是，如果科学技术细节能够赢得赞誉，那么这些细节需不需要准确？比如这次的《火星救援》，注重科学技术细节，还完成了为NASA拍宣传片的爱国主义任务，但影片开头那场作为全片故事起因的风暴，很快被人指出因为火星大气极为稀薄，所以是不可能的。影片最吸引人的"种土豆"科普故事中，也有许多经不起仔细推敲的细节。后来的情节中问题就更多了：将救生舱去掉顶盖代之以蒙布、让宇航服漏气以获得动力等，都是经不起严格推敲的。

如果面对这些问题，就采用"幻想电影不必严格符合科学技术原理"来辩护，那为什么又因为在影片中看到一些科学技术细节就大表敬意呢？如果在科幻作品创作中提出这样一个口号：要细节不要准确！我倒是不难接受，但"硬科幻"的崇拜者们能接受吗？失去了准确性，"硬"又从何而来呢？

原载《新发现》2016年第1期

《盗梦空间》：从《黑客帝国》倒退

编者按

  著名科学史教授、独立影评人江晓原，于《盗梦空间》一片赞美之声中，应邀为本报写来另类的评论，从电影的创意与科幻电影的思想价值的角度，指出——《盗梦空间》是《黑客帝国》的倒退。

从"大片"营销模式说起

  在上海的一家报纸上，有几个影评人告诉读者：今日中国，没有任何一个影评人是真正独立的——他们无一不被电影公司收买、操控或影响。比如，每当"大片"营销程序开始启动，影评人就会被电影公司请去看片，然后给钱让他们写影评为该片造势——非常廉价，据说名头最高的影评人也就是一千元，无名小辈两三百元就打发了。

  这种说法是否符合实际情况，当然是可疑的。首先对"影评人"的界定就成问题，如果只有"会被电影公司请去看片"的才算影评人，那这种说法倒也可能成立；而如果以"曾经发表影评"作为影评人的定义，那中国肯定有独立影评人——我不用进行社会调查来证明这一点，因为本人已经持续发表影评八年，就从未受过电影公司任何影响。

不过，这几位影评人的说法，确实也可以帮助我们解释一个疑问：为什么我们经常看到许多不痛不痒、不着边际、不得要领的影评文章？包括许多所谓的"专业"影评文章，也是如此。我经常怀疑有些影评文章的作者根本没有看过所评论的电影，只是从影片的官方网站上翻译一点资料，就拉拉杂杂拼凑成篇了。比如我最近看到一篇关于《盗梦空间》的长篇"专业"影评，其中70%以上的篇幅都在谈论导演诺兰（C. Nolan）以前导演的各部电影，而《盗梦空间》到底好不好看，创意在哪里，有何打动该影评作者之处，这些本来应该出现在这篇影评文章中的内容，几乎一概没有。

从去年下半年开始，一系列进口或国产的"大片"次第登场，先是《风声》，接着是《2012》《阿凡达》《唐山大地震》。我无意中关注了一下他们的营销模式，发现颇有共同之处，几乎已成固定套路：

除了正常的电影宣传之外，只要你发现在《南方周末》《周末画报》《外滩画报》以及所谓"四大周刊"上都不约而同地出现了关于某部电影的长篇报导、导演访谈、制片人专访之类的内容，你就可以知道，又有一部"大片"要登场了。在这些大牌媒体的引领下，"二线媒体"或"低端媒体"必然纷纷跟进，因为它们担心，如果不跟着谈论谈论这部"大片"，就会显得落伍，显得"跟不上趟"了。这时，科普类的报刊杂志就要谈《2012》，科幻类报刊杂志当然要谈《阿凡达》，旅游类报刊杂志可以谈《唐山大地震》，而思想教育类报刊杂志至少也可以谈谈《风声》……其实在分类上根本用不着这么拘泥，比如旅游杂志要宣传《风声》可以谈"裘庄"原型在何处，科普杂志要宣传《风声》可以讨论周迅旗袍上的密码……

到了这时候，你就会发现，在某一部"大片"上映期间和上映前后，几乎所有的报刊杂志乃至电视电台，全都在谈论这部电影。充斥着信息垃圾的网络上，与这部"大片"有关的信息当然更是铺天盖地。置身于这样的环境，广大观众自然只好乖乖掏钱买票，进电影院去"跟上时代节拍"啦。所以但凡"大片"，几乎总是会票房大卖的。这种"大片"营销模式，虽然俗不可耐，却是行之有效。

现在，又轮到《盗梦空间》（*Inception*，又译《奠基》《全面启动》《潜行凶间》）了。

《盗梦空间》竟令我昏昏欲睡

了解"大片"营销模式之后，我们对于一部"大片"宣传中出现的夸大其词就会有足够的思想准备了——这部"大片"总是会被说成横空出世，创意非凡。《盗梦空间》当然也不例外，下面是媒体上对《盗梦空间》的赞誉之辞举例：

"一部天生供大家膜拜的电影"；

"名列影史第三"；

"被誉为《黑客帝国》之后最出色的科幻电影"；

"它注定成为影迷们的鱼子酱，珍贵且值得久久回味"；

"具备过去50年来欧洲艺术电影……一直引以为豪的思辨风格"。

看了这样的赞辞，你一定期望看到一部既有思想深度又有视觉奇观、足够娱乐、精彩之极的电影了吧？好吧，我祝愿你走进电影院之后不会失望。

"大片"之为"大片"，通常确实有其成功之处，否则一般不会得到"大片"的营销待遇，所以从实际的观影效果来说，《风声》《2012》《阿凡达》和《唐山大地震》都没有让我失望（我对

《阿凡达》的思想价值评价最高），但是这条规律到了《盗梦空间》似乎出了例外。

我前不久曾看了迪卡普里奥（L. Dicaprio）主演、斯科塞斯（M. Scorsese）执导的影片《禁闭岛》（*Shutter Island*，2010），印象非常之好，所以对同一男主角的《盗梦空间》也抱着较高的期望。谁知开始观影之后，《盗梦空间》竟然多次让我犯困！为了看完这部电影，我不得不强打精神，中间甚至去熟睡了一小时，起来接着看（此处特别声明：我不是在影院看的《盗梦空间》，所以这一小时影片播放处在"暂停"状态，也就是说，我并未跳过影片哪怕一分钟的内容），才断断续续将它看完，这在我约1500部电影的观影史上也是罕见的。

后来我发现，毛病可能出在《盗梦空间》的音乐上——每当进入梦境，那些背景音乐总是平板而喧闹，所以几次让我昏昏欲睡。与《禁闭岛》中配乐的刚健硬朗相比，《盗梦空间》的配乐实在是催眠效果一流。也许这是导演为了营造梦境气氛而故意如此安排的，正如影片中科布手下的人所说："我们可以用音乐来催眠。"

15部可能影响《盗梦空间》的电影

影评的常见套路之一，是谈论所评影片与此前其他电影的承传、影响、"致敬"等的关系。这类关系，有时导演自己也愿意谈谈，有时则是评论者的猜测；导演所谈经常是欺人之谈，评论者的猜测有时倒有可能接近真相——至少他可以根据此前已经问世的电影进行比较，作出"以事实为依据"的推测。

关于对《盗梦空间》的影响，导演自己谈到的"邦德电影"就不用多提了，因为在《盗梦空间》中我压根没看出什么与007

系列电影——所有22部我当然全都看过——实际相干的地方。影片后半部分那场冗长的雪地追逐枪战戏，据说是向诺兰最心仪的007电影《女王密使》（*On Her Majesty's Secret Service*，1969）"致敬"的，因为据说他心目中最完美的007电影就是这一部——其实这一部恰恰被广大007影迷认为很烂。而且这种说法本身也很可能只是穿凿附会。

但是，我至少可以举出此前的15部电影，它们都和《盗梦空间》的创意有关，我将它们按年代先后排列，并给出简单的、与《盗梦空间》相关的创意提要：

银翼杀手（*Blade Runner*，1981）：植入记忆

脑海狂飙（*Brainstorm*，1983）：重现记忆

全面回忆（又译宇宙威龙，*Total Recall*，1990）：植入记忆

童梦失魂夜（*The City of Lost Children*，1995）：盗梦，"瓶中脑"形象

移魂都市（*Dark City*，1998）：植入记忆

黑客帝国Ⅰ、Ⅱ（*Matrix*，1999、2003）：现实真实与否

十三楼（又译异次元骇客，*The Thirteenth Floor*，1999）：层层虚拟幻境

入侵脑细胞（*The Cell*，2000、2009）：入侵人脑

少数派报告（*Minority Report*，2002）：感知他人思想

记忆裂痕（*Paycheck*，2003）：消除记忆

杀人频道（*Control Factor*，2003）：控制人脑

豺狼帝国（又译决战帝国，*L'Empire des loups*，2005）：植入记忆

天神下凡（又译脑海追凶，*Chrysalis*，2007）：植入记忆

硬线（*Hard Wired*，2009）：植入芯片消除记忆控制人脑

当然，这个影片清单肯定是不完备的。对上述15部影片逐一

分析对比，也是这篇文章的篇幅所不允许的，但可以择其要者稍言之。

比如"盗梦"这个概念，在1995年的《童梦失魂夜》中已经明确出现，在那部影片中，一个坏蛋设法偷盗儿童的梦。至于"入梦"，其实与"入侵人脑"又有多大差别呢？"入梦"还需要在梦中才能"入"，而"入侵人脑"则可以在更多的状态下进行。如果"入梦"与"入侵人脑"没有太大差别，那么《盗梦空间》高调标举的"植梦"，与"植入记忆"又能有多大差别呢？

又如《盗梦空间》备受吹捧的"多重梦境"构想，其实在1999年的《十三楼》中早已形象展示过了，那部影片中在神秘的十三楼上的虚拟幻境装置，能够虚拟出"洛杉矶1937"，而这个"洛杉矶1937"又是在另一个虚拟幻境"洛杉矶1990"中开发出来的，而"洛杉矶1990"又可能是由"洛杉矶2024"所创造的……这层层虚拟与《盗梦空间》中的多重梦境，其实可以说完全一样。

再如，《盗梦空间》中为人津津乐道的梦境中的城市变形，被认为是影片创造的一大奇观，其实这在1998年的《移魂都市》中早就展现过了，最多也就是这些年电脑特技的进步使得《盗梦空间》的场景更为炫目一些而已。

"这是不合法的任务"

营销宣传中所说的那些《盗梦空间》的创意，虽然如上所述是早已有之乏善可陈，但毕竟这部影片也不是毫无可取之处，它也提出或涉及了一些值得注意的东西——主要是从思想价值来考虑，可惜这些有价值的东西却是媒体替它宣传时不屑一顾的。

比如，《盗梦空间》提出了"入梦""窥梦""盗梦""植梦"

等行动的合法性问题,这是影片中最有思想价值的地方——至少是可以启发观众进一步思考的地方。我们现在经常讲"尊重公众隐私""保护公众隐私",如果说日记、电子邮件、手机短信、QQ谈话记录之类是个人隐私的话,那么人脑中的思想、记忆、梦等,无疑是更大、更隐秘的隐私。对于科布想在金盆洗手前干的这最后一票买卖,影片虽然没有直接进行道德批判,还用科布和亡妻之间的缠绵爱情将它美化了一番,但影片让科布自己对阿莉阿德涅坦言:"这是不合法的任务。"

关于"读心术"之类了解他人脑中思想的超能力,在上面开列的电影中早有涉及,但大多未从"侵犯他人隐私"的法制角度进行思考,有些涉及此事的作品,让这种超能力为警方查案所用(比如影片《入侵脑细胞》),这就回避了法律和伦理方面的问题。上述15部电影中,唯一认真考虑过此事的是2002年的《少数派报告》,影片用一个精心构想的故事,质疑了"感知他人思想并据此定罪"这种超能力的应用,在法律上的合法性,以及在科学上的可能性。

再如,影片中科布对阿莉阿德涅进行"盗梦"入门训练时,让阿莉阿德涅入梦了五分钟,但阿莉阿德涅在梦中感觉自己已经和科布谈了一个多小时了,科布向她解释说:"现实世界五分钟,等于梦里一小时。"科布的理由是:思想比实际行动快得多,所以你在梦中五分钟经历了许许多多事情和场景,这些经历如果发生在现实世界,就需要花费一小时。

这种解释有一定的联想价值(科学意义上的)。科布的意思是说,人对于梦中的时间,仍然是根据他在现实世界中所获得的经验来感觉或估计的。这种判断是否能够成立,恐怕只有研究梦的专家才知道了。这还让我们想起中国古代的说法:"洞中方一日,世上已千年。"恰与《盗梦空间》中的说法相反。在古代中国人的观念中，神仙洞府的生活是无比幸福的，所以时间在那里也许如白驹过隙，而充满痛苦的尘世生活相比而言就显得"度日如年"了吧。

还有一点可以提到，影片的各种梦境中，有一种失重状态，人飘浮在空中，这有一定的实际依据——我这么说的依据是，我自己年轻时确实多次做过自己飘浮在空中的梦，和影片中展示的一模一样。要拍《盗梦空间》这样一部影片，当然会收集各种各样关于人类梦境的资料，我说的这种梦也许有研究梦的人报导过。

从《黑客帝国》倒退

1999年的影片《黑客帝国》提出了一个颠覆性的问题，即现实世界和虚拟世界的界限问题，这是非常深刻的。这两个世界之间究竟有没有界限？有的话又在哪里？如果我们只是套用简单的机械唯物主义观点来看待这个问题，那答案当然是很明确的（实际上只是看上去如此），甚至可以宣布这个问题"根本不是问题"。然而，在那些富有想象力的故事情节中，问题就确实存在了，而且不是那么简单了，答案也很难明确。

进一步来看，只要我们不排除Matrix（《黑客帝国》中的虚拟世界）存在的可能性，我们就无法从根本上确认我们周围世界的真实性。这个问题其实就是以前的"瓶中脑"问题，但自从《黑客帝国》将其作了全新的表达之后，引起了人们浓厚的讨论兴趣，连哲学家也加入进来。《盗梦空间》既然被推许为"《黑客帝国》之后最出色的科幻电影"，那么它对这方面的思考有没有新贡献，或者说有没有推进呢？

《盗梦空间》不断让观众在梦境和现实世界之间来回切换。特别是科布和阿莉阿德涅、科布和费舍尔的两场戏,都是先展现梦境,然后在梦境的交谈中让对方意识到此刻是在梦境中。这样的剧情等于告诉观众,区分梦境和现实世界还是可能的。

导演诺兰自己承认"《黑客帝国》给了我很多灵感",而且他也知道《黑客帝国》的主题是"我们怎样才能确定周围的世界是真实的",然而他对媒体声称:"但是在《盗梦空间》中,我想做跟《黑客帝国》相反的设计,就是建造一个虚拟的空间,让观众跟着电影中的角色看到现实是怎样可以被一步步创造出来的。"从电影中的故事情节来看,诺兰要观众相信,现实和梦境还是可以区分的——你既然可以看到那个虚拟的"现实"怎样"被一步步创造出来",那你当然还是立足在真实的现实世界。正如影片结尾处,科布的团队在飞机上醒来,观众都知道前面的情节是南柯一梦。

影片中另一个类似的情节,即科布对亡妻的徒劳的追忆和爱,也与影片客观上传达给观众的信念一致:科布盼望在梦境中改变现实,让被害的妻子回来,但这始终无法做到,所以他哀叹:"不管我怎么做都无法改变现实。"在这里,"回到梦境"与科幻作品中常见的"回到过去"是等价的,而"回到过去不能改变今天的现实",也就是对今天现实世界真实性的一种确认。

如果上面的解读大体不谬,那么从思想深度上来说,《盗梦空间》非但不是对《黑客帝国》的推进,反而是从《黑客帝国》倒退了。

附记

其实韩国影片《悲梦》(*Dream*,2008)虽然没有任何科幻成分,却让人觉得和《盗梦空间》有着更密切的关系——影片中男子镇所做的梦，女子兰必会在梦游状态中实行之，这种局面，不正是科布团队辛辛苦苦"盗梦""植梦"所梦寐以求的吗？

原载2010年9月3日《深圳特区报》

黑客无心成帝国，云图难免化云烟

——从《黑客帝国》到《云图》

看完影片《云图》（注意不是小说），我就想起了那个著名的段子：到了上海才知道自己……到了北京才知道自己……到了海南才知道自己……我可以模仿一句的是：看了《云图》才更知道《黑客帝国》伟大。

以制作过《黑客帝国》（*Matrix*，1999—2003）和《V字仇杀队》（*V for Vendetta*，2005）这样极品的沃卓斯基姐弟（Wachowski，制作《黑客帝国》时还是沃卓斯基兄弟）之盛名，人们当然期望《云图》也是极品——即使未能再上层楼，至少也要保持同样水准吧？不幸的是，《云图》是一部形式远远大于内容的作品。中国有"盛名之下，其实难副"的古语，用在《云图》身上，真是再确切不过了。

《云图》究竟达到了何种水准，我们应该尽可能客观地来评判——不是快意恩仇式的乱骂或滥捧（比如"最大的烂片"或"绝对的神作"之类），而是将它置于适当的作品背景和历史背景之中，再心平气和地进行分析和判断。

有小故事，没新思想

因为《云图》中讲了六个故事，这也许使得许多影评人觉得，自己能够将这六个故事理清楚，就可算大功告成了。所以许多影评文章都在那里复述这六个故事，或辨认周迅在其中扮演了几个角色之类。其实这样的认识层次是远远不够的。

评价科幻或幻想影片，主要有两项指标：首先是思想性，包括思想的深度或高度；其次是景观，即向观众展现奇幻的、令人震撼的景观。思想性作品的丰碑，迄今为止当然是难以逾越的《黑客帝国》系列。以景观取胜的作品，《星球大战》（*Star Wars*，1977—2005）系列当然是无可争议的里程碑。这两座碑也有高下，《黑客帝国》在思想性上迄今尚无影片能出其右，但它在景观上也有相当令人震撼的呈现；而《星球大战》是靠景观成为科幻影片里程碑的，在思想性方面它完全乏善可陈，所以我以前在影评中将《星球大战》称为"一座没有思想的里程碑"。

为什么对科幻或幻想影片要用上面的两项指标？因为这两项指标通常是科幻或幻想影片最能够表现的，而且我们通常不会去苛求别的类型片在这两项指标上有出色表现，比如我们通常不会要求一部爱情片中有令人震撼的景观（如果有当然也挺好）。

那么《云图》能不能算科幻片呢？我认为应该算——事实上大部分媒体和观众也是这样认为的。因为影片的六个故事中，至少有两个是典型的科幻形式：故事五，首尔2144年复制人星美-451的故事；故事六，人类文明衰落之后第106个冬天的故事。另一个故事，即故事三，1973年美国旧金山女记者和老博士揭露核电站黑幕的故事，也是典型的科幻影片题材，尽管没有采用科幻的形式。

既然《云图》可以算科幻影片，那我们就要用上述关于科幻或幻想影片的两项指标来衡量这部影片了。这一衡量，《云图》就惨了。

这六个故事当然都不失为过得去的故事，但从思想性来说，那就都乏善可陈了。其中看起来最有思想性的，要算故事五，即复制人星美-451的故事。故事中涉及了复制人的人权问题。但是稍微熟悉科幻作品的人都知道，这个问题也可以平移为克隆人的人权问题，或者机器人的人权问题，而所有这类问题早就有科幻影片反复讨论过了。我只举几部较为有名的为例就够了：《银翼杀手》(*Blade Runner*，1981，复制人的人权)、《逃出克隆岛》(*The Island*，2005，克隆人的人权)、《变人》(*Bicentennial Man*，1999，机器人的人权)。和这三部影片相比，《云图》中星美-451的故事显得多么乏力，多么山寨。

另外五个小故事所表现的思想性，也都完全没有新意。例如，有人看到故事六描写了人类文明崩溃之后的世界，从中看到了"轮回"的观念，就感到"深刻"了，其实这种"文明崩溃—重建"的思想，在许多科幻作品中早就表达过无数次了。例如威尔斯（H. G. Wells）早在1895年的科幻小说《时间机器》(*The Time Machine*，也有同名电影) 中，想象过公元802701年的未来世界，那时就是文明崩溃状态，光景与《云图》故事六中非常相似。至于"轮回"，就举《黑客帝国》为例好了，在第二部结尾处，造物主告诉尼奥，Matrix已升级过五次，尼奥已是第六任同一角色了，这不就是"轮回"吗？

至于景观，在所有这六个故事中都平淡无奇——平淡到让人感觉不到任何科幻或幻想作品应有的惊奇，更不用说震撼了。例如，在故事五中，从星美-451的人物造型，到故事中的场景道具，无一不透出一股小制作平庸科幻片因陋就简的气息。真搞不明白沃卓斯基姐弟，在制作了《黑客帝国》三部曲这样的巅峰之作十年之后,怎么还好意思拿出在景观方面只有这种档次的作品。

最大"创新":小故事也不好好讲

沃卓斯基姐弟之所以敢于拿《云图》出来面世,甚至还对《云图》表达了某种程度上的信心(作为电影人,不管心里到底有没有信心,嘴上总是要表达一番的),是因为《云图》毕竟还是有所创新的。

《云图》确实有一个创新,这个创新也确实有一点技术含量。

这个创新当然不是讲了六个故事中的"六"这个数值。在一部影片中讲N个故事,这一点前贤早就玩过无数次了,最常见的是N=3,偶尔也有N=2或N=4的。让N=6,或许也可以算创新——只是如果这也算创新的话,未免有点侮辱"创新"这个词了。

《云图》中唯一的创新,一言以蔽之,就是"有故事不好好讲"。

《云图》将六个故事分别在时间轴上切成碎片,然后再将这些碎片逐渐拼贴起来,并且不断在六个故事之间跳转——先贴故事一的第一片,再贴故事二的第一片……直到故事六的第一片;然后再贴故事一的第二片,接着是故事二的第二片……如此等等。最终仍然将六个故事都从头到尾讲完。

从观众对《云图》的观感来看,据我浏览所及,大部分观众在影片开始大约30分钟之后,终于明白影片是在交替叙述几个平行的故事,这些故事分别发生在不同的时空中。许多观众很自然地会在心里产生疑问:为什么有故事不好好讲,非要这样支离破碎地叙述呢?据我分析——不知沃卓斯基姐弟会不会承认——这有两个原因。

第一个原因，其实我已经在上文分析过了，是因为《云图》这六个故事本身太平庸了。这些平庸的故事，如果还用正常的方式讲述，谁还会有兴趣来听？所以必须用与众不同而且出人意表的方式来讲述，才有可能吸引观众。同时，这种"有故事不好好讲"的方式，将观众的注意力都集中到了如何搞清楚这六个故事上去了，就可以成功地掩盖这六个故事本身的平庸。

第二个原因，是因为《云图》中这种支离破碎的叙述方式，本身确实暗含着一些技巧，这些技巧使得沃卓斯基姐弟相信这部影片仍然有着过人之处。在这些暗含的技巧中，我至少注意到了两点：

一是节奏。这六个故事在时间轴上切片时，是越往后切得越小的，这样，随着各个故事情节的进展，不同故事间的跳转也越来越频繁，这就渐渐造成一种急管繁弦的效果，给观众以情节推进越来越快的感觉（其实只是加快了跳转的节奏，并未真正加快情节的推进），所以影片越往后越能吸引人。这种做法让我想起那首著名的《波莱罗舞曲》——虽然只有两句旋律，但一再重复，而且每重复一次都变得更有力度、更高亢并加入更多的配器。

二是在拼贴故事碎片时，巧妙运用了隐喻、互文之类的后现代手法。这一点说穿了其实非常简单，例如，第 N 个故事的第 M 碎片之后，可以让第 N+1 个故事的第 M 碎片的场景或情节，形成对第 N 个故事的第 M+1 碎片情节的隐喻。注意到没？当我用这种方式叙述上述拼贴技巧时，我的叙述文字本身就在形式上构成了互文！

和六个故事的平庸相比，《云图》在叙事技巧上也只是看上去有点创新而已——事实上，早在 96 年前，格里菲斯（D. W. Griffith）在影片《党同伐异》（*Intolerance Love's Struggle Throughout the Ages*，1916）中，已经使用了这种叙事技巧，只不过《党同伐异》中的故事数是四而已。《云图》使用这种手法看上去很后现代——"混搭"（六个发生于不同时空的故事平行叙述，本身就很混搭）、"拼贴""隐喻""互文"等，都是后现代文艺作品常见的特征。所以我说《云图》是一部形式远远大于内容的作品，并不冤枉它。

但这种"创新"能不能成为经典、成为里程碑？我是相当怀疑的。这种"有故事不好好讲"的"创新"，属于剑走偏锋，偶一为之固无不可，但终究不足为法。在叙事技巧方面的探索空间是相当有限的，毕竟你不能总让观众看你的电影那么费力。相比之下，在思想性和景观方面的探索空间则几乎是无限的。

N段故事结构：珠玉在前

《云图》因为讲了六个不同时空中的故事，居然被一些影评称为"史诗"，这实在太夸张了。通常有资格荣膺"史诗"桂冠的作品，不外两种情形：一是叙述的故事时间跨度很长，这种情形在科幻影片中比较少见，但也是有例子的，比如斯皮尔伯格的《劫持》（*Taken*，2002）系列，10部影片（电视电影，也有人将它视为10集的电视剧），描写了几个家族四代人围绕着UFO和外星人的恩怨情仇，被誉为关于UFO传说的集大成的史诗电影。另一种情形是用正剧形式描写了某个重大历史事件，比如2012年的土耳其历史影片《征服》（*Fetih 1453*），描写土耳其历史上著名的奥斯曼帝国攻陷君士坦丁堡之役，这当然更容易获得"史诗"桂冠。

《云图》中的六个故事，从形式上看虽然也有时间跨度（从故事一的1849年，到故事六的"人类文明衰落后的106年"——这年应该在公元2144年之后），电影为了避免给观众支离破碎的感觉，也勉强建构了这六个故事之间一些形式上的关联，比如人物身上的彗星形胎记、那个名为《云图六重奏》的音乐作品之类。但问题是，这六个故事本身是相互独立并且各自完整的，并无内在的连贯性，实际上是六个完全独立的故事。因此《云图》并不符合上述两种"史诗"情形。

失去"史诗"资格也许还不足以消解某些人对《云图》的崇拜，他们对"六个故事"这种结构表示激赏。这种激赏又难免要引导到《云图》的第三个导演提克威（T. Tykwer）身上，因为提克威导过一部在中国观众中拥有相当知名度的影片《疾走罗拉》（Run, Lola Run，1998），也是三段故事的结构。但实际上，在"N段故事结构"上，《云图》甚至还达不到《疾走罗拉》的高度。

不少人曾表示看不懂《疾走罗拉》，或是看不下去。影片的故事极为简单，就是罗拉需要想尽办法搞到十万马克并送到男友那里帮他脱困。但影片采用夸张的手法，将罗拉的行动描述了三遍，每一遍的过程中都有某些微小细节与前一遍不同，结果就导致了大相径庭的结局。这和科幻影片《蝴蝶效应》（Butterfly Effect，2004）表达了相同的思想，即人生的道路和结局会被某个微小的偶然事件所影响。这种想法来自混沌理论，片名也是从"巴西一只蝴蝶扇动翅膀会不会在美国得州引起一场龙卷风"这句名言（洛伦兹，1972，版本甚多，大同小异）而来的。这还可以引导到"宿命论"还是"非宿命论"、"决定论"还是"不可知论"等更为抽象的哲学问题上去。相比之下，《云图》中的六个故事就只是拼贴而已，并无《疾走罗拉》三段故事所表达的思想结构。

既然说到"N段故事结构"，还有比《疾走罗拉》更高明得多的作品，那就是波兰导演基耶斯洛夫斯基（K. Kieslowski）很少被中国观众注意到的影片《机遇之歌》（Blind Chance，1987）。也是三段故事的结构，故事开头也都相似，但因为细微的差别（主人公在火车站月台上的遭遇）而展开了完全不同的人生。《疾走罗拉》将故事设置成小混混弄丢了黑帮大佬的钱，要女友替他送钱脱困，立意低俗，而《机遇之歌》设置的故事反映了20世纪70—80年代波兰的政治、社会和文化的广阔背景，格局更大，立意更高。特别是那个出人意表的飞机爆炸结尾，彻底炸碎了折中主义的美好人生，可以解读为对那个时代知识分子在政治上"没有第三条道路可走"的隐喻，手法强悍，寓意深远，远非《疾走罗拉》中那种老套黑帮故事，或《云图》中平庸乏力的什锦拼盘所能比拟。

《云图》与《黑客帝国》相比实在汗颜

平心而论，《云图》如果出自一般导演之手，无疑也可以算及格线之上的作品，不幸的是它出自名字永远和《黑客帝国》联系在一起的沃卓斯基姐弟之手，就有点类似"尔何生于帝王家"的意思了。

沃卓斯基姐弟是影人中的异数——且不说那些中途辍学，自学成才之类的往事（这在美国影人中还比较常见），最奇特的是名头如此之大，导演的作品却又如此之少。在《黑客帝国》横空出世之前，他们只有一部电影处女作，就是在影迷中颇受好评的《大胆的爱小心的偷》（*Bound*，1996，又译《惊世狂花》）。这部电影出手不凡，从头到尾透着一股邪劲。特别令人印象深刻的，是两位女同性恋者在共同黑吃黑私吞黑帮老大钱财时，竟能如此相互信任和忠诚。

三年后他们推出《黑客帝国》，一举成为科幻影片迄今为止无人能够逾越的巅峰之作。《黑客帝国》三部曲，思想有深度，故事有魅力，视觉有奇观，票房有佳绩，"内行"激赏它的门道，"外行"也能够享受它的热闹，更有一众哲学家破天荒来讨论它所涉及的哲学问题（比如外部世界的真实性问题、"瓶中脑"问题、人工智能的前景问题等）。世上自有科幻影片以来，作品之全面成功，未有如斯之盛也。

在《黑客帝国》之后，《云图》之前，沃卓斯基姐弟只有两部作品：2005年的《V字仇杀队》据说剧本早在《黑客帝国》之前就有了，是幻想作品中反乌托邦传统下的一部佳作，尽管名头远不及《黑客帝国》，但若与《黑客帝国》比肩倒也不致汗颜。而2008年的《极速赛车手》（*Speed Racar*）则几乎没有引起什么反响。从这个简单的时间表来看，两姐弟的电影事业在《黑客帝国》之后似乎开始走下坡路了。

超越前贤固然很难，超越自己往往更难。推出《黑客帝国》这样的巅峰之作后，要超越确实也非常非常困难了。所以，如果《云图》担负不起沃卓斯基姐弟影坛事业的"中兴"重任，也是不足为怪的。如果说《黑客帝国》是无心插柳柳成荫，那么《云图》看来就有意栽花花不发了。《云图》与《黑客帝国》相比实在汗颜，它将来至多只能作为一部在叙事技巧方面有过创新探索的影片被人记起，而从影史的角度来看，难免化为过眼云烟，湮没在无数已问世和将要问世的电影作品之中。

原载2013年3月10日《深圳晚报》

WOMEN JIANG CONG KEHUAN ZHONG
DEDAO SHENME

我们将从科幻中得到什么

CHAPTER 8

有多少地外文明可以想象

——《地外文明探索：从科学走向幻想》序

十几年前，穆蕴秋从上海交通大学本科毕业，进入科学史系念研究生，不久她开始在我指导下攻读博士学位。我注意到，她作为影迷甚至比我还要资深。那时我正好对科幻产生了兴趣，考虑到此前的科幻研究基本上都是以作品赏析为主的文学活动，我鼓励她尝试对科幻进行真正的学术研究。

最初我这样做，只是因为积习难改，什么事情都想和"学术"联系起来，看科幻电影和科幻小说也不例外。后来搞得比较认真了，就开始思考一些相关的理论问题。

在以往许多人习惯的观念中，科幻经常和"儿童文学""青少年读物"之类的作品联系在一起。例如，就连刘慈欣为亚洲人赢得了首个雨果奖的作品《三体》，它的英文版发布会，居然是在上海一个童书展上举行的。这种观念使得科幻作品根本不可能进入传统的科学史研究范畴之内。科学史研究者虽然经常饱受来自科学界或科学崇拜者的白眼，但他们自己对科幻却也是从来不屑一顾的。

而另一方面，在科学史研究中，传统的思路是只研究历史上"善而有成"的事情，所以传统科学史为我们呈现的科学发展历程，就是一个成就接着另一个成就，一个胜利接着另一个胜利的辉煌历史。而事实上，在科学发展的历史中，除了"善而有成"的事情，当然还有种种"善而无成""恶而无成"甚至"恶而有成"的事情，只不过那些事情在传统科学史论述中通常都被过滤掉了。出于传授科学知识的方便，或是出于教化的目的，过滤掉那些事情是可以理解的，但这当然并不意味着那些事情就真的不存在了。

还有第三方面，"科学幻想"也并不仅限于写小说或拍电影，科学幻想还包括极为严肃、极为"高大上"的学术形式。例如，在今天通常的科学史上大名鼎鼎的科学家们，开普勒、马可尼、高斯、洛韦尔、弗拉马利翁……都曾非常认真地讨论过月亮上、火星上甚至太阳上的智慧生命，设计过和这些智慧生命进行通讯的种种方案。以今天的科学知识和眼光来看，这些设想、方案和讨论，不是臆想，就是谬误，如果称之为"科学幻想"，简直就像是在抬举美化它们了。然而，这些设想、方案和讨论，当年都曾以学术文本的形式发表在最严肃、最高端的科学刊物上。

大约从2004年开始，我和穆蕴秋尝试耕种一小块"学术自留地"——后来我给它定名为"对科幻的科学史研究"。穆蕴秋的论文《科学与幻想：天文学历史上的地外文明探索研究》是这个方向上的第一篇博士学位论文。可以毫不夸张地说，她的博士论文是"对科幻的科学史研究"这个研究方向上的第一个重要学术成果。2010年，著名天文学家、中国科学院上海天文台前台长赵君亮教授主持了她的博士论文答辩，她以优异成绩通过答辩，获得博士学位。如今她是上海交通大学科学史与科学文化研究院的优秀青年教师，聪颖勤奋，被研究生们誉为"传说中的穆师姐"。她毕业后愿意和我在这块小自留地上继续耕耘，我们的研究领域还在不断拓展延伸。本书就是在她的博士论文基础上形成的。

本书中所讨论的内容，恰恰就是将天文学史上这些在今天看来毫无疑问属于"无成"的探索过程挖掘了出来，重现了出来。并在此基础上，深入分析了这些"无成"之事背后的科学脉络和历史背景。通过天文学史上一个个鲜活生动的案例，揭示了这样一个事实：

在科学发展过程中，"科学幻想"和科学探索、科学研究之间的边界，从来都是开放的。或者可以说，"科学幻想"和科学探索、科学研究之间根本不存在截然分明的边界。所以我们进而得出了这样一个结论：

科学幻想不仅可以，而且应该被视为科学活动的一部分。我们在《上海交通大学学报》2012年第2期第20卷上联名发表了题为"科学与幻想：一种新科学史的可能性"的论文，集中阐释了这一结论及其意义。后来我们的论文集干脆取名《新科学史：科幻研究》（上海交通大学出版社，2016）。

本书中的内容，又具有十分强烈的"示例"作用。它们表明：一方面，将科幻纳入科学史的研究范畴，就为科学史研究找到了一块新天地，科学史研究将可以开拓出一片新的疆域；另一方面，将科学史研究中的史学方法、社会学方法引入科幻研究，又给科幻研究带来了全新的学术面貌。

最后，关于本书的书名《地外文明探索：从科学走向幻想》，还需要稍加讨论。通常对于各种事物，人们比较习惯"从幻想走向科学"，为何在我们眼中，在地外文明探索这件事上，竟出现了"逆向"的情形呢？这就要从天文学的发展来考察了。

毫无疑问，在地外文明探索这件事上，"从幻想走向科学"的路程，人类当然也已经走过一段了。举例来说，今天我们探索地外文明，至少已经有了一些科学工具，比如光学望远镜和射电望远镜，甚至可以包括月球车和火星探测器，而在几百年前，人类谈论地外文明，比如开普勒的作品《月亮之梦》，那就纯粹出于思辨和想象了。从这样的角度来看，这当然属于"从幻想走向科学"。

但是，一方面，这些早期的思辨和想象，曾经被人们当作"科学探索"而非常认真地从事着。而另一方面，也是更重要的，恰恰是科学技术的发展，显著压缩了幻想的空间，无情地破灭了许多人们对地外文明的思辨性探索。

例如，人们曾经非常真诚地相信过、非常认真地思考过关于月球上的高等生命；但是随着观测手段的发展，人们知道月球上没有大气、没有液态水，因而也就不可能有类似人类这样的高等生物生存在月球上。又如，人们曾经以比讨论月球高等智慧生物更大得多的热情讨论过火星文明，关于"火星运河"的观测成果曾经轰动一时，关于火星文明的书籍曾经在欧洲和美洲成为洛阳纸贵的畅销书；但是到了今天，已有多个探测器到达火星或其附近，我们知道火星上几乎没有大气（大气浓度只有地球的约0.8%），迄今也没有发现液态水存在的确切证据，当然更没有运河，所以眼下的火星上同样不可能有类似人类的高等生物生存。再如，人们曾经一本正经地讨论过"太阳上的居民"；后来借助于光谱分析，我们知道太阳表面温度有6000度左右，人类目前能够想象的任何生物，都不可能在那样的高温下生存，于是关于"太阳居民"的讨论戛然而止……

于是，许多先前关于地外文明的讨论，在科学发展的"摧残"下，只能栖身于"科学幻想"中了。而且即使栖身于科幻，也还要受到约束。例如，幻想火星文明的作品今天仍然络绎不绝，但已经不可能有作品幻想"太阳居民"了（读者会感觉这实在太离谱了）。

另外，我们如果真的要探索太阳系以外的外星文明，人类目前的探测手段，又实在是太初级太无能为力了，所以也只能用幻想的形式去谈论——那就成为科幻作品了。所以只能是"从科学走向幻想"。

原载《书城》2021年第8期

Nature杂志与科幻的百年渊源
——《Nature杂志科幻小说选集》导读

江晓原　穆蕴秋

神话里的童话

英国的《自然》杂志（Nature）创刊于1869年，百余年来，它成为一个科学神话，被视为"世界顶级科学杂志"。它在中国科学界更是高居神坛，甚至流传着"在《自然》上发表一篇文章，当院士就是时间问题了"之类的说法。据2006年《自然》杂志上题为"现金行赏，发表奖励"（Cash for Papers: Putting a Premium on Publication，Nature 441, 792）的文章说，当年中国科学院对一篇《自然》杂志上的文章给出的奖金是25万人民币，而中国农业大学的类似奖赏高达30万人民币以上，这样的"赏格"让《自然》杂志自己都感到有点受宠若惊。而在风靡全球的"刊物影响因子"游戏中，《自然》遥遥领先于世界上绝大部分科学杂志——2013年它的影响因子升到40之上。

然而，在这样一个科学神话中，也有不少常人意想不到、甚至感到匪夷所思的事情，不妨称之为"童话"，下面就是这类童话中的一个：

2005年，欧洲科幻学会将"最佳科幻出版刊物（Best Science Fiction Publisher）"奖项颁给了《自然》杂志！一本"世界顶级科学杂志",怎会获颁"科幻出版刊物"奖项?在那些对《自然》顶礼膜拜的人看来,这难道不是对《自然》杂志的蓄意侮辱吗?《自然》杂志难道会去领取这样荒谬的奖项吗?

但事实是,《自然》杂志坦然领取了上述奖项。不过《自然》科幻专栏的主持人亨利·吉(Henry Gee)事后说过一句很有意思的话:颁奖现场"没有一个人敢当面对我们讲,《自然》出版的东西是科幻"。

等一下!有没有搞错——《自然》杂志上会有科幻专栏吗?

真的有,而且是科幻小说专栏!

从1999年起,《自然》新辟了一个名为"未来(Futures)"的栏目,专门刊登"完全原创""长度在850~950个单词之间的优秀科幻作品",该栏目持续至今。专栏开设一周年的时候,就有7篇作品入选美国《年度最佳科幻集》(Year's Best SF),而老牌科幻杂志《阿西莫夫科幻杂志》(Asimov's Science Fiction)和《奇幻与科幻》(F & SF),这年入选的分别只有2篇和4篇。2006年《自然》杂志更是有10篇作品入选年度最佳。

这部短篇小说选集,就是上面这个童话的产物。

类似的童话还可以再讲一个:

不仅是科幻小说,《自然》对科幻电影也有着长期的、异乎寻常的兴趣。

2013年的科幻影片《地心引力》(Gravity)热映,2013年11月20日,《自然》杂志于显著位置发表了《地心引力》的影评,称它"确实是一部伟大的影片"。这篇影评让许多对《自然》杂志顶礼膜拜的人士感到"震撼",他们惊呼:《自然》上竟会刊登影评?还有人在微博上表示:以后我也要写影评,去发Nature!一家具有全国性影响的报纸也称《自然》杂志"从无影评惯例"。于是这篇平心而论乏善可陈、几乎没有触及影片任何思想价值的影评，被视为一个异数。

然而，这个"异数"对于《自然》杂志来说，实属"不虞之誉"——因为《自然》杂志不仅多年来一直有刊登影评的"惯例"，而且有时还会表现出对某些影片异乎寻常的兴趣。例如对于影片《后天》（*The Day After Tomorrow*，2004），《自然》上竟先后刊登了3篇影评。更能表现《自然》刊登影评"惯例"之源远流长的，可举1936年的幻想影片《未来事件》（*The Shape of Things to Come: the Ultimate Revolution*），根据科幻作家威尔斯（H. G. Wells，1866—1946）的同名小说改编，属于"未来历史"故事类型中最知名的作品。《自然》对这部作品甚为关注，先后发表了两篇影评，称其为"不同凡响的影片"。

多年以来，《自然》一直持续发表影评，到目前为止评论过的影片已达20部，其中较为著名的有《2001：太空漫游》《侏罗纪公园》《接触》《X档案》《后天》《盗梦空间》等，甚至还包括在中国人观念中纯属给少年儿童看的低幼动画片《海底总动员》！仅这20部在《自然》上被评论的电影——注意影评的篇数明显更多，因为不止一部影片获得过被数次评论的"殊荣"，还远远不足以表明《自然》杂志与科幻之间的恩爱程度。《自然》杂志对科幻电影所表现出来的浓厚兴趣，对那些在心目中将它高高供奉在神坛上、尊其为"世界顶级科学杂志"的人来说，完全彻底超乎想象。

作为必要的相关知识背景，在这里考察一下著名科幻作家、反思科学主流的标志性开创者威尔斯与《自然》杂志的奇特渊源，应该是不无益处的。

过去一个多世纪中，威尔斯或许可以算世界上最知名、作品传播范围最广、影响最大的科幻作家，他在科幻历史上占有无可争议的地位，而且他还广泛涉猎其他领域。相当出乎现今学术界及公众想象的是，威尔斯和英国著名科学杂志《自然》之间，有着长达半个世纪的深厚渊源。这种渊源前人极少关注，而且很可能在《自然》杂志现今风格的形成过程中，产生过关键性的影响。

威尔斯的资深研究者帕丁顿（J. S. Partington）编过四部和威尔斯有关的文集，其中《〈自然〉杂志上的威尔斯》（*H. G. Wells in Nature, 1893—1946: A Reception Reader*，2008），跨越"科学史"和"科幻"两个领域，收录了《自然》杂志上与威尔斯相关的文章66篇——这个数量在《自然》杂志历史上是极为罕见的。该书出版后，国际科学史界最权威的杂志《爱西斯》（*Isis*）和科幻领域的杂志《科幻研究》（*The Study of Science Fiction*）都发表书评做了介绍。

而实际上，《自然》杂志刊登与威尔斯相关的文章还不止66篇之数，这些文章大致可分成三类：

第一类是威尔斯在《自然》杂志上署名发表的文章，共计26篇，《〈自然〉杂志上的威尔斯》只收录了其中的13篇。这些文章涉及生理学、心理学、植物学、人类学、通灵术等，也包括现今意义上的"科普"和科学社会学性质的文章。

第二类是《自然》杂志上对威尔斯40部著作的36篇评论（有时数部作品合评），这些威尔斯著作包括科幻作品11部、政治作品14部、历史及传记作品5部、经济作品2部和一般的小说及文集4部。

第三类是涉及威尔斯的文章，共17篇，包括社会活动、"科普"、政治观点、文学创作等等，以及一篇讣告。

上述三类文本时间跨越半个多世纪，从1893年至1946年威尔斯去世。威尔斯去世后《自然》杂志对他的关注也没有终结，后来至少还发表过两部他个人传记的评论。威尔斯与《自然》杂志渊源之深，作品在《自然》杂志上发表如此之多，《自然》杂志对他作品又关注评论如此之勤,这是现今世界上任何人都难以企及的。

让我们开玩笑地设想,要是在现今的中国,仅仅26篇发表在《自然》杂志上的文章,按照前面提到的中国科学院的"赏格",威尔斯就至少可以得到26×250000=6500000(650万元)人民币的奖金。至于院士,他恐怕可以当选好几回了吧?

边缘上的主流

科幻在中国,基本上还处在小圈子自娱自乐的状态中,在西方发达国家,情形可能稍好一些,但它在文学领域仍一直处于边缘,从未成为主流;若与科学相比,当然更是大大处于弱势地位。在这种情形下,《自然》杂志开设科幻小说专栏,对科幻人士无疑是一种鼓舞,他们很愿意向外界传达这样一个信息:科幻尽管未能进入文学主流,却得到了科学界的接纳。于是在极短时间内,它就会集了欧美一批有影响力的科幻作家,《自然》"未来"专栏隐隐有成为科幻重镇之势。

不过,科幻虽然在文学和科学两界都屈居边缘,在它自己的领域里,当然也有主流和边缘之分,这主要是从创作的思想纲领,或者说作品所表现出来的思想倾向而言的。从19世纪末开始,儒勒·凡尔纳(J. Verne,1828—1905)那种对科学技术一厢情愿的颂歌走向衰落,以威尔斯的一系列影响深远的科幻创作为标志,主流的科幻创作就以反思科学、揭示科学技术的负面价值、设想科学技术被滥用的灾难性后果为己任了。这种主流倾向在科幻小说和科幻电影中都有极为充分的表现,该倾向最明显的特征之一,就是在19世纪末以来较有影响的科幻作品中,几乎找不到任何光明的未来世界。从这个角度来观察这部《Nature 杂志科幻小说选集》，我们可以看到它再次证实了上述反思科学的科幻创作主流。

在这部小说选集的英文原版中，编者亨利·吉——他正是《自然》杂志"未来"专栏的现任主持人——并未对入选的小说进行主题分类。现在中译本的十个主题，是笔者将66篇小说分类归纳并重新编排的结果。

第一个主题"未来世界·反乌托邦"，其下有15篇作品。在一个多世纪以来反思科学的科幻创作主流中，反乌托邦是非常重要的表现手法之一。基本套路是，通过表现黑暗、荒诞的未来世界和社会——这样的社会总是由高度发达的科学技术催生和支撑的——来展示科学技术被过度滥用的严重后果。在这15篇作品中，未来的高科技社会正是如此：性、爱、学术等都发生了畸变，个人隐私荡然无存，身份会轻易被窃取，高超的技术手段摧毁了真实的艺术。许多我们此刻正在热烈讴歌的新技术，比如3D打印之类，都引发了荒谬的后果。有的作品则让人直接联想到著名的反乌托邦影片《巴西》（*Brazil*，1985，又译《妙想天开》）。类似去年国内流行的因儿孙在饭桌上只知低头摆弄手机而导致老人拂袖而去的故事场景，也出现在这个单元的作品中。即使在个别作品对技术的乐观想象中，人类的精神也是空虚的。有的作品甚至干脆让人类灭亡了。

第二个作品较多的主题"机器人·人工智能"，包括11篇作品。本来这个主题很容易催生对未来科学技术的乐观想象，但在反思科学的主流纲领指导下（对作家个人而言，接受这个纲领的指导可以是自觉的，也可以是不自觉的），这个单元的作品完全没有出现这样的乐观想象。相反，当政客和演员都可以由机器人取代时，荒诞的场景就难以避免了；有不止一篇作品让人直接联想到科幻影片《西蒙妮》（*Simone*，2002）。人和机器人的界限一旦模糊了，机器人的"人权"问题就会提上议事日程。而当机器人介入体育竞赛之后，人类的体育运动就难免走向终结。已经让一部分人欣喜若狂，同时让另一部分人恐惧万分的所谓"奇点临近"——预言2045年电脑芯片植入人体、人机结合的技术突破将导致人工智能超常发展的前景，当然也得到了某些作者的青睐。

接下来的三个主题，"脑科学"有3篇作品，"克隆技术"2篇。想象了用脑手术惩罚罪犯、读心术、超级计算机智能操控人脑的情形。正如我们所预料的，作品中出现了对克隆技术滥用导致的荒诞前景的想象。"永生·吸血鬼"是一个中国读者相对不熟悉的主题。之所以将吸血鬼归入这一主题，是因为在西方的吸血鬼故事中，吸血鬼通常都是永生的。这个主题的3篇作品隐隐有着某种颓废的气息，这当然与吸血鬼和反乌托邦都很相容——2013年的吸血鬼影片《唯爱永生》（*Only Lovers Left Alive*）特别适合与这3篇作品相参照。

第六个主题"植物保护主义"虽然只有2篇作品，却都值得一提。这两篇作品都想象了人与植物进行带有思想感情色彩的沟通。其中《爸爸的小失误》的作者，居然是一个只有11岁的小女孩——那些梦寐以求要在《自然》这家"世界顶级科学杂志"上发文章的人看了会不会吐血？另一篇则将科学界尔虞我诈钩心斗角作为故事的背景。

第七个主题"环境·核电污染"，很自然地出现了对地球环境恶化的哀歌。事实上，当下地球环境持续污染和恶化的现实，必然使得任何作者——无论他或她对当下的科学技术多么热爱——都无法对未来作出任何乐观的想象。其中《切尔诺贝利的玫瑰》当然是涉及核电污染的作品。

第八个主题"地外文明"，是科幻作品的传统主题，这个主题下有7篇作品。其中不出所料地出现了对火星的想象，对更为遥远的外星文明的想象，有的作品还表现了对外星文明的戒心。值得一提的是《被拒绝的感情》，这篇小说采用了"虚拟评论"的形式——表面上是对一部作品的评论，而实际上这部被评论的作品并不真实存在。《Nature 杂志科幻小说选集》中有几篇作品都采用了这种方式（比如那篇《最后被解放的普罗米修斯》）。这种方式曾被波兰著名科幻作家斯坦尼斯拉夫·莱姆（S. Lem）初版于1971年的短篇小说集《完美的真空》全面使用。这种"虚拟评论"形式的好处是，既能免去构造一个完整故事的技术性工作，又能让作者天马行空的哲学思考和议论得以尽情发挥。

第九个主题"时空旅行·多重宇宙"也是科幻的传统主题，这个主题下有3篇作品。其中想象了跨时空的犯罪行为，想象了在多重宇宙中的"分身"，也想象了这种技术普遍采用之后的荒诞前景。但基本上没能超出十多年间两部科幻影片《救世主》（*The One*，2001）和《环形使者》（*Looper*，2012）的想象范围。

最后，第十个主题"未来世界·科技展望"之下，又有多达16篇作品，这当然是因为将一些不易明确归类的作品都放入其中了。这里既有着一般的对未来科学技术的想象，比如生物技术、飞行设备、城市交通管理之类，也有对诸如世界的不确定性、人类的进化等的哲学讨论。作者们想象了药物对爱情的作用（《爱情药剂》），也想象了对生命的设计（《我爱米拉：一次美丽的遭遇》）。有一篇小说中的某些情景让人联想到科幻影片《超验骇客》（*Transcendence*，2014）。这个单元的最后几篇作品，是对未来某些技术的想象片段，也可以说是"凡尔纳型"的作品。不过第65篇《取之有道》，在看似单纯幼稚的故事叙述背后，也可能暗藏着反讽——只是如果真有的话，这点反讽也太隐晦了。

娱乐中的科学

一本科学界心目中的"世界顶级科学杂志",却荣膺了欧洲"最佳科幻出版刊物",如此巨大的反差,其实却是大有渊源的——《自然》杂志与科幻的不解之缘,是该杂志最初两任主编遗留下来的传统,也可以说就是这本杂志的遗传因子。

1869年,天文学家诺曼·洛克耶(N. Lockyer,1835—1920)成为《自然》杂志首任主编,他在这一职位上长达50年之久。洛克耶在欧洲天文学界的名头,主要来自他通过分析日珥光谱推断出新元素"氦"的存在。除了专职进行太阳物理学前沿研究,和许多科学家一样,他晚年对科学史萌生了浓厚兴趣,在《自然》上发表了大量这方面的文章。

《自然》杂志最早的科幻源头,可以追溯到洛克耶1878年为凡尔纳英文版科幻小说集写的书评。在那篇书评中,洛克耶认为凡尔纳小说最具价值的地方,在于能够准确向青少年传授科学知识。然而与洛克耶的看法相反,在一些文学人士眼中,凡尔纳的科幻作品恰恰因为单纯追求科学知识的准确性,但缺乏思想性,所以品位不高。比如博尔赫斯(J. Borges,1899—1986)评价说:"威尔斯是一位可敬的小说家,是斯威夫特、爱伦·坡简洁风格的继承者,而凡尔纳只是一位笑容可掬的勤奋短工。"

继洛克耶之后,《自然》杂志的第二任主编格里高利(R. Gregory,1864—1952)同样对科幻保持着浓厚兴趣。格里高利与威尔斯早年是伦敦科学师范学院的同学,成名后一直保持着友谊,他曾在《自然》上为威尔斯的四部科幻小说《奇人先生的密封袋》《旅行到其他世界:未来历险记》《世界之战》《插翅的命定之旅,关于两颗星球的故事》撰写过书评。格里高利还在《自然》杂志上发表过大量对科学技术进行反思的文章,其中一些观点在今天看来也很具启发意义，比如他认为："科学不能和道德相剥离，也不能把它作为发动战争和破坏经济的借口。"

如今《自然》被中国科学界视为"世界顶级科学杂志"，但这种"贵族"形象背后的真实情形究竟如何呢？看看威尔斯晚年的遭遇，或许有助于我们获得正确认识，进一步了解《自然》究竟是一本怎样的杂志。

年过70之后，威尔斯向伦敦大学提交了博士论文并获得了博士学位——《自然》杂志居然刊登了这篇论文的节选。以提出"两种文化"著称的斯诺（C. P. Snow，1905—1985）认为，这是威尔斯"为了证明自己也能从事令人尊敬的科学工作"。一些和威尔斯交好的科学人士，如著名生物学家、皇家学会成员赫胥黎（Sir J. Huxley，1887—1975），曾努力斡旋推举他进入皇家学会，但结果未能如愿。这件事成了晚年困扰威尔斯的心病。1936年，他被推举为英国科学促进会教育科学分会主席，但这也"治愈"不了他，他认为自己从未被科学团体真正接纳。

斯诺曾提到皇家学会拒绝威尔斯的理由："皇家学会当前只接受从事科学研究或对知识做出原创性贡献的人士为会员。威尔斯是取得了很多成就，但并不符合可以为他破例的条件。"前面已经提到，仅威尔斯本人就在《自然》杂志上发表了26篇文章，但这些文章显然并没有被英国皇家学会承认为"科学研究或对知识做出原创性贡献"的成果。换言之，威尔斯并没有因为在《自然》杂志上发表了这么多文章而获得"科学人士"的资格。

从实际情形来看，皇家学会对威尔斯个人似乎并无偏见，因为即便是为威尔斯抱不平的斯诺，也持同样观点——斯诺为威尔斯辩护说：皇家学会一直实行推选制，被推选的人中不乏内阁大臣和高官，甚至就在威尔斯落选前两三年，还有多名政客高官入选。斯诺因此替威尔斯叫屈："这些非科学人士为国家作出过杰出贡献，当然没错；他们当选是荣誉的象征，实至名归；但问题是，他们都行，为什么威尔斯不行？"斯诺明确指出非科学人士也可入选英国皇家学会，他想要争取的只是让威尔斯享有和其他杰出非科学人士的同等待遇。

按照学术界通行的规则，寻求被同行接纳的最有效方式，就是在正规学术期刊上发表论文提供自己的成果和观点。但是，被《自然》杂志"宠爱"了半个多世纪的威尔斯，却始终未能获得英国主流科学共同体的接纳。这只能说明，《自然》杂志在英国学界眼中长期被认为只是一份普通的大众科学读物——就是我们今天所说的"科普读物"。这样的刊物在西方人心目中，是需要娱乐大众的，而不是扮演许多迷信《自然》杂志的人想象的所谓"学术公器"。所以在科普读物上发表文章，无论数量、质量和社会影响达到怎样的程度，对于提升作者在科学界的学术声誉都几乎毫无作用。

华贵下的平庸

宋人刘克庄《贺新郎·席上闻歌有感》下阕有句云："主家十二楼连苑，那人人、靓妆按曲，绣帘初卷。道是华堂箫管唱，笑杀街坊拍衮！"那首词表面上是说一个富有艺术修养且志行高洁的歌伎被纳入豪门，却没想到豪门中的歌舞竟是十分低俗。说老实话，在读这部《Nature 杂志科幻小说选集》时，我脑子里竟数次冒出刘克庄上面的《贺新郎》词句——若教那些在精神上跪倒在《自然》杂志面前的人知道了，非指斥我煮鹤焚琴亵渎神圣不可。

脑子里不由自主冒出刘克庄的词句，当然是因为这些小说实际上都相当平庸。

在《自然》杂志上发表短篇小说的作者，可以分成三类：

第一类是专职科幻作家。其中包括克拉克（A. C. Clarke）、爱尔迪斯（B. Aldiss）、女作家厄休拉·勒奎恩（U. K. Le Guin）、欧洲科幻"新浪潮"代表人物莫尔科克（M. Moorcock）等科幻界元老。中青代科幻作家中则有文奇（V. Vinge）、索耶（R. J. Sawyer）、拜尔（G. Bear）、阿舍（N. Asher）等知名人士。他们占据了这部《Nature 杂志科幻小说选集》作者中最大的部分。

第二类是写作科幻的科学人士，他们通常已经在科学界有了一些名声和地位。尝试科幻创作最成功的，有加利福尼亚大学物理天文学系的本福特（G. Benford）和 NASA 的天文学家兰迪斯（G. A. Landis）。而生物学家科恩（J. Cohen）和数学家斯图尔特（I. Stewart）则既在《自然》上发表学术论文，也发表科幻小说。

第三类是业余科幻作者，比如业余的科学爱好者，某些文人以及记者、编辑，包括《自然》杂志的一些编辑。某些不以科幻写作为业的作家，还有上面提到的那个 11 岁的小女孩，也可以归入这一类。

按理说，这样的作者阵容，作品应该不至于太平庸。何况这些小说发表在"世界顶级科学杂志"上，总要和这华丽高贵的身份大致相符，总该有点"高大上"的光景吧？但事实上，这些作品从小说艺术的角度来说，普遍乏善可陈——相信阅读了本书中小说的读者都会同意这一点。这是为什么呢？

我们分析，一个非常重要的原因，是《自然》杂志对小说篇幅的刚性限制——每篇只能有 850～950 个英文单词。在这样短小的篇幅中，塑造人物性格通常是不可能的。就是想渲染一点气氛，或者别有用意地描绘一下某种场景，也必然惜墨如金点到为止。如果试图表现稍微深邃或抽象一点的思想，对于绝大部分作者来说恐怕只能是 Mission Impossible 了。

也许有读者会想：既然这些小说都很平庸，艺术上乏善可陈，那你们为什么还翻译出版它们呢？

我们的回答是：恰恰因为它们平庸，所以才更值得翻译！

首先，如果这些发表在《自然》杂志上的小说篇篇精彩，那这件事情本身就相当"平庸"了，也许我们反而没有兴趣翻译它们了——那就留给那些跪倒在《自然》面前的人去讴歌、去赞美吧。但现在的情形是，在"世界顶级科学杂志"上，刊登了一大堆平庸的小说，这件事情本身就很不"平庸"了，所以才值得我们为它耗费一些时间精力，将这些小说翻译出来，让公众有更多的机会领略一番这些以前被许多人糊里糊涂捧入云端的"华堂箫管"究竟是何光景。

其次，从正面来说，这些科幻小说的另一个重要价值，是让我们可以从中领略到国际上科幻创作的反思科学的主流倾向。毫无疑问，这些小说的作者，绝大部分当然都是深谙主流倾向的，他们当然都努力让自己的写作跟得上时代潮流，而不是"不入流"。我们从这66篇小说中不难看出，在科幻创作中，这个"时代潮流"正是——反思科学。

再次，这部小说选集也可以提供活生生的实证材料，帮助人们了解《自然》杂志究竟是一本什么样的杂志——它肯定和许多对它盲目崇拜的人想象中的大不一样。

关于这部小说选集

翻译这部《Nature 杂志科幻小说选集》，是我们在进行"Nature 实证研究"项目时的附带产品。最初只是在全面收集资料时留意到了它，后来发现很有价值，就决定顺手将它翻译出来，与更多的读者共享。

这部选集共收入 2007 年之前发表在《自然》杂志上的短篇科

幻小说66篇（其实编者亨利·吉那篇题为"怀念未来"的前言也可以算一篇科幻作品）。本来亨利·吉编的原版共入选了100篇，但因为上海交通大学出版社只拿到了其中66篇的中译本版权，其余34篇就只好割爱了。那34篇中包括了一些超级大牌作者——比如晚年的阿瑟·克拉克（1917—2008）——的作品，诚为遗珠之憾。

原载《读书》2014年第12期

百年科幻：中国与西方接轨，
刘慈欣却反潮流

当代国际科幻的主流纲领

虽然有了刘慈欣的雨果奖，有了《三体》这样成功进入英语世界的作品，但是坦白地说，科幻在中国大陆，至今仍是一个既小众又低端的圈子。科幻被许多知识分子和广大公众看成是"科普"的一部分，就是编一个假想的故事逗青少年课余看着玩玩的。至于目的嘛，即使拼命往"高大上"里说，也就是"唤起青少年对科学的热爱"而已。

对于许多上了一点年纪的人，你如果和他谈到科幻，他唯一能想起的作家名字就是儒勒·凡尔纳（Jules Verne）。不错，这个名字在昔日以苏联为首的社会主义阵营国家中，确实长期占有特殊地位，但那是在浓厚的意识形态斗争背景下作出特殊选择的结果。这种"凡尔纳一枝独秀"的状态，遮蔽了广大公众乃至许多学者的视野，使他们看不到或不愿意睁眼去看国际上已经持续了一个世纪的科幻创作主流。

当代科幻创作的主流是什么？可一言以蔽之，曰：反思科学。可以毫不夸张地说，在19世纪末跨过凡尔纳"科学颂歌"的旧时代之后，一个多世纪以来，整个西方世界的科幻创作者们——小说作家、漫画家和电影编剧、导演们，几乎不约而同地在一个共同纲领下进行他们的科幻创作。这个纲领也可一言以蔽之，曰：反科学主义。

这个纲领是如此强大，以至于赞成这个纲领的人固然会自觉地在这个纲领指导下进行创作，而不赞成或尚未深入思考过这个纲领的人，也会不自觉地被裹挟着在这个纲领下进行创作。一个多世纪以来，几乎所有西方科幻作品中的未来世界，都是黑暗和荒谬的，就是这个纲领最有力的明证。在这个纲领之下，西方科幻作品以反思科学技术为己任，作品中普遍展示科学技术过度发展的荒谬后果，反复警示科学狂人滥用科学技术对社会的祸害，不断警告资本借助科学技术疯狂逐利最终将极度危害地球环境和公众的安全。

中国的情形与西方世界稍有不同。虽然数百年前的幻想作品比如《西游记》《封神榜》和《镜花缘》，可以用来证明中国人原本并不缺乏想象力，但就思想"血统"而言，这些作品和西方当代的科幻并无相通之处。到了19世纪末，当西方的科幻创作由威尔斯（H. G. Wells）开启持续至今的反思科学传统之时，中国晚清的第一代科幻作家却在全力模仿凡尔纳的科学颂歌，想象着一个又一个高科技的未来太平盛世。

在特殊的历史环境中，这种传统居然一直持续到20世纪80年代。然而改革开放之后，中国的科幻创作迅速完成了与国际的接轨。今天中国的科幻作家们，在整体上已经毫无疑问地汇入了国际的潮流之中。

刘慈欣的反潮流

但是，被誉为"中国科幻第一人"、被视为中国科幻"大神"的刘慈欣，偏偏没有汇入这个潮流之中。相反，他还在以庄子

"举世誉之而不加劝，举世非之而不加沮"的劲头，以孟子"虽千万人吾往矣"的勇气，坚持着他的科学主义创作纲领。

刘慈欣《三体》获雨果奖之后，一方面固然是一片赞美之声，另一方面也有许多人对此不以为然，不过他们通常都徒劳地纠缠在"黑暗森林"法则能不能成立、光速能不能超越之类具体问题的争论中，而这类争论既不可能在现阶段获得确切结论，对于赞美或贬低刘慈欣的作品也不可能在学理上产生任何作用。

从刘慈欣《三体》第一部初版的2008年起，我已经多次评论过刘慈欣，评论的文本形式不仅有报纸杂志上的书评文章，甚至还有《上海交通大学学报》上的学术论文。但在此次刘慈欣获奖所引起的滚滚热浪中，还有一件重要的事情似乎尚未被认真谈论过——刘慈欣在当代中国乃至世界科幻创作中的反潮流地位。

科学主义最基本的信念，就是相信科学技术可以解决人类社会的一切问题——当然这只能是一个信念，谁都知道永远不可能有得到证明的那一天。而这恰恰也是刘慈欣的信念，他在作品中反复表达和图解了这个信念。网上流传着一个2007年我和刘慈欣在成都白夜酒吧的题为"为什么人类还值得拯救"的对谈，刘慈欣在对谈的思想实验中表示"为了延续人类文明将毫不犹豫地吃掉美女"，正是他的科学主义信念所导致的逻辑后果之一。

通常，人们将一个能产生众多作品的纲领视为富有活力的，而将在其下已经很少有作品产生的纲领视为已经式微的。从当代科幻的整体来看，"反科学主义"纲领经过一个多世纪的科幻创作实践，已被证明是一个富有活力的创作纲领。与此相对，如果说相信科学技术终将解决人类社会一切问题的"科学主义"纲领，曾经催生过凡尔纳的科学颂歌，那么如今它早已成为一个式微的陈旧纲领。

现在的问题是：在科学主义这样一个式微的陈旧纲领之下，

为什么竟能产生《三体》这样的一流作品？幸好，在拉卡托斯（Imre Lakatos）的科学哲学理论中，这样的现象是可以得到合理解释的。按照他的理论，我们永远无法判定任何一个研究纲领是否已经彻底失去活力。所以，一个式微的纲领，在刘慈欣这样的"大神"手下，仍然有可能产生一流作品。换句话说，《三体》的成功，并不能成为科学主义纲领优秀的证明，但是可以成为刘慈欣创作能力强大的证明。

为何刘慈欣和当代潮流殊途同归

非常有趣的是，刘慈欣虽然持有强烈的科学主义信念，他的《三体》却并没有科学主义纲领之下应有的乐观主义。

通常，科学主义信念一定会向读者许诺一个美好的未来。凡尔纳的那些科学颂歌当然是如此，凡尔纳科幻中国版本的标志性作品《小灵通漫游未来》也是如此。这种描绘将来科学技术如何发达、人类生活因而将如何美好的科幻作品，很自然地会被作为适合少年儿童阅读的科普读物。但是纵观刘慈欣的一系列小说作品，正如他的粉丝们怀着复杂的心情所发现的那样，刘慈欣对未来是越来越悲观了。《三体》更走向了大悲极致——人类文明被轻而易举地毁灭了。

严锋教授在评论文章《创世与灭寂：刘慈欣的宇宙诗学》中写道："刘慈欣已经远离了传统的革命英雄主义，开始走向黑暗的宇宙之心，却依然可以听到遥远的革命精神的回响。因为，为了总体而牺牲个体，为了目标而不择手段，这依然可以视为过去的革命逻辑的极端展开。"这段话已隐隐触及上面那个问题的核心：刘慈欣抱持科学主义信念，又有着极大的反潮流勇气，为什么在悲观的未来这一点上，竟会和反科学主义纲领下的当代科幻主流殊途同归了呢？

答案可能相当出人意表：是因为刘慈欣在他科幻小说特设的"思想刑讯室"里，对人性进行了科幻所特有的严刑逼供。这样的严刑逼供，必然让读者看到人性的最黑暗之处。正是人性的黑暗，拖曳着刘慈欣笔下的角色们，走向无可避免的悲观未来。虽然刘慈欣始终将希望寄托在科学技术上，但科学技术能改变人性吗？

而在刘慈欣身旁，日益展现活力的中国当代科幻创作，已经汇入当代国际潮流，大批反思科学的作品正在源源不断地问世。如果说中国科幻与国际接轨是一种殊途同归的话，那么当代科幻主流与刘慈欣的反潮流，又形成了另一道殊途同归的景观。

原载《新发现》2016年第2期

西方科幻影片中的科学技术形象

中国观众在很长时期内，都习惯于在文艺作品中看到对科学技术及科学家"崇高形象"的塑造，这种状态可能在大部分公众中至今仍是如此。但在当代以好莱坞为主的西方科幻影片中，则大异于是——更多见的是对科学技术的质疑，以及对科学技术飞速发展的忧虑。在这个问题上，"反乌托邦"似乎仍然是西方科幻影片中最有活力的思想纲领。

在这些西方科幻影片中，未来世界的科学技术早已不是中国公众思想上习惯的那种"驯服工具"，而是一匹随时会脱缰的野马，一列刹车已经损坏的疯狂列车。它经常呈现这种状态：它带来的问题远比它已经解决的问题更严重、更致命。而科学家则经常被描绘成"科学狂人"，他们要么有着疯狂的野心，想利用科学技术控制全世界，奴役全人类（甚至在一些通常不归入科幻范畴的影片，比如《007》系列中，也会出现这样的科学家形象）；要么卖身为有着疯狂念头的邪恶坏人服务，或为了获取新知识不惜跨越道德底线——这种情形在中国公众熟悉的话语中通常被表述为"科学研究没有禁区"。

以下仅据笔者个人观影所及，以若干著名科幻影片为例，对其中的科学技术及科学家形象略加分析。

反叛的计算机和机器人

还在"前个人电脑时代",反叛的计算机形象已经出现在经典科幻影片《2001太空漫游》(*2001: A Space Odyssey*,1968)中。

在影片第三章"木星任务:18个月之后"中,人类派出了宇宙飞船"发现者号"前往木星。飞船上有两名宇航员,还有三位处于冬眠状态下的科学家,负责操纵飞船的则是一台名为"HAL 9000"的电脑——它已经具有人工智能,所以实际上是飞船中的第六位成员。此行的任务极度机密,连那两名宇航员也不知道。

航行途中"HAL 9000"无故反叛,它不再忠心耿耿地为人类服务,最后竟发展到关闭了三位休眠宇航员的生命支持系统——等于谋杀了他们,并且将另两位宇航员骗出飞船,杀害了其中的一位。当脱险归来的宇航员戴夫决心关闭HAL 9000的电源时,它又软硬兼施,企图避免被关闭的结局。如果套用阿西莫夫的"机器人三定律",则HAL 9000的上述行为已经明显违背了第一、第二定律。

而到了影片《机械公敌》(*I, Robert*,2004)中,机器人的反叛已经变成公开的暴动。由于人类采用了"让机器人来制造机器人"的技术,那个反叛人类、违反"机器人三定律"的机器人,"克隆"出大批它的志同道合者。它们先是试图杀死坚持探案的史纳普警官,后来更是成群走上街头,和人类冲突起来。

影片最终的结局,有点扑朔迷离。那个率先反叛的机器人,在苏珊的整治下似乎改邪归正了,机器人的反叛也终于被制止了。但是,影片结尾时,没有出现任何人类,却是出现了一个救世主式的机器人,统率着广场上无数的机器人,这暗示着什么呢?一个这样的机器人,它要是反叛人类,手下的机器人要是"只知有凯撒,不知有共和国",只听它的指挥,那人类如何应付?或者,影片干脆就是暗示一个由机器人统治的未来世界？

影片《银翼杀手》(*Blade Runner*，1982) 被奉为科幻影片中的无上经典，该片有着多重主题。其中"复制人"(Android) 和机器人及后来的"克隆人"都有相似之处。"复制人"的人权是它的主题之一。

Tyrell公司研制的复制人——它们仿照人类中的精英复制，但是只有四年的寿命，四年一到即自动报废——不断更新换代，到 Nexus-6 型的时候，这些复制人即使被放到人类中间，也已经是出乎其类，拔乎其萃了，它们个个都是俊男倩女，而且综合能力和素质极高。不过即使它们已经如此优秀，它们仍然没有人权。复制人被用于人类不愿亲自去从事的那些高危险工作，比如宇宙探险或是其他星球的殖民任务。

但是复制人既然已经如此优秀，它们不可能长期甘心处于被奴役的地位，反叛终于出现了。人类政府于是宣布复制人为非法，并成立了特别的警察机构，专门剿杀复制人。受雇于该机构的杀手被称作"银翼杀手"(Blade Runner)，哈里森·福特饰演的男主角戴卡就是一个已经金盆洗手了的前银翼杀手。而复制人在被追杀的同时，却在寻求另一个目标——延长它们自己的生命。最优秀的复制人罗伊·巴蒂找到了复制人的设计者Tyrell博士，但是博士也无法延长复制人的生命，巴蒂在绝望中杀死了博士。

影片结尾处复制人巴蒂显示的高贵人性，以及银翼杀手戴卡本人是不是复制人，都显得扑朔迷离，似乎暗示着复制人反叛的正义性。

"瓶中脑"的噩梦

影片《银翼杀手》的第二个主题稍微隐晦一点，即我们能不能够真正知道自己所处世界的真相。《银翼杀手》中关于记忆植入的故事情节，涉及的就是这个主题。事实上，戴卡就无法知道他自己究竟是谁。在后来的《十三楼》(*The Thirteenth Floor*，1999)、《黑客帝国》(*Matrix*，1999—2003)等影片中，这个问题得到了更集中、更直接的表现和探讨，但《银翼杀手》同样可以算它们的先驱。

这个问题，其实就是所谓的"瓶中脑"幻想问题——假设你的大脑被从身体中取出，放在一个充满营养液的瓶子中，并让你的大脑仍然存活着；大脑的神经末梢与一台计算机连接，在计算机向你输入的信号作用下，你的大脑仍然有着一切"正常"的感觉，而实际上这种种感觉，都只是大脑在计算机控制下所产生的反应而已。现在，这个大脑怎么能分辨自己究竟是一个"瓶中脑"还是一个正常人的大脑？

这个"瓶中脑"问题，在科幻影片中有一个逐步发展的形态。起先是向人脑中植入芯片，以便改变和控制人的思想。

在影片《复制娇妻》(*The Stepford Wives*，1975)中，一群苦于妻子不贤惠不温柔的丈夫们，聚居在一个小镇上，他们秘密复制贤惠温柔的妻子，然后过着幸福的生活。他们的复制娇妻，个个都是男人心中梦寐以求的理想女性：容颜秀丽，身材惹火，天天打扮得时尚而性感，白天温柔贤惠操持家务，晚上上了床则变成风情万种的风骚荡妇。这秘密被最后一个到来的妻子发现，但是为时已晚，她自己也被复制。对于娇妻如何复制这样的科学问题，影片采取了虚写的办法。影片在男人们的胜利中闭幕。

到了2004年版的同名翻拍片《复制娇妻》中，故事变成这样：同样是一群苦于妻子不贤惠不温柔的丈夫们，同样聚居在一个小镇上，复制贤惠温柔的妻子。不过这次"复制娇妻"的手段有所交代——就是在妻子们的脑中植入芯片。最后众妻子反抗，反将众丈夫脑中植入了芯片。影片结尾时，众妻子重新做回女强人，她们的一众"上海丈夫"则乖乖在超市购物，商量着怎样讨好自己家中的河东狮子。

关于人脑中植入芯片的另一种想象，见于影片《最终剪辑》（*The Final Cut*，2004）。未来世界，有一种新技术已经成功商业化——可以在婴儿出生时将一个芯片植入其脑中，该芯片可以记录此人一生的活动。当此人去世时，可将该芯片取出，然后将其一生活动中的精华部分剪辑出来，供此人葬礼举行时播放，则俨然一部个人传记影片矣。影片故事开始时，这种芯片植入技术已经发展到第9代了。街头到处都是关于这种芯片植入的广告。据说已经有5%的人在使用这种芯片。当然反对这项技术的也大有人在，示威者高呼的口号是："记忆是自己的！""为今世而活着！"——因为有的人一旦知道自己被植入芯片，想到此生一举一动、一颦一笑都将被记录下来，并将被剪辑、被播放，就被对于"身后是非"的过度关注所笼罩，从此失去了自我，失去了生活——仿佛只是为了别人而活着了。

从"芯片植入人脑"，再经过"虚拟技术"，就可以直接过渡到"瓶中脑"问题了。

影片《十三楼》（常见中译名有《异次元骇客》《十三度凶间》等），堪称关于"虚拟技术""虚拟世界"的经典作品。

电脑科学家海蒙·富勒和道格拉斯·霍尔，开发出了一种虚拟世界的设备，虚拟的是1937年的洛杉矶。人躺到一个特殊的装置上，接入系统（《黑客帝国》中锡安基地的反抗战士进入Matrix也是如此），就可神游那个世界，在那里有自己的生活，自己的喜怒哀乐。富勒虽然已经垂垂老矣，还要去那个世界泡妞。

有一天富勒发现了一个惊天秘密，原来他自己和霍尔就是虚拟的，他们辛辛苦苦开发出来的"洛杉矶1937"本身也是虚拟的——他们生活于其中的、自以为是真实的20世纪90年代的世界，其实也是虚拟的！后来金发美女告诉了富勒更大的惊天秘密：原来金发美女的丈夫，一个心理变态的科学狂人，才是这虚拟的20世纪90年代世界的造物主（就像富勒和霍尔是"洛杉矶1937"的造物主一样），是他开发了这个虚拟世界。

在结尾处，影片暗示了公元2024年的洛杉矶也是一个虚拟世界，而在2024年的洛杉矶之上，至少还有一层世界。那么，这样一层一层地虚拟上去，何处是尽头呢？我们现在是不是就要怀疑：我们今天生活于其中的世界，会不会也是"更上一层"的世界所设计的虚拟世界呢？

整个虚拟"洛杉矶1937"的设备，就架设在富勒的公司所在大楼的十三楼，影片即据此起名。不过，在西方人心目中，13是不吉利的数字，有些大楼甚至跳过13楼（12楼上面就是14楼），影片却偏偏让富勒的"洛杉矶1937"架设在13楼，每次片中人物进入13楼，都是凶险万状，几乎就是去鬼门关走了一遭。这样的安排是否别有寓意？也许可以解读为：虚拟世界这种技术，以及人类对虚拟世界的探索，都是不吉的？

到了影片《黑客帝国》系列中，"瓶中脑"问题以前所未有的震撼形式表达出来。《黑客帝国》居然引起许多哲学家参与讨论，主要原因就在这里。

影片中的"母体"（Matrix），比《十三楼》中的"洛杉矶1937"更上层楼——它已经是虚拟的整个世界。Matrix的设计者告诉尼奥，不要低估Matrix的伟大，因为事实上就连地下反抗者的锡安基地乃至反抗首领尼奥本身，都是设计好的程序（他已经是第六任这样的角色了！），目的是帮助Matrix完善自身——在此之前Matrix已经升级过五次了。

这样一来，真实世界究竟还有没有？它在哪里？如果锡安也只是程序，那么真实世界在《黑客帝国》三部曲中就从来也没有出现过。人是什么——是由机器孵化出来的那些作为程序载体的肉身，还是那些程序本身？什么叫真实，什么叫虚拟？……所有这些问题，全都没有答案了。事实上，只要我们承认 Matrix 存在的可能性，我们就再也无法确认我们周围世界的真实性了。

从"芯片植入人脑"到"瓶中脑"，已经成为一个许多科幻电影和小说中挥之不去的噩梦——我是谁？我在哪里？人类最终将迷失在这样的根本问题之中。

技术值得信赖吗？

美国人是崇尚技术的，直到现在，许多人甚至可以说仍是"技术至上主义者"。在20世纪50年代的科幻电影中，还能看到这样的观念。例如影片《地球停转之日》（*The Day the Earth Stood Still*，1951—2008年已有同名翻拍片，故事情节改变很大）中，外星人克拉图向地球人类传达的"强有力的信息"是这样的（经我归纳改写，非原话也）：

> 我们来自一个遥远的星球，那个星球上的科学技术和文明，已经发达到你们地球人类无法想象的地步——刚才那一小时发生了什么，你们都已经看到了。
>
> 宇宙中各处发生的事情，我们都能知道，现在，我们知道你们已经研究出核武器了，而且已经开始使用了！这是极其危险的，它将使得你们面临毁灭！
>
> 我们已经在宇宙中建立了秩序和规则，宇宙中的任何文明都应该遵守这些秩序。对于破坏秩序的人，我们就给予惩罚，惩罚由戈特这样的机器人来执行——它的威力你们刚才也已经领教过了。

美国人的思维方式就是这样的。他们崇尚力量（在科幻电影中，往往通过钢铁、机械、电气、能量等方式来象征和表达），并且认为只要自己掌握了超过别人的力量，就有资格制定、宣布秩序和规则。他们喜欢自任世界警察，这种情结在许多好莱坞电影中都有反映。《地球停转之日》中的机器人戈特，就是美国心目中的世界（宇宙）警察，这样的警察以强大的力量来维护美国人心目中的正义。

但是，对技术的质疑，如今已经是好莱坞科幻影片的主流。

影片《巴西》（*Brazil*，1985，中译名有《异想天开》等）是"反乌托邦"纲领下的重要作品之一，其中对技术的质疑颇具黑色幽默风格。

比如影片中有这样一个情节：官僚机构办公室天花板上的一只虫子，因为被官员打死而掉到了正在运行的打字机上，这导致了打印文件上出现了一个小差错，这个差错导致了执法人员前去突击逮捕时抓错了人，而这个被错抓的人又根据文件而被错误地处死了。一个无辜的守法公民，就因为官僚机构办公室的一只虫子而被冤死了。

这个情节被用来讽刺极度的官僚主义，当然是容易理解的，但它同时也暗含了对技术主义的反讽——为什么办公室天花板上会有那只虫子？根据影片一上来对主人公山姆（一个良心未泯的小职员）早上从起床到上班这一小段时间活动的描写，观众就知道这是一个已经高度机械化、自动化了的社会，然而，影片通过对场景和道具的精心安排，让人同时感觉到这些机械化、自动化又是极不可靠的，它们随时随地都在出毛病出故障。所以《巴西》中出现的几乎所有场所都是破旧、肮脏、混乱不堪的，包括上流社会的活动场所也是如此。所以官员的办公室天花板上才会有虫子出现，而且机械化、自动化对此完全无可奈何，以至于需要官员自己爬上桌子用报纸去打。

在能够表现出对技术的不信任感的影片中，《虎胆龙威Ⅳ》（*Live Free or Die Hard*，2007）特别值得注意。

《虎胆龙威》作为著名的动作片系列，许多人心目中对它的期望已经定型：布鲁斯·威利斯饰演的热血警探约翰·迈克莱恩，奋不顾身与恐怖分子斗争，总是枪战、搏斗、追车、爆炸。但《虎胆龙威Ⅳ》和前三部相比，已经大不相同了——事实上，它可以被看成一部科幻影片。

影片中的故事说，几年前美国国防部曾聘请托马斯·加百列为软件工程师，加百列（Gabriel，是《圣经》中天使长——就是向圣母玛丽亚预告耶稣降生的那个天使的名字）是电脑天才，他受雇后很快告诉当局，美国的国家安全系统太脆弱了，但他的上司不以为意，以为他是危言耸听以求自高身价。据说加百列气愤不过，竟硬闯参谋长联席会议，他当场只用一台笔记本电脑就侵入了北美联合防空司令部的网络，并当场关闭了所有的空中防御系统，直到他的脑袋被枪指着这才停手。

这件事也许使得高层重视了加百列的警告，然而结果却变得更糟——"9·11"之后，美国国家安全局在巴尔的摩市郊秘密建立了一个安全控制中心，用来备份国家所有的财政信息，只要国家安全系统受到袭击，所有财政信息，包括银行储备、国库备用金、公司资料、政府资金——也就是说，全美国的财富，就会自动下载到该安全中心的一个服务器上。恐怖分子策划实施"完全清除"恐怖行动，就是为了让巴尔的摩市郊的安全控制中心启动下载程序——现在他们已经控制了那个服务器，此刻通过向国外银行转账，他们转眼就可以将美国国库洗劫一空！

反技术主义的个案，至此已可结案，结论是：过度依赖技术是危险的。

首先,这个自动备份下载程序,作为一项技术它是不是"中性"的?在这个故事中显然已经不能简单断言了。恰恰是这个"将全美国的财富都备份到一个服务器上"的极端技术主义的想法,导致了谩藏诲盗,授人以柄,使加百列见财起意,并且有机可乘。

如果坚决站在技术主义立场上,辩解说这只是技术不够完善之故,那仍将很难面对另一个问题:技术无论怎样完善,最终总要靠人去操控。技术被用来行善还是作恶,最终总是取决于某些个人的道德和忠诚,而这种情况下所涉及的人数越少,风险就越大——当人数少到只有一个人时,这个人就会被引诱着来扮演上帝或魔鬼的角色。加百列就是如此。

对于另一种我们已经司空见惯、大部分人已经一天也离不开的技术——电视,科幻影片中也不乏有一定深度的反思。影片《西蒙妮》(*Simone*,2002)是一个例子。假想了电视能够欺骗公众到什么地步。

一个过气的导演,依然钟情电影事业,但是那些明星的耍大牌,让他忍无可忍。一个潦倒的电脑天才送给他一个软件,这个软件是他用毕生智慧开发的,可以用电脑技术在电影中模拟出一个"真实的"美女——不,事实上她比世间任何美女都更完美,她是人类心目中"理想的"美女。这个美女被取名西蒙妮。

自从有了这个软件,该导演拍的影片每一部都大获成功,每一部都叫好又叫座。这些影片中的女主角西蒙妮,则芳名冠于寰宇,成为红得发紫的女明星。西蒙妮更是导演的最爱,她不需片酬,不要大牌,不发脾气,导演要她怎么表演她就怎么表演,可以百分之百地实现导演的意图。

西蒙妮成名之后,她受到全世界电影观众的热爱,成为一个真正的大众情人。如今,没有任何人怀疑世界上是否真有西蒙妮其人，所有的人都相信该导演旗下有一个大明星、大美人西蒙妮。她甚至还成了联合国的某个亲善大使，在世界各国飞来飞去——她每到一处，全世界观众都可以在电视上看到她抵达该地的"实况转播"。至于她的遍布全球的影迷们和她见面的要求，则总是被"西蒙妮小姐已经离开本市""西蒙妮小姐身体偶有不适"之类的借口推托掉。

这个寓言式的幻想故事，离我们的日常生活其实并不遥远。

技术中有恶吗？

许多人想当然地认为，技术本身是"中性"的，无恶也无善，关键在于人用它来干什么事。这种想法实际上是非常简单幼稚的，经不起稍微深入一点的追问。一些西方科幻影片中对这一问题有所思考。

影片《链式反应》(*Chain Reaction*，1996)中的故事说，芝加哥大学的一群科学家，搞出了一种全新的能源技术，能够从水里提取出无穷无尽廉价而又环保的燃料——简单来说，干脆就是美国版的"水变油"。负责这个项目的科学家，在实验成功之后极度兴奋，迫不及待地要将他的小组的惊世成就向全世界公布。谁想到正当这些科学家沉浸在"一朝成名天下知"的喜悦之中，打算向外发布新闻时，一群蒙面杀手从天而降，杀死了这些科学家，炸毁了整个实验室。

香农博士，一位和中央情报局暗中有着千丝万缕关系的神秘人物，表面上是资助这项美国版"水变油"研究的基金会负责人，然而，那个晚上杀死科学家，炸毁实验室的杀手们，正是香农博士派出的！香农博士后来更是凶相毕露，他枪杀了基金会中主张继续这个研究项目的同仁，而且，当"水变油"项目在另一个秘密的备用实验室中再次成功时,他又毫不犹豫地炸毁了它。

香农博士并不是一个脸谱化的恶人,他是有理论的:

> 你们搞出这项"水变油"的技术当然好得很,但是你想过没有,我们现今社会的能源支柱是什么?是石油!如果你们的技术向外一公布,所有的石油产业在一夜之间就会倒闭!美国的股市在第二天就会崩盘!我们的金融体系就会瘫痪!我们的整个社会就会陷于骚乱!你们现在搞出这个技术来,一旦公布,它究竟是造福我们社会,还是祸害我们社会?!所以说,你们的这项技术,搞出来得太早了!它必须被雪藏起来,等到人们真正需要它的时候(比如石油快耗竭了?),才可以问世。

在好莱坞电影中,CIA、FBI之类的机构,通常都是唯科学主义的代表,然而在《链式反应》中,CIA暗中派出的香农博士,却是一个赤裸裸的甚至可以说是很极端的"反科学主义者",他为了阻止不适当的新技术过早问世,竟不惜杀人放火。这也是这部影片的与众不同之处。

而另一部名声更大的著名影片《少数派报告》(*Minority Report*, 2002),则是一个未来世界的"诛心"故事。故事的场景被想象在公元2054年的华盛顿特区,在那里"谋杀"这种事情已经彻底消失——有整整9年没有发生过了,因为犯罪已经可以预知,而罪犯们在实施犯罪之前就会受到惩罚。司法部有专职的"预防犯罪(Pre-Crime)小组",负责侦破所有犯罪的动机,从间接的意象到时间、地点和其他的细节,这些动机由"预测者"(Pre-Cogs)——他们能够预知未来的各种细节——负责解析,然后构成定罪的证据。在这样的制度下,公众也就没有任何隐私可言了,因为一切言行都在有关机构的监控之中。

"预测者"是三个有超自然能力的人(两男一女),但是处在令人恐惧的景象中——他们被制作成木乃伊般的僵尸,浸泡在液体中，生不像生，死不像死，他们脑内被植入犯罪图像的晶片，就像原始数据，快速浏览图片并储存，等他们脑细胞组织发育完全，晶片就与之完全融为一体，可以有效地接收并处理信息，这就是所谓的"犯罪预知系统"。"他们不会感觉到任何痛苦，但必须保持恒温，要不就会沉睡不醒。"

这种令人毛骨悚然的技术，看上去就透着某种邪恶的色彩。影片让"预防犯罪小组"最忠诚的精英约翰·安德顿也被侦测出有犯罪企图，来揭示这种侦测技术的邪恶。安德顿当然知道自己是无辜的，但是"犯罪预知系统"不是从来就可靠无误的吗？如果他坚持自己无辜，那又怎么能保证以往由这个系统对别人作出的定罪全都正确呢？现在，安德顿只得在这座对所有公民都严密监控、毫无个人隐私可言的城市中逃亡，并追索原因，以求洗脱自己的罪名。安德顿的谋杀罪名最后能不能洗脱？影片实际上借此提出了几个严重问题：

这种无视公众隐私权的所谓"犯罪动机预测"技术，凭什么值得信赖？根据动机给人定罪，是不是合理？能不能以"预防犯罪"为理由侵犯公众隐私？如果允许以"预防犯罪"为理由侵犯公众隐私，则是公众的权利尚未被犯罪侵犯于彼，却已先被"预防犯罪"侵犯于此了，这显然是不可接受的。

还有一些想象中的技术，我们在未经思考时会认为它们当然是好的，而实际上很可能非常有害。比如"预测未来"技术，就是如此。许多当代的科幻作品思考过"预测未来"这一技术之恶，较为中国公众熟悉的好莱坞科幻影片《记忆裂痕》（*Paycheck*，2003，中文或译成《致命报酬》）就是一例。

影片故事中，电脑工程师詹宁斯在为万莱康公司工作时，看到了未来，而那未来是极为暗淡的——包括核灾难。为此他在那台能预见未来的机器芯片中安放了病毒，使得机器在他离开后无法正常运转。詹宁斯认为："预测就像创造了一个人人都逃不掉的瘟疫，不论预测什么事，我们就会让它发生。"他断言："如果让人们预见未来，那么他们就没有未来；去除了未知性，就等于拿走了希望。"因而他认为万莱康公司制造预见未来的机器实属邪恶之举。

相信技术可以解决一切问题，这种信念从表面上看是"中性"的，因为技术本身似乎就是中性的——好人可以用技术来行善，坏人也可以用技术来作恶。其实不然，有些技术本身就像魔鬼，它们一旦被从瓶里放出来，人类对它们有了依赖性，明知它们带来的弊端极为深重，却已经"请神容易送神难"。农药、手机、互联网，哪个不是如此？我们今天对这些东西哪个不是爱恨交加？

科学家不是圣人

好莱坞科幻影片似乎从来不以塑造科学家"崇高形象"为己任。除了塑造"科学狂人"这种脸谱化的坏人之外，科幻影片中对科学家还有种种不敬之处。

影片《IQ情缘》（*I.Q.*，或译《爱神有约》，1994）是一部从多个角度对科学家进行揶揄调侃的作品。

影片的故事被安排在20世纪50年代某年，爱因斯坦、数学家哥德尔、物理学家波多斯基，以及一位可能是编导杜撰出来的科学家李卜克内西，四位科学界的世界级大佬，在美国普林斯顿高等研究院过着游手好闲、悠闲自在的生活，享受着世人的供养和尊崇，思考讨论着一些深奥玄远的问题，宛如奥林匹斯山上的众神。

爱因斯坦有一位侄女凯瑟琳，和他生活在一起，凯瑟琳已经订了婚，未来夫婿是一位走在科学界阳关大道上的"有为青年"

莫兰德博士。莫兰德博士马上就能当上教授了，充满自信，自我感觉极为良好。但是他那张扑克脸，明显暗示着他是影片嘲弄的对象。四个大佬都不喜欢他，他们经常取笑他的研究，说他"只在老鼠的生殖器上做功夫"，还在他的实验室里捣蛋。后来他们联手暗中帮助一位年轻的汽车修理工艾德追求凯瑟琳，为此不惜替艾德捉刀代笔，甚至帮他舞弊造假。

有些热爱科学的人士也许会出来质问：《IQ情缘》这样的影片究竟是何居心？这不是丑化科学家吗？这不是鼓吹造假吗？这不是鼓励作弊吗？是的，好像是的。但是，如果这样来看这部影片，也未免太煮鹤焚琴了。

四大佬为何要全力帮助艾德追求凯瑟琳？那是因为他们一致认定："艾德更能让凯瑟琳幸福"，这两人之间"有真正的爱情"。这种认定当然也不可能从科学上得到证明，它属于价值判断，但因此也就是无可非议的了。

那么四大佬被塑造成这样老顽童式的胡闹形象，是不是妥当呢？按照我们国内多年来的传统观念，当然会被认为是不妥当的。但是在西方，试图消解科学过度权威的"反科学"思潮，早已在学术界和大众媒体上盛行多年，在这样的思潮背景下来看这部影片，四大佬的种种胡闹也就不足为奇了。

至于四大佬帮助艾德"造假"之说，也不无辩解的余地。知识产权也是可以赠与的，四大佬自愿为艾德捉刀，就是将这篇论文的知识产权赠与艾德。况且古今中外，许多大人物的报告甚至著作都是秘书写的，但都归入大人物的名下，那么现在权当四大佬情愿为艾德做一回义务秘书，为他起草论文，又有何不可呢？

只剩下帮艾德作弊一项，四大佬看来难辞其咎。但那场问答本来就不是学术活动，四大佬仿佛众神游戏人间，也就是朱熹在《诗集传》中所说的"圣人道大德全，无可不可"了。

著名科幻剧集《星际战舰卡拉狄加》(*Battlestar Galactica*, 2003)，是讲述人类和外星文明塞隆殊死斗争的史诗作品，其中有一个贯穿全剧的科学家形象——博塔博士。他虽然被女总统任命为科学顾问，但实际上被塑造成轻浮的小丑角色。那个金发塞隆美女每时每刻纠缠着博塔博士，却只有博塔一人能够看见和感觉到她，她用无限的情欲诱惑着博塔，同时知悉了博塔所知道的一切。后来塞隆改变了方略——它们居然帮助博塔博士竞选总统获胜，而博塔的竞选纲领是人类定居新殖民地卡布里卡星球。结果定居一年，和平安逸，人类斗志涣散，博塔则沉溺酒色，朝政荒废。在剧集第二季结尾，塞隆突然再次大举进攻，人类舰队溃不成军，新殖民地又告沦陷，而博塔居然代表人类政府向塞隆投降。

另一部曾经被引进中国大陆公映的好莱坞科幻影片《摩羯星一号》(*Capricorn One*, 1978)中，科学家扮演了更加不光彩的角色。

影片的故事说，美国国家航空航天局（NASA）因为航天项目搞了16年，耗费了巨额国帑，却一直没有什么成果，已经越来越无法向国会和公众交代，于是首席科学家决定铤而走险，要弄出一个大大的成果来，好让世人震惊。他设计了载人飞船登陆火星的行动，而这次行动其实是一个惊天骗局。他要求三位宇航员在未来的8个月里，在一个沙漠里的秘密基地中，向全世界扮演"摩羯星一号"登陆火星的"实况转播"！他对宇航员们说："如果你们揭露真相，美国人民将'没有任何东西可以相信了'——因此即使为世道人心着想，你们也应该跟我合作。"

在首席科学家的威逼利诱之下，三名宇航员不得不和首席科学家合谋。他们共同将一个弥天大谎持续了8个多月。在此过程中，全美国、全世界都不断从电视上看到三位宇航员飞往火星、在火星成功登陆，又顺利开始返航的"实况转播"。中间还包括宇航员在太空中和家人通话，互诉关爱；宇航员家人接受媒体采访，领受敬意……

科幻影片中的故事，当然都不是真实的事情；好莱坞的编剧和导演们，也不是科学技术和科学家的敌人。那么，这些影片为何都不约而同地塑造科学技术和科学家的负面形象呢？而且，科学家们面对这些好莱坞科幻影片，似乎也没有提出什么抗议（如果在中国，抗议几乎肯定会出现）。这些现象，应该是值得我们思考一番的吧。

原载《物理教学探讨》2009年第9、10期

科学与幻想：一种新科学史的可能性

江晓原　穆蕴秋

一、绪论：伽利略月亮新发现的影响

和科学史上的许多其他问题一样，关于宇宙中其他世界上是否存在生命的问题，也同样可以追溯到古希腊。

原子论的提出者，留基伯（Leucippus，500 B.C.—450 B.C.）和德谟克里特（Democritus，470 B.C.—400 B.C.）最早表达了无限宇宙的思想，认为生命存在于宇宙的每一个地方。随后伊壁鸠鲁（Epicurus，341 B.C.—270 B.C.）及其思想继承人卢克莱修（Lucretius，99 B.C.—55 B.C.），也分别在各自的著作中表达过类似的思想。[1][2]与原子论者的看法相反，柏拉图（Plato，429 B.C.—347 B.C.）在《蒂迈欧篇》（*Timaeus*）中并不赞同"无限宇宙"的观点。[3]亚里士多德（Aristoteles，384 B.C.—322 B.C.）从构成世界的物体本性相同的前提出发，在《论天》（*On the Heaven*）中也对"多世界"观点进行了反驳。[4]

而伽利略·伽利雷（Galileo Galilei，1564—1642）在1609年

---

[1] Diogenes Laertius. *The Lives and Opinions of Eminent Philosophers* [M]. Yonge C D (Tr). London: H. G. Bohn, 1853. 440.
[2]〔古罗马〕卢克莱修:《物性论》,方书春译,商务印书馆1999年版,第123—124页。
[3]〔古希腊〕柏拉图:《蒂迈欧篇》,谢文郁译,上海人民出版社2005年版,第21页。
[4]〔古希腊〕亚里士多德:《论天》,载苗力田主编《亚里士多德全集》（第二卷）,中国人民大学出版社1991年版,第289页。

通过望远镜所获得的月亮环形山新发现，成为一个分界点：在此之前，关于外星生命或文明的讨论主要来自哲学家们的纯思辨性构想；在此之后，相关探讨结论是在望远镜观测结果的基础上进行的。1610 年，伽利略在新出版的《星际使者》（*The Sidereal Messenger*）一书中提到，1609 年 12 月，他用望远镜对月球进行了一段时间的连续观测后确信：

> 月亮并不像经院哲学家们所认为的，和别的天体一样，表面光滑平坦均匀，呈完美的球形。恰恰相反，它一点也不平坦均匀，布满了深谷和凸起，就像地球表面一样，到处是面貌各异的高山和深谷。①

伽利略对月亮环形山的发现，和他观测到的太阳黑子和金星相位的变化，推翻了亚里士多德经院哲学家们一直所宣扬的，月上区天体是完美无瑕的说教。除了这一重要影响之外，伽利略通过望远镜所得到的天文观测结果，还在其他两个方面产生了值得关注的影响。

首先，一些科学人士基于望远镜的观测结果，开始对其他星球适宜居住的可能性，展开了持续的探讨。天文学历史上许多很有来头的人物，如开普勒（Johannes Kepler 1571—1630）、威尔金斯（John Wilkins 1614—1672）、冯特奈尔（Bernard le Bovier de Fontenelle 1657—1757）、惠更斯（Christian Huygens 1629—1695）、威廉·赫歇尔（Sir William Herschel 1738—1822）等，都参与了相关的讨论——不过几乎无一例外，在大多数正统的天文学史论著中，这些内容都被人为"过滤"掉了。

其次，与科学界人士对地外生命的探讨相对应的是，从 17 世

---

① Galileo Galilei. *The Sidereal Messenger* (1610). Carlos E S(Tr). London: Rivingtons, 1880.15.

纪开始，文学领域开始出现一大批以星际旅行为主题的幻想作品。公元2世纪卢西安（Lucian Ca. 115—200）的幻想小短文《真实历史》(*True History*)，现在一般被认为是最早的星际旅行幻想故事，此后文学作品中有关星际旅行的作品极为少见。这一题材在17世纪的重新复苏，很大程度上与伽利略望远镜天文观测新发现有着直接关系。①

上述科学与幻想两方面的成果，在后来不断累积的过程中并非彼此隔绝，它们的边境始终是开放的，很多幻想都可以看作科学活动的一部分。下文将通过具体例证从三个方面对此进行详细论述。

二、幻想作为科学活动的一部分

（一）星际幻想小说对星际旅行探索的持续参与

约翰·威尔金斯是英国皇家学会的创始人之一，他很可能是科学历史上第一位对空间旅行方式系统进行关注的人士。1640年，他在《关于一个新世界和另一颗行星的讨论》(*A Discourse*

---

①星际旅行幻想小说的这种中断和复苏的状况，很容易让人把它和亚当·罗伯茨在《科幻小说史》(北京大学出版社，2010年)中，提到的一个"所有(研究)科幻小说的历史学家必须回答的问题"对应起来：在整个文学领域，从公元5世纪到17世纪初，科幻出现了1100多年的中断期。

罗伯茨把出现这一漫长中断过程的原因，归结于这一时期占主流的"(新)柏拉图哲学、亚里士多德宇宙论和基督教神学的混合体"。这种"混合体"的特征是，"地上的王国与形而上–超越的天上王国的区别"。天上的王国被认为由高等而纯粹之物(以太)构成，尘世之物完全不可与之相比。因此，罗伯茨认为，这一时期的星际旅行面对的是一神教群体，受控于专制的宗教权威，它禁止了科幻小说所需要的想象空间。罗伯茨给出的这一理由，用于解释月球旅行幻想小说的中断其实也是贴切的，作为同属"月上区"完美天体的月亮，一样被纳入了宗教"神界"的范畴，旅行到那里并不是一个合适的构想。

至于科幻小说在17世纪的复苏，罗伯茨认为，这是哥白尼宇宙理论取代托勒密宇宙体系的过程中，在多方面产生革命性影响的一个附带结果。在哥白尼的宇宙模型中，从前的"神界"被尘世化了，这种宗教的禁忌一旦被逐渐打破，幻想的障碍也就随之不复存在。罗伯茨的这个解释观点颇有创见，但他在论述中完全忽略了望远镜的出现对这种文学类型的复苏所起到的重要影响。

Concerning a New World and Another Planet）一书第14小节的内容中，总结了三种到达月球的方式。①（在1648年出版的《数学魔法》(Mathematical Magick) 第二部分有关"机械原理"的 vi、vii 和 viii 三节内容中，威尔金斯又补充了第四种月球旅行方式②)

威尔金斯的四种月球旅行方式分别为：第一，在精灵（spirits）或天使（angels）的帮助下；第二，在飞禽的帮助下；第三，把人造翅膀扣在人体上作为飞翔工具；第四，利用飞行器（Flying Chariot）。在对第一种和第二种方案进行阐释时，威尔金斯特别援引了两部科幻小说的设想来作为例证——开普勒的《月亮之梦》(Kepler's Dream, 1634) 和戈德温（Francis Godwin, 1562—1633）的《月亮上的人》(The Man in the Moon, 1634)。

事实上，威尔金斯所谈及的其他两类旅行方式，也同样可以在幻想小说中找到类似的设想。把人造翅膀扣在人体上作为飞翔工具这种方法，公元2世纪卢西安在《真实历史》中就已经想象过。至于飞行器的设想，和威尔金斯同时代的法国小说家伯杰瑞克（Cyrano de Bergerac, 1619—1655）的《月球旅行记》(The Voyage to the Moon, 1656) 和英国文学家丹尼尔·笛福（Daniel Defoe, 1659—1731，他更有名的著作是《鲁滨逊漂流记》）的《拼装机》(The Consolidator, 1705) 两部小说中的主人公，都是通过这种方式到达月亮的。③

相较于17世纪、18世纪的月球旅行，19世纪科幻小说中开始出现更多新的太空（时空）旅行方式，归纳起来主要有以下几种：

---

① John Wilkins. *The Mathematical and Philosophical Works of the Right Rev* [C]. London: Published by C. Whittincham, Dean Street, Petter Lane. 1802. 1: 127–129.

② John Wilkins. *Mathematical Magick* (1648) [M]. London: Printed For Edw. Gellibrand at the Golden Ball in St. Pauls Church-yard.1680. 199–210.

③ 书名中的"Consolidator"是笛福小说中飞行器的名称。因找不到对应的中译词，暂译为"拼装机"。

①通过气球旅行到其他星体上,代表作品是《汉斯·普尔法旅行记》(*Hans Pfaall*,1835);②通过特殊材料制成的飞行器,代表作品是《奇人先生的密封袋》(*Mr. Stranger's Sealed Packet*,1889);③太空飞船,代表作品是《世界之战》(*The War of the Worlds*,1898);④炮弹飞行器,代表作品是《从地球到月亮》(*From the Earth to the Moon*,1865)、《金星旅行记》(*A Trip To Venus*,1897)等;⑤时间机器,代表作品是《时间机器》(*Time Machine*,1895);⑥睡眠,代表作品是马克·吐温的《康州美国佬在亚瑟王朝》(*A Connecticut Yankee In King Arthurs Court*,1998)。

上述这些设想中,"时间机器"最具生命力。1895年,H.G.威尔斯(H. G. Wells,1866—1946)在小说《时间机器》中,让主人公乘坐"时间机器"回到了未来世界(公元802701年),所依据原理是"时间就是第四维"的设想。爱因斯坦在1915年发表的广义相对论,使得这一纯粹的幻想变成了有一点理论依据的事情,此后不少科学家,如荷兰物理学家斯托库姆(J. Van Stockum)①、哥德尔(Kurt Gödel 1906—1978)②、蒂普勒(Frank J. Tipler,1947—)③等人,先后在爱因斯坦场方程中找到了允许时空旅行的解。事实上,关于时空旅行的探讨,在理论物理专业领域内已经成为一个重要的研究课题。

在《时间旅行》之后,科幻领域出现了数量蔚为壮观的以时空旅行为题材的科幻作品。从科学与幻想存在互动关系的角度而言,最值一提的有两部:一部是天文学家卡尔·萨根(Karl Sa-

---

① Van Stockum W. J. *The Gravitational Field of a Distribution of Particles Rotating Around an Axis of Symmetry*[J]. Proc. Roy. Soc. Edinburgh. 1937.57: 135.

② Gödel K. *An Example of a New Type of Cosmological Solution of Einstein's Field Equations of Gravitation*[J]. Rev. Mod. Phys. D. 1949. 21: 447–450.

③ Tipler F. J. *Rotating Cylinders and the Possibility of Global Causality Violation*[J]. Phys. Rev. D. 1974. 9(8):2203–2206.

gan，1934—1996）创作的科幻小说《接触》（*Contact*，1985），另一部是吉恩·罗顿伯里（Gene Roddenberry，1921—1991）担任编剧兼制作人的长播科幻剧集《星际迷航》系列（*Star Trek*，1966—2005）。

《接触》在1995年改编为同名电影的过程中，由于萨根对自己设置的利用黑洞作为时空旅行手段的技术细节并不是太有把握，为了寻找科学上能站住脚的依据，他向著名物理学家基辅·索恩（Kip. S. Thorne）求助。索恩随后和他的助手把相关的研究成果，以论文形式主要发表在顶级物理学杂志《物理学评论》（*Physical Review*）上，从而在科学领域打开了一个新的研究方向，使得一些科学人士开始思考虫洞作为时空旅行手段的可能性。[①]

在《星际迷航》中，罗顿伯里想象了另一种新的超空间旅行方式——翘曲飞行（Warp Drive），它能使两个星球之间的空间发生卷曲并建立一条翘曲通道，以此来实现超光速旅行。翘曲飞行现在一般也被称作"埃尔库比尔飞行（Alcubierre Drive）"，这是因为1994年英国威尔士大学的马格尔·埃尔库比尔（Miguel Alcubierre）在《经典与量子引力》杂志上发表论文对翘曲飞行进行了认真讨论，引发了关于时空旅行新的研究热潮。[②]

（二）科幻小说作为单独文本参与科学活动

科幻小说作为独立文本存在时，也会直接或是间接地参与到科学活动中来，参与的形式归结起来主要有以下三种：

第一种，科幻小说中的想象结果对某类科学问题的探讨产生直接影响。这类例证中，最典型的是17世纪英国科学人士查理

[①] Morris M. S. and Thorne K. S. and Yurtsever U. *Wormholes, Time Machines, and the Weak Energy Condition*[J]. Phys. Rev. Lett. 1988. 61(13): 1446–1449.

[②] Alcubierre M. *The Warp Drive: Hyper-Fast Travel Within General Relativity*[J]. Classical Quantum Gravity .1994. 11: 73–77.

斯·莫顿（Charles Morton，1627—1698）撰写的一篇阐释鸟类迁徙理论的文章。莫顿在文中提出一种惊人的观点认为，冬天鸟都飞到月亮上过冬去了。①研究鸟类迁徙理论的一些人士在后来谈及莫顿这个结论时，都倾向把它当成一种匪夷所思的观点，②直到1954年，得克萨斯大学的学者托马斯·哈里森（Thomas P. Harrison）在《爱西斯》（*ISIS*）上发表的一篇论文中，才从新的视角对莫顿这本小册子中相关内容的思想来源进行了考证，他认为莫顿的鸟类迁徙理论是受了戈德温1634年出版的幻想小说《月亮上的人》的影响。③

小说情节很简单，讲述了一位被流放到孤岛上的英雄，在偶然情形下被他驯养的一群大鸟带到月亮上，经历了一番冒险的故事。在第五章中，戈德温通过描述主人公在月亮上的所见对月亮世界进行了想象，其中特别描写主人公看到了许多从地球迁徙来的鸟类，并得出结论说："现在知道了，这些鸟类……从我们身边消失不见的时候，全都是来到了月亮上，因为，它们和地球上同种类型的鸟类没有任何不同，长得几乎一模一样。"

很难判断戈德温对月亮上飞鸟的这种描述，究竟只是他的一种想象，还是他本人对鸟类迁徙理论观点的一种表达。不过这样的情节出现在一本幻想小说中，对读者来讲，原本应见怪不怪。但按照哈里森的解读，戈德温的这种想象结果，却给了同时代的莫顿

---

① Charles Morton. *An Enquiry Into the Physical and Literal Sense of That Scripture Jeremiah* Ⅷ.7.[J].Harleian Miscellany. London: Robert Dutton, Gracechurch-Street . 1810. 5:498-511.

② Daines Barrington. *An Essay on the Periodical Appearing and Disappearing of Certain Birds, at Different Times of the Year. In a Letter from the Honourable Daines Barrington*, Vice-Pres. R. S. to William Watson, M. D. F. R. S.[J]. Philosophical Transactions.1772, 62 :265-326.

Frederick C. Lincoln .*The Migration of American Birds*[M]. New York: Doubleday, Doran & Company. 1939. 8-9.

③ Thomas P. Harrison. *Birds in the Moon*[J].ISIS. 1954. 45(4):323-330.

极大启发,进而用科学论证的方式来对此进行解释。而前面提及的威尔斯的《时间机器》、萨根的《接触》,以及电视系列剧《星际迷航》,其实也都可以归入这样的例证中。

第二种,科幻小说把科学界对某一类问题(现象)讨论的结果移植到自身创作情节中。此处可举 H. G. 威尔斯 1898 年发表的《世界之战》(*The War of the Worlds*)为例。在小说第一章交代的故事背景中,威尔斯描绘了书中主人公和一些天文学家,观测到了火星上出现一系列奇异的喷射现象。①而让地球人始料未及的是,这一切奇怪的现象,其实是生存条件恶化、已濒临灭亡的火星人派遣先头部队入侵地球的前兆。

小说中所描述的这一系列奇异的火星观测结果,并非威尔斯杜撰而来,书中提到的 1894 年 8 月 2 日发表在《自然》杂志(*Nature*)上报告"火星上出现剧烈亮光"的文章,在现实中确有其文,匿名作者甚至还把这种现象的"人为原因"指向了来自火星讯息的可能性。②这一猜想导致该文随后受到了科学界人士和大众媒体的广泛关注,而威尔斯创作这一故事的灵感,也正是从当时猜测火星在向地球发射信号的传言中获得的。

除《世界之战》外,类似的例证还可举出很多。如 1835 年《太阳报》上的著名骗局"月亮故事",就是受到了数学家高斯(Karl F. Gauss,1777—1855)等人对月亮宜居可能性讨论结果的启发;③博物学者路易斯·格拉塔卡普(Louis Gratacap,1851—1917)发表于 1903 年的《火星来世确证》(*The Certainty of a Future Life in Mars*),则是借用了特斯拉(Nikola Tesla,1856—1943)

---

① Wells H.G. *The War of the Worlds* [M]. Derwood: Arc Manor LLC. 2008.9-14.
② Wells H.G. *A Strange Light on Mars* [J]. Nature. 1894-08-02, 50(1292):319.
③ 穆蕴秋、江晓原:《19 世纪的科学、幻想和骗局》,载《上海交通大学学报》(哲学社会科学版),2011 年第 5 期第 19 卷,第 78—83 页。

等人通过无线电和假想中的火星文明进行交流的设想;[1]而业余天文学家马克·威克斯（Mark Wicks）之所以写作《经过月亮到达火星》（*To Mars via the Moon: An Astronomical Story*，1911），则是想通过这部幻想小说来表达他对洛韦尔"火星运河"观测结果的支持。

第三种，科幻小说直接参与对某个科学问题的讨论。这样的案例中最有代表性的是对"费米佯谬"的解答。"费米佯谬"源于费米的随口一语，却有着深刻意义。[2]由于迄今为止，仍然缺乏任何被科学共同体接受的证据，能够证明地外文明的存在；另一方面，科学共同体也无法提出任何令人信服的证据，能够证明外星文明不存在，这就使得"费米佯谬"成为一个极端开放的问题，从而引出各种各样的解答方案。这些解答方案大致可以分成三大类：一是外星文明已经在这儿了，只是我们无法发现或不愿承认；二是外星文明存在，但由于各种原因，它们还未和地球进行交流；三是外星文明不存在。

在上述三种可能性并存的情形下，"费米佯谬"为科学研究者和科幻作家们提供了巨大的施展空间，到目前为止，它已经被给出了不少于50种解答方案。其中代表性的学术成果有动物园假想（The Zoo Hypothesis）[3]、隔离假想（The Interdict Hypothesis）[4]、天文馆假设（The Planetarium Hypothesis）[5]等。为"费米佯谬"提供解答的知名科幻作品则有阿西莫夫的《日暮》，波兰科幻小说

---

[1] Louis Gratacap. *Talking With the Planets*[J].Collier's Weekly .1901-2-19.4-5.
[2] 穆蕴秋、江晓原:《〈宇宙创始新论〉：求解费米佯谬一例》，载江晓原、刘兵主编《我们的科学文化：科学的异域》，华东师范大学出版社，2008年版。
[3] Ball J. A. *The Zoo Hypothesis*[J]. Icarus .1973.19: 347-349.
[4] Fogg M. J. *Temporal Aspects of the Interaction Among The First Galactic Civilizations: The Interdict Hypothesis*[J]. Icarus. 1987. 69:370-384.
[5] Baxter S. *The Planetarium Hypothesis: A Resolution of the Fermi Paradox*[J]. Journal of the British Interplanetary Society.2001. 54(5/6):210-216.

家斯坦尼斯拉夫·莱姆的《宇宙创始新论》等等。①值得一提的是，中国科幻作家刘慈欣在2008年出版的科幻小说《三体 Ⅱ》中，提供了第一个中国式解答——"黑暗森林法则"。

（三）科学家写作的科幻小说

科学与幻想开放边境两边的密切互动，还体现为另一种比较特殊的文学现象——由科学家撰写的幻想小说。此处姑以早期文献开普勒的《月亮之梦》（*Kepler's Dream*）为例，来进行论述和分析。

《月亮之梦》的雏形，始于1593年开普勒就读德国图宾根大学期间。在文中开普勒设想，如果太阳在天空中静止不动，那么对于站在月球上的观测者，天空中其他天球所呈现出的运行情况将会是怎样的——是在日心体系中的情形。这篇已经富有科学幻想色彩的论文在当时未能公开发表。15年后开普勒重拾旧作，在原文基础上扩充内容，1620年至1630年间，他又在文末补充增添了多达223条的详细脚注，合起来其长度4倍于正文还不止，即成《月亮之梦》（*Kepler's Dream*）。②

《月亮之梦》除了作为一部讨论月亮天文学的论著，有时也被当作科幻小说的开山之作。③从全书内容来看，这主要是由于以下三方面的内容：

首先是它的形式——以梦的形式写成。开普勒在书中说，本书中的内容，来自他某次"梦中读到的一本书"中主人公留下的

---

① 穆蕴秋、江晓原：《〈宇宙创始新论〉：求解费米佯谬一例》，载江晓原、刘兵主编《我们的科学文化：科学的异域》，华东师范大学出版社，2008年版。
② Kepler J. *Kepler's Dream*(1634)[M]. Kirkwood P.F.(Tr).California: University of California Press, 1965.
③ Menzel D. H. *Kepler's Place in Science Fiction*[J]. Vistas in Astronomy, 18(1):895-904.

记载，在那本梦中的书里，精灵引领着主人公和他的母亲作了一次月球旅行。

其次是关于月球旅行的方式。开普勒对这个情节的幻想完全体现了他天文学家的职业背景：那些掌握着飞行技艺的精灵，生活在太阳照射下地球形成的阴影中，精灵们选择当地发生月全食时作为从地球飞向月亮的旅行时刻——这时地球在太阳照射之下所形成的锥形阴影就能触及月亮，这就形成了一条到达月球的通道。

再次，相比以上两点更重要的，是开普勒对"月亮居民"的描述。这并非是开普勒的凭空想象，而是他对望远镜月亮观测结果的一种解释，所依据的观测现象是：月亮上一些斑点区域内的洞穴呈完美的圆形，圆周大小不一，排列井然有序，呈梅花点状。开普勒认为，这些洞穴和凹地的排列有序以及和洞穴的构成情形，表明这是月球居民有组织的建筑成果。

由此可见，《月亮之梦》中的幻想与开普勒所讨论的月亮天文学其实有着直接关系。或者也可以这样说，这类幻想是开普勒关于月球天文学的科学探索活动的一部分。

除了开普勒的《月亮之梦》，当然还有很多科幻小说出自科学家之手，表1是其中代表性文本的概览：

表1：天文学家和物理学家所著科幻小说举要（根据相关作品整理）

姓名	专业背景	代表作品	年代	国别
开普勒	天文学家	月亮之梦（Kepler's Dream）	1634	德国
弗拉马里翁	天文学家	鲁门（Lumen）	1872	法国
		世界末日（La Fin du Monde）	1893	
马克·威克斯	天文学家	经过月亮到达火星（To Mars via the Moon）	1911	英国
齐奥尔科夫斯基	火箭科学家和太空航行理论的先驱	月亮之上（On the Moon）	1895	俄国
		地球和天空之梦（Dreams of the Earth and Sky）	1895	
		地球之外（Beyond the Earth）	1920	
弗里德·霍伊尔	天文学家	黑云（The Black Cloud）	1957	英国
		仙女座安德罗米达（A for Andromeda）	1962	
卡尔·萨根	天文学家	接触（Contact）	1986	美国

值得补充的是，科学家所写作的科幻小说，作为一种较为特殊的文本，也已经被其他人士注意到了。1962年，著名科幻小说编辑克罗夫·康克林（Groff Conklin，1904—1968）主编了一本科幻小说选集《科学家所著之优秀科幻小说》（Great Science Fiction by Scientists）。[1]书中选取了16位科学家写作的科幻小说。除了大名鼎鼎的阿西莫夫和阿瑟·克拉克之外，其他人物还有来自赫胥黎家族的朱利安·赫胥黎（Julian Huxley，1887—1975）——人们更熟知的可能是朱利安的同父异母弟弟奥尔德思·赫胥黎（Aldous Huxley，1894—1963），即著名"反乌托邦"小说《美丽新世界》（Brave New World，1932）的作者；还有著名核物理学家里奥·西拉德（Leo Szilard，1898—1964）等人。西拉德入选的作品是《中央车站》（Grand Central Terminal，1952），他还创作了另外七篇科幻小说。

---

[1] Conklin G. *Great Science Fiction by Scientists*[M]. New York: Collier Books，1962.

三、如何看待含有幻想成分的"不正确的"科学理论

上一节中，我们探讨了科幻作品参与科学活动的几种形式，与此相对应的是，天文学历史上对地外文明进行探索的过程中，许多理论也包含幻想的成分。

要尝试将科学幻想视为科学活动的一部分，主要的障碍之一，来自一个观念上的问题：如何看待历史上的科学活动中那些在今天已经被证明是"不正确"的内容？因为许多人习惯于将"科学"等同于"正确"，自然就倾向于将幻想和探索过程中那些后来被证明是"不正确的"成果排除在"科学"范畴之外。

关于科学与正确的关系，前人已有讨论。英国剑桥大学的古代思想史教授G.E.R.劳埃德，在他的《古代世界的现代思考——透视希腊、中国的科学与文化》一书中，就引入了对"科学"与"正确"的关系的讨论。[①]针对一些人所持有的，古代文明中的许多知识和对自然界的解释，在今天看来都已经不再"正确"了，所以古代文明中没有科学的观点。劳埃德指出："科学几乎不可能从其结果的正确性来界定，因为这些结果总是处于被修改的境地"，他认为，"我们应该从科学要达到的目标或目的来描绘科学"。

劳埃德深入讨论了应该如何定义"科学"。他给出了一个宽泛的定义：凡属"理解客观的非社会性的现象——自然世界的现象"的，都可被称为"科学"。劳埃德认为，抱有上述目标的活动和成果，都可以被视为科学。按照这样的定义，任何有一定发达程度的古代文明，其中当然都会有科学。

与此相应的是，笔者之一在2005年发表的《试论科学与正确之关系——以托勒密与哥白尼学说为例》一文中，也从学术层面

---

①〔英〕G.E.R.劳埃德:《古代世界的现代思考——透视希腊、中国的科学与文化》，钮卫星译，上海科技教育出版社2008年版，第15—27页。

对该问题进行了正面论述。[1]文中特别指出：

> 因为科学是一个不断进步的阶梯，今天"正确的"结论，随时都可能成为"不正确的"。我们判断一种学说是不是科学，不是依据它的结论在今天正确与否，而是依据它所用的方法、它所遵循的程序。

为了论证这一观点，文中援引了科学史上两个最广为人知的经典案例：

第一个案例是托勒密的"地心说"。站在今天的立场来看，托勒密的这个宇宙模型无疑是不正确的。但这并不妨碍它仍然是"科学"。因为它符合西方天文学发展的根本思路：在已有的实测资料基础上，以数学方法构造模型，再用演绎方法从模型中预言新的天象；如预言的天象被新的观测证实，就表明模型成功，否则就修改模型。托勒密之后的哥白尼、第谷，乃至创立行星运动三定律的开普勒，在这一点上都无不同。再往后主要是建立物理模型，但总的思路仍无不同，直至今日还是如此。这个思路，就是最基本的科学方法。

第二个案例是哥白尼的"日心说"。托马斯·库恩（Thomas Samuel Kuhn）等人的研究已经指出，哥白尼学说不是靠"正确"获胜的。因为自古希腊阿里斯塔克的"日心说"开始，这一宇宙模型就面临着两大反驳理由：一是观测不到恒星周年视差，无法证明地球的绕日运动；二是认为如果地球自转，则垂直上抛物体的落地点应该偏西，而事实上并不如此。这两个反驳理由都是哥白尼本人未能解决的。除此以外，哥白尼模型所提供的天体位置计算，其精确性并不比托勒密模型的更高，而和稍后出现的第谷

---

[1] 江晓原：《试论科学与正确之关系——以托勒密与哥白尼学说为例》，载《上海交通大学学报》（哲学社会科学版），2005年第4期第13卷，第27—30页。

地心模型相比，精确性更是大大不如。按照库恩在《哥白尼革命》一书中的结论：哥白尼革命的思想资源，是哲学上的"新柏拉图主义"。换言之，哥白尼革命的胜利并不是依靠"正确"。

上述对"科学"与"正确"关系的探讨虽然没有涉及幻想的成分，但那些包含有幻想成分而且已被证明是"不正确"的理论，无疑也可纳入同一框架下来重新思考和讨论。在此我们不妨以英国著名天文学家威廉·赫歇尔"适宜居住的太阳"观点为例，来做进一步考察和分析。这个例子中明显包含了幻想的成分。

1795年和1801年，威廉·赫歇尔在皇家学会的《哲学通汇》(*Philosophical Transactions*)上发表了两篇文章，对太阳本质结构进行探讨，他提出了一个非常有想象力的观点——认为太阳是适宜居住的。根据前面提及的判断一种学说是否"科学"的两条标准，我们来看一看，赫歇尔在得出这一今天看来貌似荒诞的结论时，所使用的研究方法和所遵循的程序。

在第一篇论文开篇，赫歇尔对其研究方法进行了专门介绍：在一段时间内对太阳进行连续观测，然后对几种观测现象的思考过程进行整理，并附加了几点论证，这些论证采用的是"认真考虑过的"类比方式。① 通过此法，赫歇尔最后得出结论认为，发光的太阳大气下面布满山峰和沟壑，是一个适宜居住的环境。在第二篇论文中，威廉·赫歇尔在研究方法上更进一步，他提出了一种存在于太阳实体表面的"双层云"结构模型。在他看来，"双层云"结构模型除了为各种太阳观测现象的解释提供了更加坚固的理论前提之外，还进一步巩固了他的太阳适宜居住观点。他很自信地宣称：

> 在前面发表的一篇论文中，我提出过，我们有非常充足的

---

① Herschel W. *On the Nature and Construction of the Sun and Fixed Stars*[J]. Philosophical Transactions of the Royal Society of London. 1795, 85: 46–72.

理由把太阳看作是一个最高贵的适宜居住的球体；从现在这篇论文中相关的一系列观测结果来看，我们此前提出的所有论据不仅得到了证实，而且通过对太阳的物理及星体结构的研究，我们还被激励了向前迈出了一大步。①

毫无疑问，威廉·赫歇尔采用的论证方法，完全符合西方天文学发展的根本思路：在已有的实测资料基础上，构造物理模型，再用演绎方法，尝试从模型中预言新的观测现象。

我们再来看看赫歇尔所遵循的学术程序。所谓学术程序，指的是新的科学理论通过什么方式为科学共同体所了解。当然，通常而言，最正式也最有效的途径，就是在相关的专业杂志上发表阐释这种理论的论文。而赫歇尔的做法也完全合乎现代科学理论的表达规范——他的两篇论文，都发表在《哲学通汇》这样的权威科学期刊上。

站在今天的立场来看，托勒密的"地心说"和哥白尼的"日心说"都是"不正确的"，但它们在科学史上却取得过几乎全面的胜利。而威廉·赫歇尔"适宜居住的太阳"观点，不仅是"不正确"的，而且几乎从未取得过任何胜利——只有极少数的科学家，如法兰西科学院院长弗兰西斯·阿拉贡（François Arago，1786—1853）和英国物理学家大卫·布鲁斯特（David Brewster，1781—1868），对它表示过支持。②③但这仍然不妨碍它在当时被作为一个"科学"理论在学术期刊上发表，换言之，这个几乎从未被接受，

---

① Herschel W. *Observations Tending to Investigate the Nature of the Sun, in Order to Find the Causes or Symptoms of Its Variable Emission of Light and Heat; With Remarks on the Use That May Possibly Be Drawn from Solar Observations* [J]. Philosophical Transactions of the Royal Society of London.1801, 91:265-318.

② Arago F. and Barral J. A. and Flourens P. *Astronomie Populaire* [M]. Paris : Gide et J. Baudry. 1855. 2: 181.

③ Brewster D. *More Worlds Than One: The Creed of the Philosopher and the Hope of the Christian*[M]. New York : Robert Carter & Brothers. 1854. 100-107.

如今看来也"不正确",而且还包含有幻想成分的理论,在当时确实是被视为科学活动的一部分的,所以它完全可以获得"科学"的资格。

四、科学与幻想之间开放的边境

关于科学和幻想之间存在的互动关系,前人已通过各种研究路径进行过探讨。[①]此外,还有一些研究者则把科幻看作科学与人文"两种文化"的桥梁。[②]而无论是"存在互动关系",还是"两种文化的桥梁",隐含的意思都是科学与幻想分属不同的领地,它们之间存在一条泾渭分明的分界,只在某些地方才会出现交汇和接壤。

但事实上,通过上文考察天文学发展过程中与幻想交织的案例,以及其他例证看来,科学与幻想之间根本没有难以逾越的鸿沟,两者之间的边境是开放的,它们经常自由地到对方领地上出入往来。或者换一种说法,科幻其实可以被看作科学活动的一个组成部分。

这种貌似"激进"的观点其实已非本文作者个人的看法。另一个鲜活的例子来自英国著名演化生物学家理查德·道金斯(Richard Dawkins,1941—),在其《自私的基因》一书前言第一段中,道金斯就建议他的读者"不妨把这本书当作科学幻想小说来阅读",尽管他的书"绝非杜撰之作","不是幻想,而是科学"。[③]道金斯的这句话有几分调侃的味道,但它确实说明了科学

[①] Mark Brake and Neil Hook. *Different Engines: How Science Drives Fiction and Fiction Drives Science* [M]. Basingstoke: Palgrave Macmillan. 2007.

[②] Schwartz S. *Science Fiction: Bridge Between the Two Cultures. The English Journal*. 1971. 60(8):1043-1051.

[③] [英]R. 道金斯:《自私的基因》,科学出版社1981年版,第9页。

与幻想的分界有时是非常模糊的。

又如，英国科幻研究学者亚当·罗伯茨在他的著作《科幻小说史》第一章中，也把科幻表述为"一种科学活动模式"，并尝试从有影响的西方科学哲学思想家那里找到支持这种看法的理由。①罗伯茨特别关注了费耶阿本德（Paul Feyerabend，1924—1994）在《反对方法》一书中，关于科学方法"怎么都行"的学说，其中专门引用了一段费耶阿本德对"非科学程序不能够被排除在讨论之外"的论述：

"你使用的程序是非科学的，因为我们不能相信你的结果，也不能给你从事研究的钱"，这样的说法，设定了"科学"是成功的，它之所以成功，在于它使用齐一的程序。如果"科学"指的是科学家所进行的研究，那么上述宣称的第一部分则并不属实。它的第二部分——成功是由于齐一的程序——也不属实，因为并没有这样的程序。科学家如同建造不同规模不同形状建筑物的建筑师，他们只能在结果之后——也就是说，只有等他们完成他们的建筑之后才能进行评价。所以科学理论是站得住脚的，还是错的，没人知道。②

不过，罗伯茨不无遗憾地指出，在科学界实际上并不能看到费耶阿本德所鼓吹的这种无政府主义状态，但他接着满怀热情地写道：

确实有这么一个地方，存在着费耶阿本德所提倡的科学类型，在那里，卓越的非正统思想家自由发挥他们的观点，无论这些观点初看起来有多么怪异；在那里，可以进行天马行空的

---

①〔英〕亚当·罗伯茨：《科幻小说史》，北京大学出版社2010年版，第14—20页。
②费耶阿本德的《反对方法》有中译本，但我们在中译本中没有找到这段被罗伯茨所引用的文字。所幸它在英文版中可以找到：Feyerabend P. K. *Against Method* (1975) [M]. New York: Verso Books, 1993. 2.

实验研究。这个地方叫做科幻小说。①

尽管罗伯茨提出的上述观点很具有启发性，但只是从思辨层面进行了阐释，在《科幻小说史》中并未从实证方面对该理论给予论证。而本文前面两节正是这样的实证，通过具体实例的分析，我们已经表明，可以从几个方面论证科学幻想确实可以视为科学活动的一部分。

五、一种新科学史的可能性及其意义

如果我们同意将科学幻想视为科学活动的一部分，那么至少在编史学的意义上，一种新科学史的可能性就浮出水面了。

以往我们所见到的科学史，几乎都是在某种"辉格史学"的阴影下编撰而成的。这里是在这样的意义下使用"辉格史学"（Whig History）这一措辞的——即我们总是以今天的科学知识作为标准，来"过滤"掉科学发展中那些在今天看来已经不再正确的内容、结论、思想和活动。这样做的结果是，我们给出的科学形象就总是"纯洁"的。所有那些后来被证明是不正确的猜想，科学家走过的弯路，乃至骗局——这种骗局甚至曾经将论文发表在《自然》这样的权威科学杂志上，②都被毫不犹豫地过滤掉，因为几乎所有的人都同意（或在潜意识中同意），科学史只能处理"善而有成"的事情。

在科学史著作中只处理"善而有成"之事的典型事例，在此

---

①〔英〕亚当·罗伯茨：《科幻小说史》，北京大学出版社2010年版，第19页。
②即使到了20世纪，这样的骗局也不鲜见，例如80年代《Nature》上发表的关于"水的记忆"的文章、关于"冷核聚变"的文章，《Nature》现任主编 Philip Campbell 承认，这些文章"简直算得上是臭名昭彰"（见 Philip Campbell、路甬祥主编：《〈自然〉百年科学经典》，外语教学与研究出版社·麦克米伦出版集团·自然出版集团，2009年版，第11、21页）。

可举两个案例为证。第一个和权威巴特菲尔德（H. Butterfield，1884—1958）有关，他的《历史的辉格解释》一书本来是讨论"辉格史学"的经典名著，可是20年后当他撰写《近代科学的起源》一书时，他自己却也置身于"辉格史学"的阴影中：他只描述"17世纪的科学中带来了近代对物理世界看法的那些成分。例如，他根本就没有提到帕拉塞尔苏斯、海尔梅斯主义和牛顿的炼金术。巴特菲尔德甚至并未意识到自己正在撰写一部显然是出色的辉格式的历史！"[1]

另一个典型例证则与法国著名天文学家卡米拉·弗拉马里翁（Camille Flammarion，1842—1925）1880年出版的《大众天文学》（*Astronomie Populaire*）有关。该书在1894年首次被翻译成英文出版，是西方广为流传的一本天文学通俗读物。全书共分为六个部分，讨论的主题分别是地球、月亮、太阳、行星世界、彗星和流星、恒星及恒星宇宙。在笔者所看到的1907年英译本与月亮相关的第二部分中，有一小节的标题为"月亮适宜居住吗？"，内容主要是对月亮存在生命的可能性进行讨论。[2]

但通过对照发现，在此书1965年初版和2003年再版的中译本中，相关内容却没有出现。[3]根据译者序中的说明，中译本依照的版本是1955年的英译本。因此，出现上述结果，也就存在三种可能性：一种是1901年的英文版本在原作基础上，额外增添了这一节内容。不过，按常理度之，这种可能性实在不大；另一种可能性是1955年的英译本中删减了这一节的内容；第三种可能性是，

---

[1] 刘兵：《克丽奥眼中的科学——科学编史学初论》，上海科技教育出版社，2009年版，第45页。

[2] Camille Flammarion and John Ellard Gore. *Popular Astronomy: A General Description of the Heavens*(1880). New York：D. Appleton, 1907 .145-165.

[3] 〔法〕卡米拉·弗拉马里翁：《大众天文学》，李珩译，科学出版社1965年版。
〔法〕卡米拉·弗拉马里翁：《大众天文学》，李珩译，广西师范大学出版社2003年版。

中译本出版过程中，相关内容被去除掉了。而后面两种情形无论哪种发生，都至少证明有关月亮生命的讨论在一些人士的心目中被当成了"无成"的事情，他们甚至很可能认为这样的内容出现在一本权威天文学著作中简直格格不入，所以应将其删除——哪怕是在违背原著作者本意的情形下。

不过，对于一种能够将科学的历史发展中所经历的幻想、猜想、弯路等有所反映的新科学史，我们认为暂时还不必将它在理论上上升到某种新的科学编史学纲领的地步。因为在不止一种旧有的科学编史学纲领——比如"还历史的本来面目"或社会学纲领——中，这样的新科学史其实都是可以得到容忍乃至支持的。另外，这些幻想、猜想、弯路甚至骗局，虽不是"善而有成"之事，却也并不全属"恶而无成"。

这种新科学史的现实意义在于，通过它，我们可以纠正以往对科学的某些误解，帮助我们认识到，科学其实是在无数的幻想、猜想、弯路甚至骗局中成长起来的。科学的胜利也并不完全是理性的胜利。[1]在现今的社会环境中，认识到这一点，不仅有利于科学自身的发展，使科学共同体能够采取更开放的心态、采纳更多样的手段来发展自己；同时更有利于我们处理好科学与文化的相互关系，让科学走下神坛，让科学更好地为文化发展服务，为人类幸福服务，而不是相反。

原载《上海交通大学学报》（哲学社会科学版）
2012年第2期第20卷

---

[1] 正如 B. K. Ridley 在《科学是魔法吗》一书中描述这种假象时所说，"从事经验科学的人就好像与物理世界达成了一项协议，他们说：我们保证从不使用直觉、想象等非理性能力"（广西师范大学出版社，2007-05 第1版，19页），但事实当然并非如此。前引关于哥白尼学说胜利的例子同样说明了这一点。